신의 전설 ❷ 내가 신이다

신의 전설 ❷ 내가 신이다

초판1쇄 발행 | 2015년 5월 22일
초판1쇄 발행 | 2015년 5월 29일

지은이 | 이원호
펴낸이 | 박연
펴낸곳 | 스토리뱅크

등록일자 | 2009년 11월 17일
등록번호 | 제313-2009-250호
주소 | 서울시 마포구 모래내로 83 한올빌딩 6층
전화번호 | 02 · 704 · 3331
팩스번호 | 02 · 704 · 3330

ISBN 978-89-6840-208-1 04810
ISBN 978-89-6840-206-7 (세트)

신의 전설 ② 내가 신이다

이원호 지음

스토리뱅크
story bank 2010

목 차

내가 신이다

6장

나는 지금 백악관의 미국 대통령 집무실에 앉아 있다. 내 앞에 앉은 사내가 바로 미국 대통령 마이클.F.허드슨. 테이블 왼쪽 모서리에는 안보 보좌관 마빈 크로포드가 앉았다. 나는 허드슨의 초대를 받고 극비 회동을 하고 있는 것이다. 의례적인 인사를 마치고 나서 허드슨이 엄숙한 표정으로 말한다.

"여러 가지로 도와주셔서 감사합니다. 신(神)님, 저도 교인이 되고 싶습니다만."

"환영합니다. 워싱턴 교당이 있지만 원하신다면 내가 직접 교인 가입을 시켜드리지요."

허드슨의 진실됨을 읽은 내가 말했을 때 크로포드가 나섰다.

"신(神)님, 저도 부탁드립니다."

머리를 끄덕인 내가 손을 들고 말했다.

"인류의 선을 지키고 지구의 환경을 보존하도록 하라. 이에 같은 목적의 교인이 되었도다."

그 동안 허드슨과 크로포드의 몸이 방바닥에서 일 미터쯤 떠올라 있다가

스르르 다시 제자리로 내려앉았다. 놀랍고 한편으로 감동한 둘은 금방 입을 열지 못했으므로 내가 다시 말했다.

"이제 두 분과 나는 연결이 되어서 바로 대화가 됩니다. 머릿속에 나만 떠올리면 됩니다."

"영광입니다."

먼저 정신을 수습한 허드슨이 머리를 숙였고 크로포드도 우물거리며 인사를 했다. 허드슨이 날 초청한 이유는 중동 지역의 전쟁과 테러 때문이다. 미국은 그쪽에 이미 20만 명 가까운 군대를 파견했지만 조금도 진정될 기색이 아니었다. 이제는 내가 먼저 입을 열었다.

"그쪽의 호전적인 인간들의 뇌를 다 개조 할 수는 없습니다. 다만 현재 가장 위협적이며 파괴적인 두 개의 집단에 대해서는 지금 당장 조치를 해드리지요."

그러고는 내가 손을 들어 벽을 가리키며 말했다.

"먼저 아프가니스탄의 테러단 지도자 무스타파를 보십시다."

그 순간 벽이 화면으로 바뀌었다. 험준한 바위산으로 둘러싸인 산골짜기에 수십 명의 무장한 사내들이 모여 있다. 탈레반이다. 그때 바위 밑에 쪼그리고 앉은 사내가 뭐라고 소리치자 사내 둘이 달려왔다. 놀라 눈만 치켜뜬 채 화면을 보던 크로포드가 손가락으로 바위 밑에 앉은 사내를 가리켰다.

"무스타파!"

미국 정부에서 첨단 기기를 총동원했어도 찾지 못했던 무스타파가 순식간에 모습을 보인 것이다.

"위치는?"

하고 크로포드가 물었을 때 내가 눈을 가늘게 떴다. 그 순간 무스타파의 모습이 순식간에 없어지면서 골짜기와 도시들이 나타난다. 바로 위에서 비치는 모습이 된 것이다. 크로포드가 자리를 차고 일어서더니 집무실 밖으로 뛰어 나갔다. 전문가들을 부르려는 것이다. 그때 내가 아직도 입만 떡 벌리고 있는 허드슨에게 말했다.

"무스타파는 이 위치를 찾아 공격하면 제거할 수 있을 것입니다. 그리고 소말리아의 반군 지도자 아드리스는 내가 직접 처리하지요."

그때 크로포드가 서너 명의 사내와 함께 방으로 들어섰는데 그중에는 중장 계급장을 붙인 장군도 있다. 그때 벽의 영상은 다시 무스타파의 모습을 비췄다가 또 멀리서 찍은 위성사진으로 바뀐다. 놀란 사내들이 그 장면을 유심히 보더니 곧 중장이 소리쳤다.

"아! 타미르다. 타미르 산맥 근처다!"

그때 내가 말했다.

"부스람 계곡이오. 비칸 마을의 북동쪽 4km 지점의 골짜기."

"알았습니다."

소리친 중장이 허드슨과 나에게 경례를 올려붙이더니 사내들을 이끌고 방을 나갔다. 문이 닫히자 허드슨이 크로포드에게 말했다.

"신(神)님이 아드리스를 직접 처리해주신다고 했어."

"정말입니까?"

크로포드의 얼굴에 금방 화색이 덮였다. 소말리아의 반군 지도자 아드리스는 그야말로 전 세계의 공적(公敵)이다. 유엔군이 주둔하고 있긴 해도 아드리스는 민간인 사이에 박혀 있어서 노출이 안 될 뿐만 아니라 발견이 된다고 해도 제거하기가 어렵다. 그 동안 여섯 번이나 폭격 또는 특공대까지 투입했지만 오히려 아드리스의 명성만 높여주는 역효과가 났다. 오폭으로 수백 명의 민간인이 사망했을 뿐만 아니라 투입된 특공대 20여 명이 몰사했기 때문이다. 아프가니스탄처럼 골짜기나 오지에 지휘부를 둔 테러단 지도자들과는 다르다. 그때 허드슨이 나에게 머리를 숙였다.

"이제 무스타파가 제거되면 다음달에 파병될 북한군 5개 사단이 아프가니스탄을 완전 평정하게 될 것입니다. 모두 신(神)님 덕분입니다."

나는 잠자코 웃어 보이기만 했다. 남북 평화공존 시대가 되면서 가장 먼저 부담이 되는 문제가 북한의 막강한 잉여 군사력이다. 북한도 아직 35개 사단 정도는 해외 파병이 가능했고 북조선 통감부도 적극적이었다. 파병 자금을 유엔과 미국에서 대주는 터라 그만한 외화벌이가 없는 것이다.

"죽여."

하고 아드리스가 말하자 부관이 핸드폰을 귀에 붙였다. 지금 아드리스는 쥬바강 상류의 미넨이란 소도시로 옮겨와 있었는데 건물 주위에는 어린애와 여자, 노인들로 가득 차 있다. 모두 5, 6백 명이 넘는다. 측근 경호원은 20여 명 정도, 경호대 주력 3백여 명은 오히려 민간인 방패와 간격을 두고 떨어져 있다. 이것이 아드리스의 방어 전략이다. 지난번에도 미군은 아드리스의 거처를 폭격했다가 민간인만 수백 명 살상하는 바람에 전 세계의 비난에 시달렸던 것이다.

"이봐, 알리. 놈들을 죽여라!"

핸드폰에 대고 소리쳤던 부관 하투는 이맛살을 찌푸렸다. 통화가 끊긴 것이다. 당황한 하투가 아드리스의 눈치를 보고 나서 핸드폰의 버튼을 다시 누른다. 지금 아드리스는 미넨 외곽에서 체포한 남녀 20여 명의 처형을 명령한 것이다. 하투가 다시 버튼을 눌렀지만 이제는 전원이 나갔는지 액정화면이 끊겨 있었다. 그때 아드리스가 머리를 돌려 하투를 보았다. 흰창에 붉은 실핏줄이 거미줄처럼 얽혀져 있다.

"뭐냐?"

굵고 가래가 끓는 것 같은 목소리로 아드리스가 묻자 하투가 더듬거렸다.

"예, 핸드폰 전원이……."

"병신 같은 놈."

눈을 부릅뜬 아드리스가 들고 있던 시가를 하투에게 던졌다. 불이 붙은 시가가 하투의 어깨에 맞고 떨어졌다.

"빨리 해! 개새끼야!"

그 순간 하투가 머리를 들더니 아드리스를 똑바로 보았다. 처음 만난 사람을 보는 것 같은 시선이다. 하투가 아드리스를 3년간 모시고 있었지만 이렇게 정면으로 보는 것도 처음이다. 하투의 시선을 받은 아드리스가 놀란 듯 눈을 둥그렇게 떴다. 방 안에는 둘뿐이다. 그때 하투가 허리에 찬 베레타 92F를 여유있게 꺼내더니 아드리스를 향해 겨누었다. 거리는 3미터도 되지 않는다. 아드리스가 어처구니없다는 표정을 짓고 입을 막 벌린 순간이다.

"탕!"

총성과 함께 아드리스의 이마에 작은 동전만한 구멍이 뚫리더니 거대한 상체가 의자와 함께 뒤로 벌떡 넘어졌다. 하투는 여전히 무표정한 얼굴로 서 있다. 그때 방문이 와락 열리더니 장신의 흑인이 뛰어 들어왔다. 아드리스의 경호 대장이며 사촌동생인 아말이다.

"뭐야?"

하고 아말이 소리쳐 물은 순간 다시 총성이 울렸다.

"탕!"

이번에도 아말의 옆머리에 구멍이 뚫렸다. 아말의 육중한 몸이 땅바닥에 쓰러진 순간 이번에는 경호원 둘이 한꺼번에 뛰어 들어왔다.

"탕! 탕!"

하투의 사격은 정확했다. 단 한 발도 빗나가지 않는다. 경호원 둘이 겹쳐 쓰러졌을 때 하투는 심호흡을 한다. 그때 천장 밑에 떠 있던 내가 하투에게 말했다.

"아래층에 가서 부사령관 모한을 제거해라. 아무도 널 방해하지 않을 것이다."

하투가 권총의 탄창을 빼내더니 아예 새 탄창으로 갈아 넣으며 방을 나간다. 복도에 서너 명의 경호원이 서 있었지만 하투를 못 본 척 했다. 모두 내가 만들어 놓았다. 하투의 핸드폰 전원을 끊은 것부터 하투를 시켜 총질을 한 것도, 그리고 복도의 경호원 머릿속을 비워 놓은 것도 그렇다. 이제 하투가 부사령관 모한만 제거하면 아드리스 세력은 머리 잃은 뱀 꼴이 될 것이다. 나는 살인을 즐기지 않지만 이곳에는 이 방법이 가장 빠르고 효과적이다.

교당의 내 방으로 돌아온 나는 문득 이 조그만 지구가 너무 복잡하게 얽혀져 있다는 생각을 한다. 알면 알수록 더 어려워지는 느낌이다. 처음에 내 자신을 내보이며 악을 제거하고 선한 인간의 세상을 만들려고 마음먹었을 때는 곧 이루어질 것 같았다. 그러나 갖가지의 이해관계, 수많은 사건, 온갖 유형의 선악이 뒤엉켜서 구분하는 것도 쉽지 않았다. 그러나 교당이 급속하게 팽창하는 중인데다 나에 대한 인류의 믿음이 거의 절대적이어서 보람은 있다. 형체를 갖춘 이경훈의 몸이 되어 자리에 앉은 내가 문득 피시식 웃는다. 내가 인간의 형체는 갖추고 있지만 전혀 어떤 낙(樂)이나 하다못해 버릇, 또는 습관을 갖고 있지 않다는 것이 떠올랐기 때문이다. 남자의 몸이라면 당연히 이성인 여성에게 관심을 가져야 할 텐데도 무관심하다. 지난번 하정연을 이성으로 탐구하다가 머릿속을 지워버린 것도 아쉽지 않은 것이다. 문에서 노크 소리가 들리더니 비서 유영근이 들어섰다.

"신(神)님, 교당에서 교민 두 명이 기다리고 있습니다."

조심스럽게 말한 유영근이 내 시선을 받더니 어깨를 늘어뜨렸다.

"사흘째 물만 마시고 있습니다. 아무리 말려도 듣지 않습니다."

그리고 시종 일부는 두 교인에 대해서 동정적이었다. 나는 일반인은 물론이고 교인의 병을 낫게 해주는 기적을 일으키지 않았다. 교당을 세우기 전에는 몇 번 시행을 했지만 인간은 본래 유한한 생명체다. 생명체란 언젠가는 소멸되는 것이다. 그것을 얼마간 연장시킬 수는 있지만 불멸체로 만들 수는 없다. 그래서 병을 고쳐주지 않았다. 그런데 지금 교당에서 단식 농성을 하고 있는 두 교인은 각각 제 아내, 제 자식의 생명을 구해달라고 하는 것이다. 둘 다 불치의 병이다. 아내는 뇌종양으로 의식불명의 상태였고 8살짜리 아들은 백혈병으로 역시 닷새 전부터 혼수상태다. 현대 의학으로써는 두 손을 든 상태인 것이다. 내가 굳은 표정으로 말했다.

"내가 그 둘을 낫게 해준다면 바로 교당 앞에 자신들도 구해달라는 인간들로 인산인해가 될 것이다. 그것을 어찌 처리 하겠는가?"

"교당의 둘은 각각 아내와 아들 대신으로 목숨을 바친다고 합니다."

시선을 내린 유영근이 말을 잇는다.

"신(神)님이 가져가지 않으시면 스스로 목숨을 끊겠다고 합니다."

"그런다고 인간들의 요구가 줄어들까?"

내가 묻자 유영근이 길게 숨을 뱉더니 머리를 숙이면서 말했다.

"그 둘은 제 사욕을 위해 교당의 질서를 무너뜨렸습니다. 교인 자격을 박탈시키고 내보내겠습니다."

"알았다."

그래놓고 나도 유영근처럼 길게 숨을 뱉는다.

"너는 지금 교당에 가서 그 둘에게 아내와 자식을 데리고 오라고 일러라."

놀라 머리를 든 유영근에게 나는 말을 이었다.

"그리고 교당에 교인을 모아라."

"예에."

대답부터 하고난 유영근이 허둥거리며 말한다.

"비상소집을 시킬 테니 두 시간만 여유를 주시지요."

두 시간 후인 오후 4시경이다. 교당에는 1만여 명의 교인이 입추의 여지 없이 앉아 있었는데 이곳 안양의 본교당 교인만 모인 것이 아니었다. 대전, 원주 교당의 교인들까지 달려와 있다. 내가 비상 소집시킨 이유를 안 것이다. 오늘의 두 주인공, 박경남과 정동석은 각각 의료용 침대에 눕힌 제 처 윤선옥과 아들 정기준 옆에 꿇어앉아 있었는데 온몸을 떤다. 내가 연단으로 나오자 교당을 메운 교인들이 일제히 일어서 맞는다. 모두 조용하다. 두 손을 모은 채로 나에게 존경과 사랑을 나타낸다. 나는 떠들썩한 연호와 찬양을 지양시켰다. 형식에 얽매이면 나중에는 제 갈 길을 잃어버린다. 내가 연단 중앙에 서자 시종들이 뒤쪽으로 벌려 선다. 시종장 김윤수가 사회석에 서서 소리쳤다.

"신(神)님께서 알리십니다."

그때 내가 입을 열었다.

"인간은 유한한 생명체다. 생명을 얼마쯤 연장시킬 수는 있어도 불멸의 존재는 되지 못한다."

그리고는 머리를 돌려 연단 바로 왼쪽 밑에 꿇어 앉아있는 박경남과 정동석을 보았다.

"너희들의 아내와 자식에 대한 애절한 감정은 알겠다. 너희들의 목숨과 바꾸겠다는 마음도 다 이해한다. 그러나 이런 사연이 어디 너희들 둘뿐이겠는가? 너희들 둘의 소원을 들어주면 다른 인간들은 어찌 할 것인가?"

둘은 두 손으로 바닥을 짚은 채로 어깨를 떨며 운다. 교당 안에는 숨소리도 들리지 않는다. 의료용 침대에 누운 윤선옥과 정기준은 급하게 데려왔기 때문에 링거나 산소 호흡기도 떼어져 있다. 둘은 이제 시체처럼 늘어져 있을 뿐이다. 그때 내가 말했다.

"두 가엾은 인간이여, 일어나라."

그 순간이다. 윤선옥과 정기준이 침대에서 부스스 일어섰다.

"아악!"

교당 어느 쪽에서 누군가 짧은 비명을 내뱉었다. 동시에 숨을 참는 소리가 마치 파도 소리처럼 들린다. 그때 8살짜리 정기준이 소리쳤다.

"아빠! 아빠!"

그때까지 정기준의 아버지 정동석은 머리를 숙인 채 우느라고 정기준이 일어나 있는 것을 못 보았다. 소스라쳐 머리를 든 정동석이 눈과 입을 딱 벌린다.

"여보!"

이제는 윤선옥이 소리쳤다. 그때 교당 안에서 일제히 외침이 일어났다.

"신(神)!"

이윽고 내가 두 손을 들어 교인들을 진정시키고 나서 말한다. 이제 두 쌍의 부부, 부자는 서로 끌어안은 채 흐느끼고 있다. 내가 말했다.

"인류여, 앞으로는 기적을 받으려고 내 앞에 나타나지 마라. 내가 그대들을 찾을 것이다. 만일 내가 나타나지 않는다면 다음 기회의 기적이 있을 것이라고 믿도록 하라."

나에 대한 믿음이 강해질수록 반발과 적대감을 품은 무리들도 늘어났다. 나는 기독교, 천주교, 불교, 이슬람등 역사와 전통을 갖춘 기존 교단의 사자로 자임했기 때문에 교당에는 어떤 표식도 없다. 또한 내 교인 중 대부분은 기존 교단의 신도이기도 해서 나를 그리스도의 사자로 믿는 교인도 있다. 그러나 사교 집단은 나를 제1의 적으로 간주했다. 또한 테러 단체, 거대한 마약 조직, 독재국가의 지도자들도 나를 주시하고 있다. 지난번 저격수를 보낸 것은 시작일 뿐이다. 아직 거대한 주류가 남아있는 것이다. 오전 10시 반, 내 방으로 집사장 김윤수와 비서 유영근이 같이 들어왔다. 둘의 표정을 본 내가 빙그레 웃었다.

"자금이 모자라는구나."

지난번 김윤수에게 건네준 자금이 이미 다 소진되었다. 각 교당은 성금을 받지 않았기 때문에 모두 내가 건네준 자금으로 교당을 운영했다. 그러나 교당 건물의 임대에서부터 운영비, 점심때는 무료급식까지 해왔기 때문에 하루 경비만 해도 10여억 원이다. 김윤수가 시선을 내린 채 말했다.

"예에, 신(神)님. 그래서 시종들도 재산이 있는 교인들의 자진 성금을 받자는 의견이 많습니다."

"그렇게 되면 여유가 없어서 부끄러워하는 교인들도 생기게 된다."

그러고는 문득 머리를 들고 둘을 번갈아 보았다.

"다이아몬드가 비싸더군."

"예에?"

놀란 둘이 서로의 얼굴을 보더니 먼저 김윤수가 말했다.

"하지만 한국에는 다이아 광산이 없습니다, 신(神)님."

"많다."

쓴웃음을 지은 내가 말을 잇는다.

"다이아몬드 시장을 장악하고 있는 보이에르사에 연락을 하도록 해라. 매월 한국산 다이아를 한 뭉치씩 판매하겠다고. 다이아 시장 혼란을 우려한 그들은 금방 전매하겠다고 할 것이다."

"다, 다이아는 어디에 있습니까?"

유영근이 더듬거리며 묻자 내가 눈으로 뒤쪽을 가리켰다.

"너희들 뒤에 있다."

"으윽!"

동시에 몸을 돌린 둘의 입에서 신음 같은 탄성도 동시에 울렸다. 뒤쪽 벽까지 가득 쌓여있는 다이아몬드 더미를 본 것이다. 반짝이는 알갱이는 각각 굵기가 달랐는데 큰 놈은 호두만 했다. 일부는 흙이 묻었고 흐린 유리 색깔이었지만 엄청난 물량이다. 높이 3미터 정도의 천장에까지 닿을 정도로 한쪽 벽을 완전히 메우고 있다.

"이, 이것이."

오금이 저린 김윤수가 시선만 준 채로 더듬거렸을 때 내가 말했다.

"그렇다. 다이아몬드다. 내가 일부만 걷어온 것인데 이걸 한꺼번에 시장에 내놓는다면 보이에르사는 망하게 될 것이다."

그러고는 내가 덧붙였다.

"너희들 둘이 한 달에 한 번 이 방에 들러 한 자루씩만 꺼내 자금을 만들도록 해라."

아마 한 자루에 수천억이 될 것이다. 한국 땅 지하 깊숙한 곳에는 아직도 내가 걷어들인 다이아몬드의 백 배가 넘는 양이 쌓여있는 것이다. 아직도 놀람에서 깨어나지 못한 둘을 향해 내가 말을 잇는다.

"인간은 파내지 못할 곳에서 가져온 거다."

신(神) 교인이 이제는 해결자가 되었다. 경찰과 법원, 또는 정부기관이 서민에게 어렵고 서먹한 것은 세계 초일류 선진국이라고 해도 별반 다를 것이 없다. 서민의 대부분은 한평생 그런 기관에 가지 않고도 지내지만 막상 일이 닥치면 절차를 몰라 허둥대고 법보다 가까운 폭력에 굴복하며 고압적인 기관에 위축된다. 그런데 신(神) 교인이 서민의 대변자 역할을 해주고 있다. 현재 전국의 43개로 늘어난 교당의 교인 수는 15만여 명, 예비 교인으로 교인될 준비를 하는 인원은 175만 명, 거의 2백만이다. 이제 억울한 일이나 어려운 일이 발생하면 서민들은 가까운 신(神) 교인을 찾는 것이 일상이 되었다. 그러면 교인은 기꺼이 그 부탁을 들어주는 것이다. 교인이 모아 온 진정을 해결 해주는 일은 시종들이 맡는다. 시종들은 나한테서 능력을 부여 받았기 때문에 어느 정도는 스스로 해결할 수가 있다. 또한 정부기관이나 해당 부처에도 교인이 있어서 바로 연결 해줄 수도 있는 것이다. 그리고 시종들이 해결할 수 없는 사건은 나에게로 온다. 이제는 해외 14개국으로 번진 교당에서도 나에게 의뢰가 오는 상황이다. 나는 지금 필리핀 민다나오섬 깊숙한 산림 속 교당에서 일하고 있는 시종 마리오의 청원을 듣는 중이다. 물론 나는 내 방에 앉아 마리오를 보고 있다. 그러나 마리오는 내 목소리만 들을 것이다. 마리오는 독실한 기독교 목사로 오지에서만 빈민 구제 활동을 벌이다가 지난달에 내가 시종으로 삼았다. 그러나 마리오는 여전히 교회의 목사이며 예배를 본다. 다만 그리스도의 이름으로 도움을 바랄 때만 나를 부른다. 지금까지 마리오는 나한테서 3천 명의 주민을 한 달간 먹일 만큼의 자금 지원을 받았는데 그것을 그리스도의 기적으로 선전했다. 그리고 주민들도 모두 그런 줄로 안다. 밀림속의 굶주린 주민들은 아직 신(神)에 대해서 모르지만 나는 전혀 상관하지 않는다. 마리오는 50대 중반으로 왜소한 체격이다. 주름진 얼굴을 든 마리오가 두 손을 모은 채로 말을 잇는다.

"신(神)님이시여. 어젯밤 게릴라군 대장 호산이 교회 창고에 있는 식량을 모두 가져갔습니다."

마리오는 교회의 십자가상 앞에 무릎을 꿇고 앉아서 간절한 표정으로 말을 잇는다.

"또한 호산은 윗마을에서 젊은이와 여자 27명을 끌고 갔습니다. 젊은이는 병사로 양성 시킬 것이고 여자는 성적 노리개로 삼을 작정입니다. 부디 기적을 내려 주십시오."

"기적을 바랄 것도 없다."

내가 자르듯 말했을 때 마리오는 숨을 죽였다. 놀란 듯 크게 뜬 두 눈이 그리스도 상을 향하고 있다. 다시 내가 말을 잇는다.

"지금 당장 마을 주민들과 함께 북쪽의 시그람 강가로 가라. 강가의 선착장에서 기다리면 주님의 뜻대로 이루어질 것이다."

요란한 총성이 울렸으므로 하드리는 숨을 죽였다. 움막 안의 주민들도 기침소리 한번 내지 않는다.

　"탕, 탕, 탕, 탕."

　이제는 단발 사격이 이어진다. 바로 마당 건너편 건물에서 울리는 것이다.

　"하드리."

　하면서 옆으로 바짝 붙은 동생 누마가 하드리의 한 쪽 팔을 감싸 쥐었다. 하드리와 누마는 남매다. 오빠와 여동생이 함께 끌려온 것이다. 그때 다시 총성이 일어났다.

　"타타탕! 탕탕탕! 탕! 탕!"

　이번에는 약간 간격을 두고 발사된다. 아직 움막 안에서는 아무도 입을 열지 않는다. 조금 전까지 울며 넋두리를 늘어놓던 윗집 새댁 자끄미도 입을 꾹 닫고 눈동자만 굴리고 있다. 다시 총성이 이어지지 않은 기간 동안은 더 가슴이 두근거렸으므로 하드리는 입안에 고인 침을 삼켰다. 그때였다. 움막의 판자 문이 와락 열리는 바람에 모두들 화들짝 놀란다. 누마가 하드리의 팔을 더 세게 움켜쥐었다. 움막 안으로 들어온 사내는 손에 AK-47 소총을 쥐고 있었는데 눈을 치켜뜨고 소리쳤다.

　"모두 나와!"

　버럭 소리친 사내가 소총 총구를 위쪽으로 겨누었다.

　"빨리! 밖으로 나와서 시그람 강으로 나가라!"

　모두 우르르 몰려 나갔으므로 하드리는 누마의 손을 쥐고 무리에 휩쓸렸다. 그때 그들의 뒤에 대고 사내가 소리쳤다.

　"강가 나룻터에 가면 배가 있다 그놈을 타고 건너라!"

정신없이 마당을 가로질러 뛰던 하드리는 주위에 서 있던 게릴라들이 아무도 이쪽에 시선을 주지 않는 것을 보았다. 그러나 그것에 신경 쓸 겨를은 없다.

버튼을 눌러 TV를 끈 로드리게스가 웃음 띤 얼굴로 제이슨을 보았다. 둘은 방금 필리핀 민나나오섬의 토박이 게릴라군 지도자 호산의 허무한 몰락을 생생한 화면으로 본 것이다.

"호산은 근처의 신(神) 교당을 습격한 것이 제 명을 단축시킨 거야."

로드리게스가 말을 잇는다.

"그 병신 같은 놈은 교당 목사가 신(神) 시종이라는 걸 몰랐던 것 같다."

"거기까지 찾아오겠느냐고 방심했을지도 모릅니다."

제이슨이 표정없는 얼굴로 말한다. 40대 중반의 제이슨은 로드리게스의 자문관 겸 정보책임자로 연봉을 1천만 불이나 받는다. 전직 CIA 간부 출신이어서 그만한 능력도 있는 것이다. 제이슨이 말을 이었다.

"신(神)은 측근을 시켜 목표를 제거합니다. 지난번에 소말리아의 아드리스를 부관 하투를 시켜 제거 한 것처럼 이번에도 부사령관 모라토를 시켜 호산을 제거한 겁니다."

"그렇다면."

눈을 가늘게 뜬 로드리게스가 제이슨을 보았다.

"신(神)이 마음을 먹는다면 너를 시켜 날 제거할 수도 있겠구나."

"측근을 옆으로 부르지 마십시오."

"그래야겠군."

로드리게스가 테이블 위에 놓인 대형 콜트를 눈으로 가리키며 말을 잇는다. 콜트는 손을 뻗으면 닿는 거리에 있다.

"내가 먼저 총을 쥐든지 말이야."

"건물 안에 무기 소지를 금지 시키는 것이 낫습니다."

"경호원들이 불알만 흔들고 다니겠군."

어깨를 늘어뜨린 로드리게스가 길게 숨을 뱉는다. 로드리게스는 콜롬비아의 마약 조직 연맹의 회장으로 5개 조직 중에서 가장 강력한 세력이다. 휘하의 병사만 5천여 명, 2개 주에 걸쳐서 로드리게스가 먹여 살리는 주민은 10만 명이 넘는다. 그들에게 로드리게스는 마약 조직의 두목이 아니라 의식주를 제공해주는 은인인 것이다. 로드리게스의 검은 눈동자가 똑바로 제이슨에게 향해졌다.

"제이슨, 내가 배후에 있다는 것을 숨기고 작전을 개시해야겠다."

"예, 이대로 숨어 있을 수만은 없습니다."

긴장한 표정의 제이슨이 말을 잇는다.

"이곳에 신(神) 교당이 세워지지는 않겠지만 미국 정부나 콜롬비아 정부에서 신(神)에게 부탁을 할지도 모르니까요."

"미사일 한 방이면 되지 않을까?"

문득 로드리게스가 묻자 제이슨이 머리를 기울였다.

"신(神)의 몸은 인자로 구성되었다고 하지 않습니까? 총탄이 들어간 뇌에 손을 집어넣었는데 마치 물속에 손이 들어간 것 같았다는데요."

"하지만 산산조각으로 부서지면 복원할 수 없지 않을까?"

정색한 로드리게스가 말을 잇는다.

"지금은 얼마든지 모을 수 있어. 과학자를 고용하든지 원자탄을 사용해도 좋아. 내가 요즘 그놈 때문에 잠을 못 잔다."

반백이 섞인 잿빛 머리를 손가락으로 쓸어 올린 로드리게스가 쓴웃음을 짓는다. 그러나 검은 눈동자는 번들거렸다.

보이에르사에서 파견한 구매 책임자는 영업담당 사장 사이만이었다. 60대 중반의 사이만은 보이에르사 창립 주역이며 회사 서열 3인자였으니 그쪽에서 이번 거래를 얼마만큼 중요하게 여기고 있는가를 알 수 있었다. 사이만은 검사 실무자들과 기기까지 갖추고 왔으므로 일행이 20여 명이나 되었다. 교당의 대기실에 자리 잡고 있던 그들은 김윤수와 유영근이 들어서자 일제히 일어섰다. 유영근은 묵직해 보이는 헝겊 가방을 들고 있었는데 모두의 시선이 그쪽으로 모였다. 서로 인사를 마친 그들이 자리에 앉았을 때 유영근이 테이블 위에 미리 펼쳐놓은 검정색 종이 깔판위에 가방에 든 물건을 쏟았다. 그 순간 사이만까지 입을 딱 벌렸다. 축구공만큼의 부피로 다이아몬드가 쌓여 있었기 때문이다. 알갱이가 큰 것은 엄지손톱만 했고 가장 작은 놈은 콩알만 하다.

"대단하군요."

사이만이 홀린 듯한 시선을 다이아 뭉치에 쏟은 채로 말했다.

"남아프리카에서 한 달간 생산된 물량만큼은 됩니다. 아니."

길게 숨을 뱉은 사이만이 머리를 젓는다.

"알맹이가 큰 놈이 많군요. 더 좋습니다."

그러자 김윤수가 정색하고 말한다.

"한 달에 한 번씩 이만큼의 물량을 공급해 드리지요."

그러자 사이만이 이번에는 커다랗게 머리를 끄덕인다. 이미 다이아는 검사원들이 나서서 선별하고 있었는데 손놀림이 능숙했다. 사이만의 말이 이어졌다.

"당연히 그래주셔야 합니다. 그래야만 다이아 가격의 폭락을 막고 아울러 수요와 생산의 공급을 맞출 수가 있습니다."

김윤수는 대답하지 않았다. 하지만 가격을 보이에르에서 불러준 대로 맞출 수밖에 없는 것이다. 그때 사이만이 조심스럽게 묻는다.

"이 다이아는 신(神)님의 기적입니까?"

사이만의 말을 들은 김윤수와 유영근이 서로의 얼굴을 보고나서 웃는다.

"예, 그렇습니다."

김윤수가 대답했고 유영근이 이었다.

"땅에 묻혀 있는 것을 걷어 오셨지요. 기적으로 만들어 낸 것은 아닙니다."

그러나 사이만에게는 그것 역시 기적일 것이었다.

나는 지금 다른 모습이 되어있다. 이경훈과는 전혀 다른 모습이라는 뜻이다. 이번에도 동양인의 이목구비를 이곳저곳에서 떼어 만들었는데 주위의 시선이 자주 모인다. 이른바 잘생긴 용모인 모양이다. TV나 사진에서 떼어다 붙인 것이라 어쩔 수가 없다. 못생긴 용모는 그런 곳에 실리지 않으니까. 나이는 이경훈과 비슷한 20대 후반, 나는 지금 소공동의 카페 안에 앉아 있다. 내 옆쪽 테이블에 하정연과 박명진이 앉아 수다를 떨고 있었는데 전의 장면과 비슷했다. 하정연의 머릿속이 말하는 소리가 들린다.

"이 남자는 분위기가 괜찮아. 그런데 누굴 기다리는 걸까?"

나에게 옆모습을 보인 채 박명진과 열심히 이야기를 하면서도 머릿속에서는 그런 말이 울리는 것이다. 나는 하정연의 목에 걸린 목걸이를 보았다.

방콕에서 사준 1만 6천 불짜리 다이아 목걸이. 내가 하정연의 머릿속을 지웠지만 목걸이는 회수하지 않았다. 대신 하정연의 머릿속을 바꿔놓았다. 하정연은 지금 방콕 시장에서 산 1백 불짜리 목걸이를 차고 있는 것이다. 그때 하정연이 다시 머릿속으로 말한다.

"내가 왜 이러지? 왜 이 남자한테 끌리는거지?"

물론 이 마음도 내가 작동시켰다. 나는 자리에서 일어나 하정연의 앞에 다가가 섰다. 그 순간 하정연의 얼굴이 빨개졌고 박명진이 제 손가방을 집는다.

"나 집에 급한 일이 있어."

박명진이 자리에서 일어서며 말하더니 곧 몸을 돌렸다. 이것도 내가 시킨 일이다. 나는 박명진의 자리에 앉았다. 얼굴을 붉힌 채로 하정연이 시선만 준다. 당황했는지 머릿속 생각도 들리지 않는다. 그때 내가 말했다.

"인간의 남녀가 서로 끌리는 감정을 나는 아직 실감하지 못하겠어."

내가 차분한 목소리로 말했을 때 하정연의 얼굴에서 웃음이 떠올랐다. 조금 정신을 차린 것 같다.

"왜요? 인간 아니세요?"

그렇게 묻는 하정연의 모습이 아름답다는 생각이 든다. 내가 말을 이었다.

"나야, 내가 김동훈이야."

그 순간 하정연의 입이 딱 벌어졌다. 다시 머릿속의 기억이 채워진 것이다. 모습을 바꿨으니 이름도 다시 만들었다. 요즘 지구상에서 모르는 인간이 없는 이경훈을 사용할 수는 없다.

"어머, 오빠."

하정연이 손을 뻗어 내 손을 움켜쥐었다. 얼굴을 활짝 펴고 웃는다.

"여기서 만나네."

하정연의 머릿속에는 지난번에 만난 기억과 사흘간 차이밖에 나지 않는다. 내가 웃음 띤 얼굴로 하정연의 목걸이를 보았다.

"잘 어울리는구나."

"그럼, 이게 얼마짜린데."

목걸이도 1만 6천 불짜리로 되돌아왔다. 다시 하정연의 머릿속이 분주해진다.

"갑자기 오빠를 여기서 만나다니, 내일까지 휴가인데 오늘 어디 놀러나 갈까? 바닷가가 좋겠지?"

그때 내가 입을 열었다.

"바닷가에 가지 않을래? 동해안에 꽤 좋은 호텔이 있다더구나."

"응, 가."

한마디로 승낙한 하정연이 자리에서 일어나 내 팔을 잡고 끌었다.

"나 내일까지 휴가야. 오늘밤 오빠하고 같이 있을 거야."

내 차는 한국 자동차에서 최근에 출시한 최고급 승용차 '서울'. 한국자동차 창고에서 빼내 커피숍 앞에 주차되어 있었는데 번호판까지 다 붙여졌다. 다만 주행거리가 아직 0으로 되어 있어서 차를 발진 시키면서 쓴웃음이 나왔지만 하정연은 알아채지 못한다. 차가 톨게이트를 빠져 나갔을 때 내가 문득 묻는다.

"너, 요즘, 신(神) 알지?"

"그럼."

들떠있던 하정연이 당연한 것을 묻는다는 표정으로 나를 보았다.

"세상에서 신(神) 모르는 사람이 어디 있어?"

"너 그럼 신(神)을 어떻게 생각하니?"

"나 지금 신(神) 예비 교인이야."

하정연이 반짝이는 눈으로 나를 보았다. 자랑스런 표정이다.

"다음달에 교인 평가를 받는다고."

"어, 그래?"

"오빠도 신청하지 그래?"

"내가?"

차에 속력을 내면서 묻자 하정연의 표정이 진지해졌다.

"오빠, 신(神)은 인간 세상을 정화 시키려고 신들께서 보내주신 기적이야. 우리는 이 기회를 놓치면 안 돼."

"그런가?"

"지금 세계가 정화되고 있어. 우선 북한이 평화적으로 개방되는 중이고 세계의 분쟁이 가라앉고 있어."

"그렇군."

"우리 모두 신(神)님을 도와야 돼."

"넌 말이다."

하고 내가 하정연에게 3초쯤 시선을 주었다가 돌렸다. 하정연도 나를 보았으므로 1초쯤 시선이 마주쳤다가 떼어졌다. 내가 차분한 목소리로 묻는다.

"나하고 신(神)중 하나를 택하라면 누굴 선택할 거냐?"

"오빠."

조금도 망설이지 않고 하정연이 대답했으므로 나는 긴장했다. 그때 하정연이 머리를 돌려 나를 똑바로 보았다.

"오빠를 선택할 거야."

"인간 세상을 정화 시킨다면서?"

"나 아니어도 할 사람은 많아."

"그럼 교인이 안 되어도 돼?"

"그보다 오빠가 먼저라니깐."

머리를 돌린 나는 하정연의 반짝이는 눈동자를 보았다. 도대체 무엇이 이 여자의 에너지를 이토록 끓어 올리는가? 성욕에 대한 갈망인가? 나는 아직도 알 수가 없다.

"오빠는?"

하고 하정연이 물었으므로 나는 생각에서 깨어났다.

"그래, 나도 네가 먼저다."

이렇게 대답은 해줬지만 나는 아직 인간이 덜 되었다는 생각에 조금 허전한 것 같다.

속초 근처의 고려 호텔은 개업한 지 얼마 되지 않은 특급 호텔이다. 나는 하정연과 함께 특실에 투숙했는데 베란다에서는 물론 침실에서도 동해 바다가 내려다 보였다. 베란다에 앉아있는 내 옆으로 하정연이 다가와 선다. 하정연은 가운 차림으로 방금 샤워를 하고 나왔다. 가운 밑에는 알몸이다. 몸에서 옅은 향내가 맡아졌으므로 나는 숨을 깊게 들이켰다. 냄새가 좋다. 인간이 된 지 얼마 되지 않았지만 체취에 섞인 화장품, 비누 냄새에 거부감이 들지 않는다. 그때 하정연이 손을 뻗어 내 어깨에 얹는다.

"오빠, 침대로 가요."

벌써 밤 12시 반이다. 내가 먼저 샤워를 했기 때문에 나도 알몸에 가운 차림이다. 나는 지금 하정연의 뜨거워진 머릿속을 본다. 하정연은 나를 원하고 있다. 그것은 섹스다. 나는 하정연의 손을 쥐고는 자리에서 일어섰다. 그 순간 하정연이 나에게 몸을 붙이면서 두 팔로 허리를 감아 안는다. 그러고는 얼굴을 들고 눈을 감는다. 키스다. 나는 이미 키스의 온갖 테크닉에서부터 섹스의 수많은 체위까지 다 머릿속에 입력되어 있는 것이다. 나는 머리를 숙여 하정연의 입술을 빨았다. 맛이 달콤했다. 과일 맛이 났다. 그때 하정연의 혀가 내 입 안으로 밀려 들어왔다. 이 또한 머릿속에 경험으로 입력이 되었지만 실제 체험은 지금이 처음이다. 과연 실제 체험과 머릿속으로만 숙지하고 있는 차이가 있다. 하정연의 혀를 받아 내 혀가 밀리고 꼬고 비벼주었으므로 베란다는 가쁜 숨소리로 덮였다. 나는 하정연의 어깨를 다시 고쳐 안는다. 그러고는 어느덧 몰두하고 있는 자신을 느꼈지만 곧 잊었다.

다음날 아침, 침대에 누운 나는 옆에서 고른 숨소리 내며 잠이 든 하정연을 본다. 머리칼 몇 올이 이마위로 흘러 내려왔으므로 나는 손끝으로 조심스럽게 걷어 올렸다. 창밖은 아직 해가 떠오르지 않았지만 수평선 위가 붉다. 바다와 하늘이 뚜렷하게 구분되었고 왼쪽의 섬 윤곽도 드러났다. 이렇게 인간 남녀가 만나 사랑을 하고 결혼을 해서 번식을 해온 것이다. 유한한 생명체여서 죽고, 죽고, 또 죽지만 후손은 계속해서 번창해 나아간다. 나는 내 몸이 완벽한 인간 구조로 만들어졌다는 것을 안다. 그러나 어젯밤 하정연에게 보낸 내 정자가 제대로 난자와 합쳐졌는지는 모르겠다. 아마 며칠 후에야 알 수 있을 것이다. 나는 다시 하정연의 얼굴을 본다. 평화롭다. 그리고 입가에 옅은 웃음기까지 떠올라 있다. 꿈을 꾸고 있는 것일까? 나는 아직 한 번도 꿈을 꾸어본 적이 없다. 아니 잠이라는 습성도 일부러 갖췄을 뿐이지 난 언제나 깨어있다. 그 순간이다. 나는 문득 완전한 인간이 되었으면 하는 바람이 일어났다. 그러면 하정연을 완전하게 사랑할 수 있을 것이 아닌가?

토요일 오후에는 야외 집회가 있다. 본당 교당이 교인들을 수용하기에 비좁았기 때문에 날씨가 맑으면 교당 앞 넓은 잔디밭에서 집회를 하는 것이다. 오후 5시, 오늘도 잔디밭에는 3만여 명의 군중이 모였다. 군중 속에는 비교인도 섞여 있었는데 참가자 차별을 하지 않기 때문이다. 시종장 김윤수가 데리러 왔으므로 나는 평상복 차림으로 따라 나선다. 신(神)교는 특정한 제복이나 의식, 또는 상징물도 없다. 그래서 승려 복장, 사제 복장의 교인도 집회에 참석한다. 내가 연단 위로 올라섰을 때 군중들이 모두 일어나 맞는다. 전에는 신(神)을 연호했지만 내가 그러지 말도록 했다. 다만 끝날 때 한 차례 부르는 건 허락했다. 연단위에 선 내가 일제히 조용해진 3만여 군중을 본다. 모두 기대에 찬 표정들이다. 이중에는 병자도, 억울한 사연을 당한 인간도, 또는 인간의 법을 어겨 쫓기는 자도 있다. 그러나 모두 나에게서 구원을 바라는 것이다. 나는 언제나 한 마디를 한다.

"선을 행하라."

내 말은 모두의 귓속으로 갖가지 언어로 번역되어 박혀진다. 귀머거리도 듣는다. 그것을 인간들은 또 기적이라고 부른다. 내가 손을 들고 오늘도 그렇게 말했다.

"선을 행하라."

그 순간이었다.

"뻐엉!"

　나는 주위가 하얗게 변한 것을 보면서 몸이 허공으로 치솟는 느낌을 받았다. 내 몸은 모두가 눈이 될 수가 있다. 인자 전체로 볼 수도 있다는 뜻이다. 나는 내 몸이 하얗게 흩어진 것을 보았다. 인자가 된 것이다. 내가 걸쳤던 옷, 허리띠까지 내 몸과 함께 인자로 변했다. '무엇일까?'하는 의문은 금방 풀렸다. 내가 서 있던 연단을 중심으로 직경이 10미터가 넘는 구덩이가 깊게 파였고 주변에는 연기가 피어오르고 있다. 그렇다. 미사일을 맞은 것이다. 그리고 다음 순간 3만여 군중이 내지르는 비명과 외침이 울렸다. 두 손을 내 저으며 미친 듯이 달려오는 시종들도 보인다. 저런, 허공에 뜬 나는 이맛살을 찌푸렸다. 시종들과 군중들이 죽고 다쳤다. 나는 그때서야 분노했다. 화가 솟구친 것이다.

두 번째 전설
내가 신이다

7장

폭발과 함께 연단도 산산조각이 나서 불덩이와 함께 하늘로 치솟았다. 군중들은 비명을 질렀다. 아우성이 일어났다. 그다음 순간이다. 연단 주변의 대기가 하얗게 변했는데 인간들에게는 그것이 구름이나 안개 뭉치처럼 보였으리라. 연단을 하얗게 덮었던 내 인자가 모이면서 나는 다시 신(神)의 모습으로 돌아왔다. 그 순간 군중은 물론이고 달려든 시종들도 함성을 지른다. 그야말로 떠나갈 것 같은 함성이다.

"와아앗!"

"신(神)!"

나는 깊게 패인 구덩이 옆에 서서 군중들에게 말한다. 목소리가 쩌렁 울렸다.

"나는 인간의 무기로는 죽지 않는다."

다시 함성이 일어났다. 그러나 나는 이번 폭발로 시종과 군중 10여 명이 죽고 30여 명이나 부상당한 것을 알았다. 영혼이 떠나 죽은 자는 데려올 수 없지만 아직 산 인간은 회복시킬 수가 있다. 내가 손을 들었을 때 사경을 헤매던 중상자도 상처가 흔적도 없이 사라지면서 멀쩡해졌다. 두 다리가 절단된 인간도 눈 뻔히 뜨고 있는 동안에 다리가 붙여졌다. 창자가 튀어나왔던 인간도 마찬가지, 모두 벌떡 자리에서 일어나는 바람에 주위에 있던 무리가 오히려 기절초풍을 했다.

"내가 악의 무리를 처단하리라."

내가 허공에 대고 소리치자 군중들이 함성으로 답한다. 두 손을 든 내가 하늘을 가리킨 순간 어두워지는 하늘에 수천 개의 빛줄기가 뻗었다. 그리고 다음 순간 우레 소리가 일어났다. 놀란 군중들이 검은 하늘에 뻗친 수천의 빛줄기를 본다. 이런 장관이 어디 있겠는가? 하늘은 온통 빛줄기로 덮였고 우레 소리는 천지를 진동하고 있다. 그때 군중들이 신(神)을 외친다.

"신(神)!"

우레 소리보다 더 크다. 나는 죽은 시종과 군중을 위로하는 중이다.

"알 리가 없습니다."

제이슨의 목소리가 수화구에서 울렸다.

"그놈들도 누가 시킨 줄을 모르니까요. 돈이 좀 들었지만 네 개 계단을 거쳤습니다."

"그런데도 그놈은 살았어."

잇사이로 말한 로드리게스가 핸드폰을 고쳐 쥐었다. 밀림 속에 위치한 별장이었지만 앞쪽은 넓은 평원이었고 푸른 잔디가 깔려있다. 평원으로 만든 것이다. 심호흡을 한 로드리게스는 방 안을 둘러보았다. 넓은 방 안에는 그 혼자뿐이다. 소말리아의 아드리스 등이 측근한테 당한 후부터 로드리게스는 혼자 있는 시간이 많아졌다. 오늘도 별장 이층에는 아무도 접근시키지 않고 혼자 머물고 있다. 경호원들은 1층에서 서로 견제하며 지키고 있는 것이다. 로드리게스가 말을 잇는다.

"그놈이 불사(不死)의 존재라는 것만 확인 했을 뿐이야. 앞으로는 나한테도 보고할 필요 없어, 제이슨."

"제가 다시 시도를 하지요, 물론."

제이슨이 당황한 목소리로 말을 잇는다.

"연락하지 않고 말입니다."

핸드폰의 전원을 끈 로드리게스는 길게 숨을 뱉었다. 신(神)의 능력이 두려워졌기 때문이다. 최신형 살상용 미사일을 정통으로 맞았는데도 신(神)은 죽지 않았다. TV 화면을 보면 구덩이 깊이가 5미터가 넘고 직경은 10미터나 되었는데도 살아난 것이다. 현장을 목격한 증인들에 의하면 온몸이 증발했다가 다시 결합했다고 한다. 거기에다 숨만 붙어있던 중상자를 포함해서 모든 부상자를 눈 깜박하는 사이에 원상태로 회복시켰다. 그 초능력으로 이번 사건의 배후를 알아낼지도 모르는 것이다.

"빌어먹을."

잇사이로 말한 로드리게스가 앞쪽의 초원을 노려보았다. 그러자 온몸에 찬 기운이 돌면서 머리끝이 쭈뼛거렸다.

나는 공항의 출국 대합실에 앉아있는 하워드 번을 바라보고 있다. 하워드는 필리핀계 3세인데 미국 시민권자다. 어머니가 중국계여서 용모는 꼭 한국 남자를 닮았다. 그리고 그 옆에 앉은 베냐타 창 또한 중국계 3세로 누가 봐도 한국인이다. 이 두 놈이 나에게 대전차 미사일을 쏜 것이다. 미사일을 공급 해준 놈은 주한 미군 소속인 마이클 두반 상사. 놈은 LA의 마약상 척 마빈한테서 65만 불을 받았다. 척 마빈은 하워드와 베냐타한테도 각각 1백만 불을 지급했다. 그래서 두 놈은 척이 이 사건의 배후인 줄 안다. 하워드가 손목시계를 보고나서 25번 게이트를 노려보았다. 12시 25분, 보딩 시간은 20분이 더 남았다. LA행 비행기에 탑승만 하면 조바심 끝. 행복 시작이다. 작전이 실패했지만 이미 선금 1백만 불은 받아 챙겨놓고 있는 것이다. 옆에 앉은 베냐타가 힐끗 하워드를 보았다.

"그놈이 우리를 보고 있는지도 몰라."

입술만 달싹이며 말한 베냐타의 얼굴은 굳어져 있다. 베냐타가 말을 잇는다.

"우리가 표적을 잘못 고른 거야."

"닥쳐, 이 자식아."

낮게 꾸짖은 하워드가 주위를 둘러보았다. 승객들과 약간 떨어져 앉은 이쪽을 아무도 주시하지 않는다.

"어쨌든 우린 해치웠어. 이제 이 빌어먹을 땅을 떠나면 되는 거야."

하워드와 베냐타는 5년째 손발을 맞춰온 스나이퍼. 지금까지 둘은 10여 건의 청부를 맡아 단 한 번도 실패하지 않은 것이다. 30대 중반의 둘은 신장도 180 정도로 비슷할 뿐만 아니라 특수부대 출신이었다. 하워드가 육군 특수부대인 반면 베냐타는 해병이다. 이번의 미사일 발사는 하워드가 맡았고 베냐타는 조수 역할을 했다. 다시 하워드가 손목시계를 보았을 때 나는 마음을 정했다.

하워드가 자리에서 일어섰으므로 베냐타가 묻는다.

"어디 가려고?"

그러나 하워드는 대답하지 않고 발을 떼었다.

"야, 하워드."

뒤에서 베냐타가 불렀지만 하워드는 곧장 유리벽을 향해 다가간다. 벽 옆에 서 있던 청소원이 하워드가 다가오자 움직임을 멈추고는 시선을 준다. 그때 하워드가 유리벽 옆의 철제 빔 위를 올라가기 시작했다. 철제 빔이 비스듬히 바깥쪽을 향해 눕혀져 있어서 올라갈 수는 있다.

"하워드."

놀란 베냐타가 소리쳤고 이제 모두의 시선이 모여졌다. 그때 철제 빔을 10여 미터나 올라간 하워드가 옆쪽의 열려진 유리창을 향해 몸을 붙였다.

"아앗!"

여럿의 입에서 놀란 외침이 터졌다. 하워드가 창문 사이로 상반신을 내민 것이다. 그때 다시 비명이 울린다.

"아앗!"

그 순간 하워드의 몸이 유리벽 밖으로 곤두박질로 떨어진 것이다.

"하워드!"

그때 베냐타가 철제 빔을 타고 오르면서 소리쳤다. 마치 하워드를 구해 내려고 하는 것처럼 보였으므로 군중들은 유리벽 아래쪽에서 웅성거리기만 한다. 활주로 쪽 땅바닥으로 떨어진 하워드는 보이지 않는다.

"으아앗!"

그때 다시 요란한 비명과 놀란 외침이 울렸다. 베냐타가 하워드와 똑같은 방법으로 바깥쪽 땅바닥을 향해 떨어졌기 때문이다. 그때서야 활주로에서 사람들이 달려왔다. 그러나 위쪽 창에서 땅바닥까지는 20미터도 넘는 높이다. 기적이 일어나지 않는 한 살아있지는 못할 것이다.

주한 미 제2사단 직할 수송대 상사 마이클 두반이 권총으로 머리를 쏴 자살한 것은 그로부터 5분쯤 후였다. 인천 공항에서 두 남자가 창밖으로 뛰어내려 죽은 사건은 이상했다. 그러나 수송대 자재 창고에서 군용 베레타로 제 옆머리를 쏴서 죽은 마이클 두반과 연결시키는 사람은 아무도 없다.

그리고 그 5분 후에 다시 LA의 마약상 척 마빈이 물을 가득 채운 욕조 바닥에서 익사체로 발견되었다. 놀란 정부 에니타가 경찰에 신고했는데 외상이 없었기 때문에 욕조에서 심장마비로 죽은 것으로 일단 추정했다.

하정연의 전화가 왔을 때 나는 집회 준비를 하는 중이었다. 핸드폰을 귀에 붙이자마자 나는 눈을 치켜떴다. 하정연과 소통이 된 순간에 나는 머릿속을 읽었기 때문이다.

"오빠."

내 목소리를 들은 하정연이 조금 들뜨고 주저하는 목소리로 말한다.

"나 임신했는데, 어떻게 하지?"

알고 있었지만 실제로 목소리를 들은 내 에너지도 상승 되었다. 이것은 내가 완벽한 인체를 보유하고 있다는 증거인 것이다. 그리고 내 유전자를 받은 2세가 하정연의 몸에서 태어나게 된다.

"뭘 어떻게 해?"

문득 그렇게 물었던 나는 하정연의 얼굴이 어두워진 것을 보았다. 크게 뜬 눈에서는 눈물이 흘러내릴 것 같다. 그때서야 나는 인간의 결혼과 배양에 관한 풍습을 떠올렸다. 인간의 법과도 관계가 있다. 남녀의 결혼, 혼인신고, 출산, 아이의 이름 등 머릿속에 입력은 되었지만 써먹은 적이 없었으니 아무리 나라고해도 금방 튀어나오지 않는다.

"그렇구나."

하고 내가 부드럽게 말을 잇는다.

"먼저 축하해야지. 내 2세가 만들어졌다는 사실을."

그것도 좀 미흡한 것 같았으므로 나는 말을 잇는다.

"낳아야지. 그럼 내가 어떻게 해주는 게 좋겠니?"

"오빠."

이제는 조금 밝아진 얼굴로 하정연이 말을 잇는다.

"화난 거 아니지?"

"내가 화를 내다니? 그럴 리가 있어?"

"정말 기뻐?"

"기쁘다마다."

"그럼 다행이야."

하정연이 손바닥으로 가슴을 쓸면서 말을 잇는다. 표정은 아주 밝아
졌다.

"아이 낳는다면 우리 조금 서둘러야 되지 않겠어?"

이번에는 하정연이 묻는 의미를 알았으므로 나는 망설이지 않고 말한다.

"알았다. 결혼하자."

그러고는 얼른 덧붙였다.

"난 번거로운 것은 싫으니까 가족끼리만 모여서."

그래도 부모와 친척, 친지 대역으로 최소한 10여 명은 필요할 것 같다. 아,
인간 세상은 왜 이렇게 불필요한 허례허식이 많단 말인가?

오늘 집회는 특별하다. 내가 미사일 공격을 당했다가 다시 나타난 것을

교인들은 재림이라고 표현했다. 그 재림이라는 말이 그리스도와 비교 되는 것 같아서 삼가라고 했더니 시종장 김윤수가 부활의식이라고 고집을 부렸다. 할 수 없이 허락했지만 인간들의 이름 짓기 버릇에 쓴웃음이 나온다. 그러나 오늘 이 집회가 특별한 이유는 나 혼자만 안다. 그것은 신(神) 능력을 소지한 12명의 남녀가 군중 속에 비교인으로 끼어있는 것이다. 그들은 내가 불렀지만 서로에 대해서는 아무것도 모른다. 내가 연단에 섰을 때 잔디밭에 모인 5만 군중이 일제히 두 손을 모으고 일어났다. 이제는 신(神)을 연호하지 않는다. 마음으로 부르도록 가르쳤기 때문이다. 군중 속에서는 15일 전에 미사일 파편을 맞아 다쳤던 37명의 신도가 섞여 있다. 그러나 그들은 멀쩡하다. 다만 목숨을 잃은 14명은 제각기 화장되거나 묻혔다. 나는 죽은 자는 살릴 수 없다. 내가 한 손을 들었을 때 사방은 숨소리도 들리지 않는다. 내가 입을 열었다.

"너희들은 모르고 있겠지만 너희들 안에는 내 능력을 받은 신(神)이 여러 명 있다."

내 말은 세계의 온갖 언어로 들린다. 그래서 군중 속에 낀 50여 개국 인종이 내 말을 그대로 듣는다. 내가 말을 이었다.

"앞으로는 교인 중에서 신(神)이 탄생할 것이다. 그들은 앞으로 나를 대신하여 선을 행하고 이 땅을 정화시킨다."

그러고는 내가 두 손을 뻗어 군중을 가리켰다.

"신(神)이여, 너희들이 이 땅의 희망이다. 받은 능력으로 봉사하라."

그때 12명의 신(神)이 자리에서 일어나 지시를 받겠다는 표시를 했다. 군중들과 똑같은 동작을 취하고 있었지만 나는 그들을 한꺼번에 다 볼 수가 있다. 그 동안 신(神) 능력을 소지한 그들은 개별적으로 선행을 베풀었지만 이제는 한데 뭉쳤다. 그때 내가 손을 치켜들자 5만여 관중이 일시에 허공으로 떠올랐다. 그 순간 군중의 입에서 일제히 나를 부르는 외침이 들린다.

"신이시어."

나는 그들이 믿는 모든 신들의 사자다.

"로드리게스, 판다 마을로 돌아간다니. 그게 무슨 말이요?"

하고 다이만이 물었으므로 로드리게스는 머리를 든다. 저택의 이층 응접실 안이다. 넓게 배치된 소파 중앙에는 로드리게스가 앉았고 양쪽 자리를 다이만과 치코가 차지했다. 이들 셋은 남미 마약 거래의 핵심 3인방이다. 군소 조직이 30여개나 되는 터라 셋이 군소 조직을 나눠 대리인 역할을 하고 있는 것이다.

"말 그대로야, 다이만. 내 고향 판다로 돌아간다는 거지."

억양 없는 목소리로 말한 로드리게스의 시선이 치코를 스치고 지나갔다. 치코는 로드리게스와 동년배인 50대 중반으로 작년에 콜롬비아 정부군과 미군 특공대의 연합 작전의 목표가 되어 치명상을 입었다. 마약과 현금을 모두 뺏긴데다 공장 셋 중 두 개가 잿더미로 변했다. 치코 또한 먹여 살리는 식구가 10만 가깝게 되었으므로 현금이 필요하다. 현금을 대지 않으면 부하는 물론 지지 기반인 주민도 떠나는 것이다. 주민이 떠나면 마약 조직은 물 없는 식물이나 같다. 금방 말라죽는 것이다. 그때 치코가 입을 열었다.

"로드리게스, 공장을 다 폐쇄한다니. 내 처지를 알면서 그럴 수가 있소?"

한 마디 한 마디 힘을 주어 말한 치코가 육중한 몸을 부풀리는 것 같더니 곧 길게 숨을 뱉는다.

"날 죽이려고 작심을 한 것 같은데, 로드리게스."

치코는 로드리게스의 마약 공장 네 곳에다 자신의 마약 생산을 의뢰한 것이다. 공장이 폐쇄되면 치코는 마약을 생산할 방법이 없다. 그렇게 되면 곧 죽음이다. 그때 로드리게스가 쓴웃음을 짓고 말한다.

"치코, 석 달만 견디면 돼. 내 공장은 그대로 두고 갈 테니까 말이야."

"도대체 왜?"

하고 다이만이 나섰다가 치코가 손을 드는 바람에 입을 다물었다. 치코가 눈을 가늘게 뜨고 로드리게스를 보았다.

"로드리게스, 내 공장 기술자들까지 다 죽고 흩어졌다는 걸 알 텐데. 공장만 있으면 안 된다고."

"그건 네 사정이야."

로드리게스가 자르듯 말한 순간이다. 치코가 마치 저고리에서 담배를 꺼내는 것처럼 권총을 꺼내더니 로드리게스를 향해 쏘았다.

"탕! 탕! 탕!"

2미터밖에 되지 않는 거리여서 세 발의 총탄은 로드리게스의 가슴에 그대로 박혔다. 그때였다. 문 밖에서도 요란한 총성이 울렸다. 이 총성을 신호로 치코와 다이만의 부하들이 로드리게스의 부하들을 기습한 것이다.

지구 절반 거리나 떨어져 있었지만 나는 그 장면을 다 보았다. 그것을 본 순간의 내 생각은 '악'은 끝없이 이어진다는 것이었다. 나는 로드리게스의 머릿속을 바꿔놓았다. 마약 사업을 정리하고 고향에 돌아가 지금까지 번 재산을 주민을 위한 봉사활동으로 환원 시키려고 했던 것이다. 참모 제이슨까지 제거하고 로드리게스를 이용하려고 했던 것이 소용없게 되었다.

"다 없애야 한단 말인가?"

탄식하듯 말한 내가 눈앞에 떠있는 다이만을 쏘아 보았다. 이제 로드리게스 저택 안의 총격전은 끝났다. 미리 준비를 하고 있던 다이만과 치코의 부하들이 로드리게스와 부하들을 모조리 소탕한 것이다. 저택 안은 시체가 즐비했다. 다이만은 웃음 띤 얼굴이다. 30대 후반의 비대한 체격, 잔인한 성품에다 구두쇠여서 수억 불을 모았는데도 부하들에게 인색하다. 지난주에 경호원의 아이가 병이 났다는 말을 듣고 1백 불을 준 놈이다. 그런데 바로 그 전에 제 정부인 카마리에게 25만 불짜리 다이아 목걸이를 사주었다. 제 가족, 정부에게는 돈을 아끼지 않는 것이다.

"치코, 이제 로드리게스 지분을 반씩 나눕시다. 먼저 금고부터."

하고 다이만이 말한 순간이다. 치코가 아직도 손에 쥐고 있던 스미스 앤 웨슨을 치켜들더니 바로 앞에 서 있던 다이만의 얼굴을 겨누고 쏘았다. 거리는 1미터도 안 된다.

"탕!"

응접실에 요란한 총성이 울리더니 두 눈 사이가 뚫린 다이만이 뒤로 반듯이 넘어졌다. 그때였다.

"탕탕탕탕, 탕, 타타탕, 탕탕탕탕!"

응접실 안은 수십 발의 총성으로 뒤덮였다. 모여 있던 두 보스의 부하들이 서로 겨누고 쏘아 댔기 때문이다. 먼저 다이만을 한 발로 쏴 죽인 치코가 몸에 대여섯 발의 총탄을 맞았다. 다이만의 부하들이 집중 사격을 한 것이다. 그것을 본 치코의 부하들이 다이만의 부하들을 쏘았고 총성은 꽤 오래 계속 되었다. 밖에 있던 양쪽 부하들이 뛰어 들어왔기 때문에 응접실은 점점 시체가 쌓였다. 치명상을 입지 않으면 끝까지 방아쇠를 당기는 것이 총잡이들의 근성이다. 이윽고 총성이 그쳤을 때 넓은 응접실 안에는 30여 구의 시체가 쌓였고 아직 살아있는 너댓 명은 숨만 헐떡이는 중이다. 이로써 마약 조직의 3대 빅 보스는 부하들과 함께 제거 되었다. 나는 눈앞에 떠있는 그림을 지우면서 다시 혼잣소리처럼 말했다.

"끝없이 악이 생성되는구나."

집사장 김윤수와 비서 유영근은 나한테서 신(神) 능력을 부여 받았기 때문에 물질 이동도 가능했고 병자도 치료할 수 있다. 신(神) 초능력자 12명 대열에 낀 것이다. 그러나 병자 치료가 남발되는 경우에 대비해서 나는 12명 모두에게 병자 치료를 금지시켰다. 기적만을 믿고 살면 안 되는 것이다. 김윤수와 유영근이 방으로 들어선 순간 나는 쓴웃음을 짓는다. 둘이 함께 들어온 이유를 알기 때문이다.

"극동 병원에서 기적을 일으키려는가?"

대뜸 내가 물었더니 둘은 약속이라도 한 것처럼 머리를 숙였다.

"예, 신(神)님."

대답은 김윤수가 했다. 서초동의 극동 병원 응급실로 옮겨간 소방관 안병수는 전신 화상을 입고 생명이 위독하다. 안병수는 3시간 전의 보육원 화재 현장에서 불길에 싸인 건물 안으로 들어가 어린이 7명을 무사히 구출 해낸 다음 남은 아이가 있는지 찾으려고 다시 들어갔다가 기둥이 무너지는 바람에 변을 당했다. 조금 전에 TV에서도 방영을 한 것이다. 그런데 안병수에게는 아내와 다섯 살과 두 살짜리 딸이 있다. 반지하 셋집에 사는 아내가 두 딸을 안고 우는 장면이 화면에 나온 것이다. 그때 유영근이 입을 열었다.

"벌써 교인 2만여 명이 신(神)님께 청원을 넣었습니다."

"허어, 이젠 머릿수로 밀어 붙이는가?"

하고 내가 웃음 띤 얼굴로 말했을 때 이번에는 김윤수가 말했다.

"국무총리께서도 조금 전에 연락을 해왔습니다. 안병수씨를 살려주시면 공무원들의 사기가 배가 될 것 이라고 했습니다."

"이젠 총리까지."

지금 북조선 통감이 되어있는 전기준이 한국에 있었다면 역시 같은 부탁을 했을 것이었다. 한국인은 정에 약하다. 이윽고 내가 머리를 돌려 김윤수를 보았다.

"시종장, 그대가 가라."

"예, 신(神)님."

반색한 김윤수가 머리를 숙였을 때 내가 이제는 유영근에게 말했다.

"그대는 극동 병원 중환자실에서 죽어가는 김미옥이란 여중생을 살려라. 그 애 어머니가 지금도 간절하게 마음속으로 나를 부르고 있다."

"예 신(神)님."

유영근의 얼굴도 환해졌다. 그러더니 둘은 튕겨나듯이 자리에서 일어난다.

인간의 예식 절차라는 것이 얼마나 비효율적인지 모르겠다. 머릿속에 넣고는 있었지만 막상 닥치고 보니 한심해서 말이 안 나온다. 약혼식을 치르기 전에 하정연의 부모를 만나는 절차가 있는데다 그 후에는 양가 부모가 만나야 했다. 그리고는 약혼일 택일, 약혼식 장소 결정, 나중에는 약혼식 초대 인원 조정에다 사진 촬영업체 선정까지 해야 되었다. 내가 인간이 되고 나서 가장 어려웠던 일이었다. 나는 약혼식에 이어서 결혼식까지 어쩔 수 없이 대역 부모, 친지를 내세웠는데 모두 멀쩡한 인간들이어서 하정연의 부모는 만족했다. 그러나 모든 대역들이 역할을 끝내자마자 머릿속이 비워진 것처럼 두 분도 마찬가지다. 하정연은 이제 임신 5개월이어서 벗으면 표시가 났다. 회사에 휴직계를 내고 내가 사는 대치동 트라스 오피스텔 펜트하우스에서 출산 준비를 하는 중이다. 물론 나는 밤에는 확실하게 귀가하는 김동훈이 되어있다. 나는 아직도 하정연에게 뉴만 상사의 서울 지점장 행세를 하고 있지만 눈곱만큼도 의심받지 않는다. 실제로 하정연이 뉴만 상사에 전화를 해보면 안내원이 즉시 김동훈 지점장에게 연결시켜준다. 물론 나는 신(神) 교당 사무실에서 전화를 받지만 안내원은 잠깐 머릿속이 바뀌졌기 때문이다. 오늘도 나는 하정연의 전화를 받는다. 매일 한두 번씩 걸려오는 하정연의 전화에 이젠 익숙해져서 오히려 안 오면 이상해질 정도가 되었다. 인간들이란.

"자기야, 오늘 몇 시에 올 거야?"

하정연의 목소리는 달콤하다. 나도 이젠 인간이 다 되어서 어색하지가 않다.

"응, 8시쯤 될 거야."

나도 목소리를 부드럽게 한다. 인간 남녀의 신혼 생활과 나도 별로 다르지가 않다.

"저녁 집에서 먹을 거지?"

하정연이 물었다. 지금 식탁 위에는 저녁거리로 만들 동태찌개 재료가 있다. 하정연이 친정 엄마한테 부탁해서 가져온 것이다. 내가 저녁 먹고 들어간다면 하정연은 크게 실망할 것이다.

"그래, 집에서 먹을 거야."

그래놓고 내가 덧붙였다.

"오늘 저녁은 생선찌개가 먹고 싶구나. 동태찌개."

그러자 하정연이 활짝 웃는다.

"알았어. 내가 준비해 놓을게."

전화기를 귀에서 뗀 내 얼굴에도 웃음이 떠올라 있다. 내 심장박동이 빨라졌고 체온도 조금 높아졌다. 이것이 바로 인간 남녀의 사랑인 모양이다.

내가 세상일을 다 돌아볼 수는 없다. 지구 곳곳에서 사고는 매일 일어났고 지진과 쓰나미, 또는 화산 폭발도 계속되고 있다. 병들어 죽고, 사고로 죽는 인간도 여전하다. 그러나 내가 관심을 갖는 지역이나 인간들이 사고를 모면할 수는 있다. 일본 오사카의 대화재 사건이 그렇다. 시내 중심가인 오사카 역 부근의 도지마가에 세워진 57층짜리 해밀턴 빌딩은 지은 지 10년도 안 되었다. 1층에서 7층까지는 백화점과 상가로 분양되었고 8층부터 57층까지가 호텔로 사용되는 중이었는데 내가 우연히 TV를 본 순간에 해밀턴 빌딩의 전경이 드러났다. 아나운서가 해밀턴 호텔에 막 투숙하는 미국의 톱가수 미키 브라운을 소개하고 있었기 때문이다. 그 순간 내 눈앞에 불길에 싸인 호텔 발전실의 모습이 펼쳐졌다. 나는 소리쳐 유영근을 불러 그 모습을 보여주었다. 유영근이 호텔 측에 연락해서 발전실의 불을 진화하지 않았다면 대참사로 이어졌을 것이다. 그러나 같은 시간에 교토에서 일어난 열차 충돌 사건은 막지 못했다. 내가 마음만 먹으면 그곳도 볼 수 있었지만 오사카에 집중하고 있었던 것이다. 경찰청장 민용근이 나를 찾아왔을 때는 해밀턴 빌딩 사건이 일어난 날 저녁 무렵이었다. 예전에는 며칠 전에 약속을 전했는데 오늘은 세 시간쯤 전에 급하게 연락을 해왔다. 물론 나는 민용근이 무엇 때문에 그렇게 서두르는지를 안다. 사무실에서 비서 유영근을 배석 시킨 채 마주보고 앉았을 때 민용근이 말했다.

"신(神)님, 제가 무엇 때문에 뵙자고 했는지 아실 것 입니다."

나는 잠자코 시선만 주었다. 나와 교인들이 세상을 정화 시키고 있지만 사건은 끊이지 않는다. 줄긴 했어도 끊임없이 살인과 폭력, 사기 사건이 일어난다. 내가 보기에 대부분의 인간은 법이 없어도 산다. 그렇다고 범법자를 다 없앨 수도 없는 노릇이다. 그때 민용근이 말을 이었다.

"악은 근절이 되지 않습니다. 그래서 저는 인간이 원래부터 나쁜 유전자를 갖고 태어난 것 같다는 생각이 듭니다."

오늘 민용근이 갑자기 방문한 이유는 요즘 수도권에서 연쇄적으로 발생하고 있는 성범죄 사건 때문이다. 넉 달쯤 전부터 수원과 성남, 그리고 서울 동작구, 영등포구 일대까지 강간 살해 사건이 잇달아 일어났는데 최근에야 경찰은 그것이 동일범, 그리고 두 명의 소행이라는 것을 밝혀냈다. 두 명이 동시에 범행을 저지른 것이다. 지금까지 7건의 강간 살인과 12건의 강간 혐의를 받고 있었지만 경찰은 전혀 실마리도 잡지 못하고 있다. 민용근의 시선을 받은 내가 쓴웃음을 짓고 말했다.

"나 또한 모두 둘러볼 수 없는 한계가 있는 것이 결국 선과 악이 어느 정도까지는 공존할 수밖에 없는 것 같소."

"능력 있는 교인들을 모든 곳에 심어 놓아도 그렇게 될까요?"

정색한 민용근이 묻자 나는 머리를 끄덕였다.

"내가 나눠줄 수 있는 능력도 한계가 있으니까."

"그렇다면 이 인간 세상에는 선과 악이 공존할 수밖에 없단 말씀입니까?"

"줄일 수는 있겠지. 그렇게 노력을 해야 될 것이고."

그러자 민용근이 어깨를 늘어뜨리면서 길게 숨을 뱉는다.

"이것 또한 신의 섭리처럼 느껴집니다."

"내가 전지전능한 신이 아니라는 증거도 될 테니까."

그러면서 내가 다시 쓴웃음을 짓고는 손을 들어 앞쪽 벽을 가리켰다. 그 손을 따라 벽으로 시선을 준 민용근이 몸을 굳혔다. 벽에 생생한 화면이 떠 있었기 때문이다. 입체감까지 있어서 꼭 눈앞에 있는 것 같다.

"둘이 아니라 셋이요."

내가 눈으로 화면을 가리키며 말했다. 눈앞에는 두 남자와 한 여자가 둘러앉아 식사를 하는 중이다. 장소는 집안, 중국요리를 시켜먹고 있다.

"저 두 놈이 살인, 강간 용의자고 저 여자는 피해자를 유인, 또는 정보 수집을 해온 일당의 두목 격이지."

민용근의 두 눈이 치켜떠졌다. 내가 눈을 깜빡이자 아파트 외관이 보인다.

'정성 아파트' 벽에 붙여진 주소가 보이더니 곧 화면이 바뀌는 것처럼 아파트 문에 붙여진 호실 번호가 나타났다. 서둘러 펜을 꺼낸 민용근이 종이에 주소를 적더니 자리에서 일어섰다.

"그럼 다시 찾아뵙겠습니다."

인사를 하는 둥 마는 둥 하고 민용근이 방을 나갔을 때 나는 아직 지우지 않은 앞쪽 장면을 물끄러미 보았다. 셋은 평범한 인간의 모습이다. 전혀 악인처럼 생기지 않았다. 다른 인간과 똑같다. 분명 성장 과정에서 악인으로 만들어진 것이리라.

이곳은 아프리카 에티오피아, 나는 공간 이동으로 눈 깜빡하는 사이에 안양 교당에서 이곳 난민 캠프로 옮겨왔지만 비서 유영근은 이틀 전에 출발해서 한 시간 전에야 겨우 도착해 있다. 캠프의 사무실 텐트 안에는 이미 에티오피아 대통령과 내무장관, 후생장관, 국방장관까지 다 모여 있는 것이 마치 각료 회의를 하는 것 같다. 그래서 캠프의 관리소장은 맨 말석을 차지했고 나는 유영근과 나란히 대통령 무감베를 바라보는 위치에 앉았다. 무감베는 흑인이지만 이목구비가 반듯하다. 입술도 얇고 콧날도 날카로워서 흑인도 백인도 황인종도 아닌 다른 인종 같다. 인사를 마친 무감베가 먼저 입을 열었다.

"경애하는 신이시어. 그 동안 우리는 당신을 얼마나 기다렸는지 모릅니다."

거짓말이다. 6개월 전에 쿠데타를 일으켜 육군 대령에서 바로 대통령이 된 무감베는 외부와의 소통을 단절시켰다. 기자들의 출입도 막아서 에티오피아는 세상에서 소외되었다. 극심한 가뭄과 기근으로 수백만이 죽어간다는 것은 겨우 탈출해 온 난민들을 통해 알려지게 되었다. 이곳은 에티오피아 중심부인 아버시니아 고원 위, 주바강 상류 지역이었지만 강물은 말라 계곡만 남았다. 지금 이곳 캠프에는 각지에서 모인 2백만 명의 난민이 정부에서 내주는 양곡으로 겨우 생명을 연장시키고 있는 중이다. 무감베가 말을 잇는다.

"내가 모든 원조단체의 제의를 거부하고 오직 신(神)님만을 초대한 것은 신(神)님의 의도가 순수하다고 믿기 때문입니다."

나는 잠자코 듣기만 한다. 무감베는 또 거짓말을 했다. 내부의 참상과 실정을 전하지 않으려고 원조단체의 제의를 막은 것이다. 죽어가는 국민은 안중에 없었고 대신 무감베는 그 동안 친위대를 중무장 시키는데 3억 불을 유용했다. 또한 2억 불은 부하들의 환심을 사는데 썼다. 그 돈으로 식량을 구입했다면 1백만이 살아났을 것이다. 지난 6개월 동안 2백 5십만 명이 기아와

질병으로 사망했다. 8년 동안 계속된 가뭄으로 전 국토가 황무지로 변한 상황인 것이다. 두 손을 벌린 무감베가 열띤 표정으로 나에게 말했다.

"신이시어, 국토가 8년 동안의 가뭄으로 사막이 되어갑니다. 비를 내려주십시오. 그리고……."

열띤 목소리로 무감베가 말을 잇는다.

"밀가루와 콩, 고기도 필요합니다. 저 밖에 있는 난민들이 신(神)님만을 기다리고 있습니다."

나는 머리를 돌려 무감베 좌우에 앉은 장관들과 사령관, 친위대장까지를 하나씩 훑어보았다. 모두 악인이다. 권력과 재물, 색(色)에 대한 욕심만 머릿속에 가득한 악인. 맨 끝에 앉은 관리소장까지도 그렇다. 빠짐없이 무감베의 수족으로 관리소장은 얼마 안 되는 구호품을 횡령해서 빼돌리기까지 했다. 내가 머리를 돌려 옆에 앉은 유영근을 보았다. 이제 유영근과는 입을 열지 않아도 머릿속 말을 주고받는다.

"이놈들은 모두 악인이다. 난민들을 살리기 전에 이놈들을 개조시키는 것이 낫겠다."

"그렇습니다. 신(神)님이시어."

유영근이 입은 꾹 다물고 있었지만 목소리는 흥분으로 떨렸다.

"그래야 난민들이 제대로 살아갈 수 있을 것입니다."

"먼저 무엇부터 놈들의 머릿속에서 빼내는 것이 낫겠느냐?"

"탐욕입니다."

그 순간 내가 손을 들어 휘저었지만 무감베 일당은 눈만 껌벅이고 있다. 그때 내가 다시 유영근에게 말한다.

"저놈들의 머릿속에서 탐욕은 모두 지워졌다. 그럼 다음 순서는 무엇이라고 생각하느냐?"

"국민에 대한 희생과 봉사로 머릿속이 채워져야 합니다."

유영근이 말했을 때 내가 다시 손을 휘저었다. 그러고는 입을 열어 무감베에게 묻는다.

"무감베, 내가 비를 내리고 식량을 제공하기 전에 네가 해야 할 일이 있을 것이다. 그걸 말하라."

"예, 신(神)님."

무감베가 기다렸다는 듯이 대답한다.

"비밀 계좌에 숨겨둔 비자금 3억 5천만 불로 식량과 생필품을 구입하겠습니다. 그리고 경비 강화를 목적으로 구입할 예정이던 군장비 1억 불도 국민을 위해 사용하겠습니다."

내 시선을 받은 무감베가 말을 잇는다.

"사생활도 정리하겠습니다. 친인척 관계도 모두 정리할 것입니다. 앞으로는 오직 국가와 국민만을 위해 일하겠습니다."

머리를 끄덕인 내가 주위에 둘러앉은 각료에게 묻는다.

"너희들도 그럴 것이냐?"

"예, 신(神)님."

그때 내가 손가락으로 모두를 가리켰다.

"너희들 머릿속은 선으로 채워졌지만 하나 더 추가시킬 것이 있다. 그것은 선을 행하지 않았을 때의 결과를 너희들이 기억하고 있어야 되겠다."

그러고는 내가 손을 들어 무감베 뒤에 서있는 경호 대장을 가리켰다. 그 순간이다.

"으아악!"

처절한 비명 소리가 들리더니 거대한 체격의 경호 대장이 불덩이가 되었다. 두 손을 치켜든 경호 대장의 입에서 목이 터질 것 같은 비명이 이어진다.

"으아아악!"

모두 몸을 돌려 그를 보았지만 눈만 치켜뜬 채 입도 벌리지 못한다. 불덩이가 되었던 경호 대장의 몸이 한 무더기의 재가 된 것은 1분도 되지 않았다. 그때 내가 아직도 시선을 떼지 않고 있는 무리에게 말한다.

"기억해라. 선에서 한 발짝만 벗어난 순간에 너희들은 저 꼴이 된다."

그때였다. 갑자기 우레 소리가 들리더니 천막 위로 뭔가 떨어지는 소리가 들렸다. 그러더니 곧 요란하게 울린다. 그때 무감베가 자리를 차고 일어서더니 천막 밖으로 뛰어나갔다. 뒤를 각료들이 따른다. 그 순간 밖에서 환호 소리가 울렸다.

"비다! 비가 온다!"

천막 밖을 내다본 유영근은 억수처럼 내쏟는 비를 보았다. 이제 난민들도 환호하고 있다. 8년만의 비다. 그것도 엄청나다.

나하고 시종장 김윤수하고는 마음만 먹으면 즉시 얼굴을 마주보며 대화가 가능하다. 내가 난민 캠프를 떠나기 직전에 김윤수가 나타났다. 물론 영상이다. 김윤수의 얼굴을 본 순간에 내 인간 심장은 멎는 느낌이 들었다. 김윤수의 머릿속을 읽었기 때문이다.

"신(神)님."

눈을 치켜뜬 김윤수가 겨우 말했을 때 나는 이동했다. 그러고는 눈 깜빡하는 사이에 지구 절반을 날아 김윤수 앞에 섰다. 김윤수가 다시 입을 열려고 할 때 나는 머리를 저었다.

"그만."

그러고는 다시 나는 몸을 날려 성모 병원의 응급실 안에 섰다. 응급실 안 구급 침대는 하정연이 누워있다. 내가 나타나자 둘러섰던 의사와 간호사, 구급대원까지 놀란 듯 시선을 주었다.

"가족인가요?"

의사 하나가 물었지만 나는 손을 뻗쳐 하정연의 얼굴을 덮었다. 하정연은 이미 죽었다. 건널목을 건너다가 신호를 무시하고 달려온 차에 치어 현장에서 숨이 끊어진 것이다. 내가 에티오피아에서 무감베에게 선을 강의할 때였다. 아니, 가장 악랄한 살인자였던 경호 대장 차이크를 징벌 할 때인것 같다.

"현장에서 사망했습니다."

구급대원이 나를 위로하듯이 낮게 말한다.

"고통은 없었을 것입니다."

나는 다시 손을 내려 하정연의 아랫배를 덮었다. 그것을 본 의사 하나가 어깨를 늘어뜨리며 말한다.

"태아도 사망했습니다."

이미 알고 있었지만 나는 의사의 말을 못들은 척 손을 떼지 않았다. 그때 그중 나이든 의사가 말했다.

"저희들은 최선을 다했습니다. 삼가 애도를 표합니다."

나는 하정연의 몸에서 손을 떼었다. 갑자기 온몸이 인자로 변한 느낌이 들었으므로 나는 내 몸을 보았다. 그대로다. 무기력증이 그렇게 만든 것 같다. 이제 하정연은 떠났다. 인간 세상의 표현대로라면 세상 사람이 아니다. 영혼을 믿는 인간이 많아서 다른 인간으로 태어난다고도 한다. 내가 응급실 앞에 나와 섰을 때 그때서야 김윤수가 달려왔다. 나와 하정연의 관계를 아는 인간은 시종장 김윤수뿐 이다. 내가 다른 모습의 인간이 되어 한 여자와 결혼식을 올린 후에 이중생활을 하고 있다는 것을 말해 주었을 때 김윤수는 그야말로 뛸 듯이 기뻐했다. 내가 인간과 더 밀착된 것이 기뻤던 것이다. 김윤수는 언젠가는 내가 떠날 것 같아서 항상 불안했던 터였다.

"신(神)님."

앞에 선 김윤수의 눈에서 눈물이 흘러내렸다. 김윤수도 어쩔 수 없었던 일이다. 교당에서 문득 하정연을 떠올렸더니 구급차에 실려 가는 모습이 보였으니 놀라지 않았겠는가? 그래서 먼저 나한테 연락부터 한 것이다.

"신(神)님, 살려낼 수 없습니까?"

김윤수가 겨우 묻자 나는 머리를 저었다.

"없다."

"신(神)님, 어찌 하시렵니까?"

마치 비난하듯 김윤수가 다시 물었으므로 나는 머리를 들었다. 그러자 우연인지 검은 하늘의 끝이 보였다. 밤이지만 내 눈은 지구인이 상상 할 수 없는 우주의 공간까지 볼 수가 있다.

인간의 장례 절차 또한 까다롭고 길어서 나는 지쳤다. 대역 부모, 친지를 데려온 것쯤은 눈 한번 깜빡이는 것으로 되었지만 하정연 부모, 친지를 상대하는 것이 힘들었다. 그들의 슬픔은 깊었고 나 또한 저절로 분위기에 젖어버렸기 때문이다. 하정연은 화장되어 납골당에 안치되었다. 장례식이 끝나고 모두 제 갈 길로 간 후에 나는 집에 돌아와 거실 소파에 앉았다. 사흘 전만 해도 하정연이 웃고 이야기하던 집안은 조용하다. 집안에 하정연의 자취가 구석구석까지 박혀 있어서 나는 마침내 시선을 창밖으로 돌려야만 했다. 이제는 하정연을 내 눈 앞에 떠올릴 수도 없고 만질 수는 더욱 없다. 하정연은 인간의 표현대로라면 죽은 자, 인간 세상에서 지워진 존재다. 자리에서 일어선 내가 창가로 다가가 어두운 밤하늘을 보았다. 사흘 전, 응급실 밖으로 나와 우연히 밤하늘을 보았을 때 시선이 우주 한쪽으로 뻗어 나갔었다.

"신이시어. 내가 누굽니까?"

내가 우주 공간을 응시한 채 소리 내어 묻는다.

"나한테 무엇을 원하십니까?"

내 시선이 닿은 공간에서는 어떤 반응도 느껴지지 않았다. 그러나 나는 다시 말을 잇는다.

"하정연의 영혼을 데려가신 뜻은 무엇입니까? 인간으로서의 아픔을 겪어 보라는 것입니까?"

그때 나는 내 눈에서 떨어지는 액체를 느꼈다. 이른바 눈물, 두 줄기의 눈물이 흘러내리고 있다. 눈물샘에 이만한 양이 저장되어 있다는 것이 놀라울 정도였다. 어느덧 내 가슴도 내려앉아 있다. 나는 다른 공간에서 온 존재, 지금 내 시선이 뻗어나간 저곳도 내가 태어난 공간에서는 보이지도 않았을 것이다. 나는 손등으로 눈물을 닦고는 심호흡을 했다. 그 순간 가슴이 미어지는 느낌이 들더니 곧 칼로 찢는 것 같은 고통으로 이어졌다. 저도 모르게 내 입에서 신음이 뱉어졌다.

"아아."

문득 나는 이것이 처음으로 겪는 고통이라는 것을 깨달았다. 인간의 고통이다. 그때였다.

"오빠, 뭐하고 있어?"

뒤에서 부르는 소리에 나는 소스라쳤다. 하정연이다. 몸을 돌린 나는 다가오는 하정연을 보았다.

"아니, 너."

그때 다가선 하정연이 눈을 둥그렇게 뜨고 나를 보았다.

"아니, 왜? 울었어? 눈에 눈물이."

"아냐."

쓴웃음을 지은 내가 손등으로 눈을 닦고는 하정연의 손을 쥐었다.

"하품을 해서 그래. 그런데, 너 어디 다녀온 거야?"

"잠깐 아래층 마트에 다녀온다고 했지 않아? 오빠도 참."

눈을 둥그렇게 뜬 하정연이 되물었으므로 나는 당황했다. 그렇다면 응급실, 장례식, 화장, 납골당은 무엇이란 말인가? 인간이 말하는 꿈인가? 그때 하정연이 두 팔을 벌리더니 내 허리를 감아 안는다. 그러고는 하체를 내 몸에 딱 붙였다.

"느껴봐, 움직여."

나는 불룩한 하정연의 하체에서 옮겨지는 체온부터 받는다. 다음 순간 확실한 움직임이 내 몸에 전해져왔다. 태아의 운동이다.

"응, 그렇구나."

내가 하정연의 허리를 당겨 안으면서 말했다. 하정연은 살아있다. 태아도. 그럼 내가 하정연이 옮겨간 다른 세상으로 이동했단 말인가?

밤 9시 10분, 나와 하정연은 소파에 나란히 앉아 TV를 본다. 지금은 TV에서 뉴스를 방영하고 있다. 내가 리모컨으로 채널을 이곳저곳 돌리자 하정연이 묻는다.

"오빠, 왜? 보고 싶은 뉴스 있어?"

"아니."

했다가 리모컨을 내려놓은 내가 묻는다.

"에티오피아 말이야. 어떻게 되었나?"

"에티오피아라니?"

눈을 둥그렇게 떴던 하정연이 곧 머리를 젓는다.

"그곳은 뉴스가 없어. 무감베라는 독재자가 쿠데타를 일으킨 후부터는."

"그 신이⋯⋯."

"신이라니?"

하정연이 머리를 조금 기울이며 묻는다.

"신이 누구야?"

"너 몰라?"

하마터면 너도 예비교인 아니냐고 물을 뻔 했다. 그러자 하정연이 머리를 젓는다.

"처음 듣는 이름인데? 산타클로스인 줄 알았어. 근데 그게 사람 이름이야?"

심호흡을 한 내가 시선을 돌려 시종장 김윤수를 찾았다. 그러나 김윤수는 나타나지 않았다. 하정연을 거실에 두고 서재로 들어온 나는 안양 교당으로 이동을 했다. 시도했다는 표현이 맞을 것이다. 그러나 몸은 움직이지 않는다. 다급해진 내가 비서 유영근을 찾았지만 역시 나타나지 않았다. 그렇다고 하정연에게 물어볼 수도 없었으므로 나는 서재에 놓인 컴퓨터를 켜고 검색을 시도했다.

소말리아의 반군 지도자 아드리스는 아직도 건재했다. 아프가니스탄의 테러단 지도자 무스타파도 오늘 현재시간까지 건재한 것으로 나타나 있다. 그럼 지금까지 내가 했던 일은 무엇인가? 그때 서재의 전화벨이 울렸으므로 나는 얼떨결에 전화기를 든다.

"아, 이사장. GH전자의 주식 매입으로 금년도분 영업 이익을 15% 달성했군요."

하고 파리 본사의 회장 겸 사업 파트너 몽블랑 씨가 밝은 목소리로 말했다.

"이것으로 뉴만 상사 한국법인의 위치는 확고하게 굳어졌는데."

"고맙습니다, 몽블랑 씨."

내 입에서 저절로 말이 이어져 나온다.

"내년에는 PK전자가 유망할 것 같습니다. 이것으로 내 지분도 많아지겠군요."

"그럼, 당연하지."

"모두 몽블랑 씨가 지원해주신 덕분입니다."

"아니, 이사장의 역량 덕분이지요."

기분 좋게 통화를 마친 내가 문득 안양 교당에 찾아가 봐야겠다는 생각을 떠올렸다가 곧 머리가 혼란스러워졌다. 성남 교당이든가? 과천이든가? 그러자 시종장 이름이 떠오르지 않았다. 비서가 있었던 것 같은데 이름도 잊었다.

서재에서 거실로 나온 나에게 하정연이 물었다.

"오빠, 아까 신(神)이라고 물었던가?"

"응?"

눈을 크게 떴던 내가 되묻는다.

"신(神)이라니? 그게 뭔데?"

인연

1장

사무실로 들어선 박동수는 관리과장 최기성의 책상 앞으로 다가가 섰다.

"과장님."

박동수가 불렀지만 최기성은 컴퓨터 화면을 응시한 채 시선을 떼지 않는다. 사무실 안은 조용하다. 옆쪽 자재과 끝 쪽 책상에 앉은 유혜진이 서류를 보고 있었지만 몸이 굳어 있는 것이 드러났다. 이쪽에 신경을 쏟고 있다는 증거다.

"과장님."

다시 부르자 최기성이 머리를 들었다. 긴 얼굴, 코도 길어서 말대가리라는 별명이 딱 어울렸다. 나이가 28세니 박동수보다 두 살 연상이었지만 다섯 살은 더 먹어 보인다. 최기성이 눈을 가늘게 뜨고 박동수를 보았다.

"아, 박동수 씨."

해놓고 버릇처럼 이맛살을 찌푸리며 말했다.

"어제 야근 신청한 것 말인데, 그건 어렵겠어."

박동수는 시선만 주었고 최기성의 말이 이어졌다.

"아이롱사는 세 명이면 충분하거든. 잘 알겠지만 요즘은 급한 오더가 없어."

"예, 알겠습니다."

어쩌겠는가? 머리를 숙여 보인 박동수가 몸을 돌렸을 때 최기성이 등에 대고 말했다.

"그리고 야근자는 능률성 위주로 선발 되어서 말이야. 이해 해줘야 돼."

박동수는 숨을 멈췄지만 내색하지 않고 발을 뗐다. 좋게 능률성이라고 표현했지만 막말로 하면 병신은 안 된다는 것이었다. 아이롱사가 선 채로 다림질만 할 수는 없다. 다림질한 제품을 옆 라인으로 옮기거나 일손이 딸리면 생산 라인에서 제품을 옮겨 올 때도 있다. 그것쯤은 대충 해결이 되지만 가장 불편할 때가 완성품을 포장반으로 운반할 때다. 정상인은 박스를 들거나 메고 옮겨 가지만 박동수는 소아마비로 왼쪽 다리가 5센티나 짧아서 수레가 있어야만 하는 것이다. 사무실 밖으로 나왔더니 공장의 소음이 와락 밀려왔다.

"어쩌? 됐냐?"

아이롱 반장 김석근이 다가온 박동수에게 소리쳐 물었다. 박동수가 머리만 저었더니 김석근이 다 다림질한 바지 하나를 옆쪽 불량품 박스에다 내던지며 말했다.

"시발 놈, 그럴 줄 알았어. 그놈한테 약을 안 써서 그려."

최기성이 뇌물을 밝힌다는 소문은 이미 오래전부터 퍼져 있었다. 그러나 공장장이 그 증거를 잡았다고 해도 최기성을 어쩌지 못한다. 왜냐하면 최기성은 사장의 처남이기 때문이다. 의류 생산 수출업체인 오양물산의 사장 오학수는 자수성가한 인물이었는데 나이가 들면서 마음이 약해졌는지

처가 식구를 요직에 고용하기 시작했다. 최기성뿐만 아니라 경리부장은 손 아래 동서가 된다. 자리로 돌아와 아이롱을 쥔 박동수에게 김석근이 소리 쳐 말했다.

"야, 아이롱사 오라는 데 많다. 수틀리면 같이 떠나자."

그랬지만 말뿐이다. 이곳에서 3년째 아이롱사로 일하고 있는 동안 하루 에도 열 번씩은 들었을 것이다. 짐 옮기는 것부터가 어디 쉬운 일인가?

퇴근시간이 되어서 스팀을 끄고 있는데 핸드폰이 진동으로 떨었다. 바지 에서 핸드폰을 꺼낸 박동수가 발신자 번호를 보았다. 유혜진이다.

"응, 왜?"

핸드폰을 귀에 붙인 박동수가 대뜸 물었더니 유혜진이 말했다.

"오늘 저녁때 '안성'에서 만나."

'안성'이란 삼겹살을 파는 식당이다. 유혜진이 박동수가 다시 입을 열기 도 전에 말을 잇는다.

"할 말이 있으니까 꼭 와. 7시 반까지."

그러고는 통화가 끊겼으므로 박동수는 길게 숨을 뱉는다. 오후 6시 10분 이다. 유혜진과는 사귄 지 반년이 되어가고 있지만 겨우 손만 잡았을 뿐이 다. 한 달에 한 번쯤 겨우 만나는 터라 지금까지 만난 횟수는 10번도 되지 않 았다. 더구나 내성적인데다 열등감이 많은 박동수여서 유혜진이 끌고 다니 는 상황이라고 해도 될 것이다. 탈의실로 가면서 박동수는 다시 핸드폰을 꺼 내 버튼을 누른다. 그러자 신호음이 세 번 울리고 나서 할머니가 전화를 받 았다.

"응, 동수냐?"

"할머니, 나 밥 먹고 들어가."

"오냐. 알았다."

할머니는 혼자 있을 때 끼니를 거르는 때가 많았기 때문에 박동수가 말을 이었다.

"할머니 꼭 밥 먹고."

"알았다. 일찍 들어오너라."

통화를 끝낸 박동수는 문득 할머니의 생일이 이번 달이라는 것을 떠올렸다. 그러고 보면 74세 생일이다. 할머니하고 나이 차가 47년이어서 항상 자신의 나이에다 47년을 더하면 되었던 것이다.

대전을 향해 국도를 달리는 버스 안에서 박동수는 창밖으로 시선을 준 채 생각에 잠겨있다. 이렇게 생각에 빠지는 것이 어렸을 때부터 버릇이다. 세 살 때 부모를 교통사고로 잃은 박동수는 외할머니가 키웠다. 그 당시에도 과부가 되어 있던 할머니는 지극정성으로 불쌍한 외손자를 돌본 것이다. 몸이 약한데다가 다섯 살 때부터 소아마비로 다리를 절게 된 박동수는 생사의 고비를 넘긴 경우만 해도 여러 번이다. 이렇게 살아남아 아이롱 기술을 익혀 직장에 다니게 된 것은 모두 할머니 덕분이다. 오양물산은 옥천군에 위치해 있어서 대전까지는 일반버스로 한 시간이 걸린다. 이렇게 버스에 혼자 앉아 있는 시간이 박동수는 행복하다. 마음껏 공상을 할 수 있기 때문이다. 공상 속의 자신은 다리를 심하게 저는 소아마비 육신이 아니다. 건장한 체격에 1백 미터를 12초대에 주파하는 사내인 것이다. 유혜진을 처음 만났을 때도 이렇게 버스에서 공상을 하고 있을 때였다. 옆자리에 여자가 앉았지만 박동수는 신경도 쓰지 않았다. 고졸 학력에 허약한 몸, 한쪽 다리는 뼈와 가죽만 남아서 심하게 저는 소아마비. 월수 100만 원을 받는 공장 아이롱사한테 관심을 보이는 여자가 있겠는가? 상처를 받기 전에 미리 이쪽에서 신경을 쓰지 않는 것이 이로운 것이다. 그때도 퇴근하는 버스 안이었는데 창밖을 내다본 채 공상에 빠져있던 박동수는 여자의 말에 머리를 돌렸다. 여자가 자신을 바라보고 있었다.

"오양물산 다니시죠?"

여자가 물었으므로 박동수는 머리를 끄덕였다. 같은 회사에 다니는 것 같다.

"예."

"전 자재과에 다녀요."

"아아, 예."

하고 박동수는 길게 숨을 뱉었다. 이런 사람이 가끔 있다. 호기심, 또는 동정. 아마 이 여자도 내 유난히 절름거리는 걸음을 보고 얼굴을 익혔을 것이다. 그때 여자가 웃음 띤 얼굴로 말했다.

"우리 일반 버스에 같이 타고 퇴근 한 적이 몇 번인지 아세요?"

눈만 껌벅이는 박동수를 향해 여자가 말을 이었다.

"넉 달 동안에 아홉 번요. 나하고 나란히 앉은 적은 두 번. 모르세요?"

박동수가 머리만 저었더니 여자가 다시 웃었다. 드러난 덧니가 귀여웠다. 그때부터 유혜진과 사귀게 된 것이다.

박동수가 '안성'식당에 도착 했을 때는 7시 20분이었지만 유혜진은 먼저 와서 기다리고 있었다. 식당 옆쪽 편의점 앞에 서 있던 유혜진이 다가오는 박동수를 보더니 시선을 옆으로 돌렸다. 심하게 절름대는 모습을 보지 않겠다는 배려 같지만 시야에는 다 포함되어 있을 것이다. 지금까지 그런 경우를 수없이 겪은 터라 이제는 박동수도 개의치 않는다.

"들어가자."

유혜진을 스치고 지나 식당으로 다가가면서 박동수가 말했다. 유혜진과 나란히 갈 수는 없는 것이다. 같이 시선을 받을 필요는 없다. 만날 때마다 그 래왔기 때문에 유혜진은 잠자코 뒤를 따른다. 식당에는 손님들이 많았다. 겨우 구석 쪽 자리에 마주보며 앉았을 때 유혜진이 불쑥 말했다.

"앞으로는 앞장서 가지마."

시선을 든 박동수를 유혜진이 똑바로 보았다.

"나란히 가잔 말이야."

"난, 또."

하면서 얼버무리려는 박동수를 향해 유혜진이 말을 잇는다.

"나 하나도 부끄럽지 않으니까."

그때 주문을 받으려고 종업원이 다가왔으므로 박동수는 소리죽여 숨을 뱉었다. 삼겹살에 소주를 시키고 나서 박동수가 화제를 돌렸다.

"근데 무슨 일이야? 할 이야기가 있다고 했잖아?"

"그거."

잠깐 시선을 내렸던 유혜진이 박동수를 보았다.

"돈이 필요하면 내가 빌려줄게. 내가 지난달에 천만 원짜리 적금 탄 거 있 거든."

"됐어."

"야근수당 받으려고 했지 않아? 이자 안 받을게. 내 돈 가져가."

"아, 됐다니까."

이맛살을 찌푸린 박동수가 머리까지 저었다. 할머니가 생활보호대상자로 선정 되어서 한 달에 40만 원 정도를 받는데다 박동수 월급을 합하면 두 식구가 살만은 하다. 더구나 용운동에 오래 되었지만 20평짜리 단독 주택을 갖고 있어서 집세를 낼 필요도 없는 것이다. 그때 유혜진이 조심스럽게 말했다.

"최 과장한테 30만 원만 주면 아이롱 야근이 된다는데. 알고 있어?"

"알아."

"최 과장 집이 유성이야. 알아?"

"들었어."

"찾아가서 30만 원 줘. 그럼 될 거야."

"싫어."

여전히 외면한 채 박동수가 머리를 또 저었다. 야근을 하면 한 달에 50만 원쯤 수당이 붙는다. 그러면 최소한 석 달 야근을 할 테니까 뇌물로 든 비용은 빼고도 남는 것이다. 최기성은 급한 오더가 없다고 했지만 다 만들기 나름이다. 지난달에는 주간 가동률이 70%밖에 되지 않았어도 야간 아이롱사가 네 명이나 되었다. 모두 최기성에게 뇌물을 썼기 때문이다. 시킨 음식이 나왔으므로 허리를 편 유혜진이 힐끗 박동수를 보면서 한마디 했다.

"답답해."

유혜진과 소주 두 병을 나눠 마시고 집에 돌아왔을 때는 밤 10시 반이다.

"술 마셨냐?"

현관으로 들어서는 박동수를 맞으며 할머니가 물었다. 할머니 홍미숙은 작년에 신장 수술을 한데다가 혈압 약을 20년째 먹고 있다. 그래서 재작년까지 용문시장에서 좌판을 벌려놓고 생선을 팔았지만 이제는 매일 나가지는 못한다. 하지만 부지런한 성품이라 닷새에 한 번쯤은 시장에 나가 생선이나 채소 등을 광주리에 놓고 장사를 했다.

"응. 소주 한 병."

정직하게 대답한 박동수가 곧장 화장실로 절름거리며 다가갔다.

"아가, 동수야."

화장실로 들어간 박동수에게 문 밖에 선 할머니가 말했다.

"내가 보약 값 오늘 갚았다."

그 순간 화장실 문이 벌컥 열리더니 박동수가 눈을 크게 뜨고 묻는다.

"아니, 어떻게?"

"마침 싼 이자로 돈 빌려준다는 은행이 있더구나. 내가 사정 이야기를 했더니 바로 돈을 갖고 왔더라니까, 글쎄."

이제는 박동수가 씻지도 않고 밖으로 나왔다. 그러고는 할머니에게 묻는다.

"돈을 갖고 와? 얼마나?"

"글쎄, 3백만 빌리자고 했더니 5백을 갖고 왔단다. 그래서 보약 값 2백5십 다 내고 생선 도매상 고씨한테 45만 원 부쳐주고 시장 번영회에다 밀린 자릿세 37만 원 내고……."

"어디, 서류 좀 봐."

말을 자른 박동수의 손을 내민 기세가 사나웠으므로 할머니는 몸을 돌렸다. 그러고는 말을 잇는다.

"둘이 찾아왔는데 어찌나 싹싹하게 구는지. 아, 글쎄 돈 빌려주는 은행 직원들이 오렌지 주스까지 사들고 왔다니까."

거실에 서있는 박동수에게 할머니가 서류를 들고 왔을 때는 잠시 후였다.

"여기 있다."

박동수가 할머니가 내민 서류를 받았다. 서류는 여러 장이다. 할머니의 도장도 여러 개가 찍혀져 있다. 서류를 들치던 박동수가 문득 머리를 들고 할머니를 보았다.

"할머니, 집 등기부 등본은?"

"응, 거기 있잖냐?"

"아니. 이건 복사본인데."

박동수의 얼굴은 굳어졌고 목소리는 떨렸다.

"웬 위임장이야? 웬 양도 확인증이고? 오백만 원으로 이 집을 양도 한 것으로 되어 있잖아?"

다음날 회사에 휴가원을 낸 박동수는 경찰서의 담당 수사관 앞에 초조한 표정으로 앉아있다. 오전 10시 반이다. 경찰에 신고는 어젯밤에 했지만 아직 결과를 모르는 것이다. 그래서 은행이 개점 되기까지 기다리는 중이다. 그때 수사관이 귀에서 전화기를 떼내며 말했다.

"예상했던 대로야."

박동수의 시선을 받은 수사관이 입맛을 다시고 나서 말을 잇는다.

"전문가 놈들이야. 어제 서류 만들고 나서 바로 국제 은행에서 7천5백을 인출했어. 서류가 완벽해서 은행은 어쩔 수 없다는군."

예상하고는 있었지만 박동수는 눈앞이 노랗게 변해진 느낌을 받는다. 할머니가 40년이 넘도록 산 집이다. 할머니의 유일한 재산. 박동수도 그 집에서 23년을 자랐다. 놈들은 할머니를 속여 그 집을 담보로 은행에서 7천5백을 인출하고 달아났다. 어깨를 늘어뜨린 박동수가 안쓰러웠는지 수사관이 꾸짖듯 묻는다.

"왜 할머니한테 그 서류를 맡겼나? 자네가 관리해야지."

머리를 숙인 채 박동수는 대답하지 않았다. 사건의 발단도 할머니가 사기를 당했기 때문이다. 한 달쯤 전에 할머니는 동네 경로당에 갔다가 박동수를 먹인다고 250만 원짜리 보약을 구입했다. 3년 할부로 사왔다는데 산삼을 넣은 명약이라면서 박스에는 추천한 의학박사 사진이 다섯 장이나 붙어 있었다. 그런데 계약서를 보았더니 3년 할부가 아니라 3년 품질 보증이었고 이미 대금도 일시불로 카드 결제까지 끝낸 후였다. 할머니가 건네준 카드로 돈을 인출해 간 것이다. 그러나 법적으로 하자가 없다. 이미 계약서에 서명을 한데다 보약도 건강식품으로 판매했다고 주장하는 바람에 산 사람만 병신이되었다. 그래서 그 대금을 보태려고 박동수가 야근을 신청했던 것이다. 그때 수사관이 위로하듯 말했다.

"은행 CCTV에 놈들이 찍혔을 테니까 바로 수사를 할 거야. 그놈들이 언젠가는 꼭 잡히겠지만."

말을 끊은 수사관의 뒷말은 박동수가 이어갈 수도 있었다. 돈을 되찾기는 어려울 것이다.

"곧 잡는대."

하고 대기실에서 기다리는 할머니한테 말했더니 반색을 했다. 할머니는 놈들이 집을 담보로 7천5백을 빼내 간지를 모르는 것이다.

"아이구, 그럼 다행이다. 그놈들이 아직 집문서로 이상한 짓은 하지 못 했겠지?"

"그럼."

"아이구, 세상에. 큰일 날 뻔 했구나."

"이자는 내야 돼."

할머니 옆자리에 앉은 박동수가 낮게 말했다.

"그 할머니가 빌린 5백만 원 이자."

"그럼, 그래야지."

이제 5백만 원이 아니라 7천5백에 대한 이자를 매달 은행에 갚아야만 하는 것이다. 원금 7천5백에다 이자까지 뒤집어썼다. 아직 아무 일도 일어나지 않은 것으로 믿는 할머니를 집에 모셔다 드리고 나서 박동수는 밖으로 나왔다. 오후 2시 반이 되어가고 있다. 핸드폰을 꺼내든 박동수가 그 동안 유혜진한테서 문자 메시지가 세 개나 와있는 것을 보았다. 유혜진한테는 할머니 병원 모셔다 드린다고 했다.

'할머니 괜찮으셔?'

'시간나면 문자 보내.'

그리고 맨 마지막 문자는

'보고 싶어.'

라고 써놓았다. 동네 뒤쪽으로 해발 백 미터도 안 되는 낮은 동산이 있다. 중턱에 약수터가 있고 위쪽은 제법 넓은 공터로 조성되어서 동네 사람들이 산책 장소로 이용했지만 박동수에게는 힘든 코스였다. 그러나 박동수는 오늘 땀을 쏟으며 정상까지 오른다. 정상의 공터에는 다행히 아무도 없었으므로 박동수는 끝 쪽 풀밭에 앉아 땀을 닦았다. 발 아래로 고만고만한 주택들이 내려다 보였다.

"정말 왜 이러는 거야?"

아래쪽을 보면서 박동수가 말했다.

"왜 우리만 괴롭혀? 할머니하고 내가 무슨 잘못을 했다고?"

이렇게 혼잣말을 하는 것이 박동수의 버릇이다. 친구도 없고 다리 때문에 외출도 거의 않는 편이라 방에서 공상에 빠지거나 혼자 중얼거리는 것이다. 돌멩이 한 개를 집어든 박동수가 아래로 던지면서 다시 말했다.

"날 병신으로 만들어놓고 아직도 부족한 거야? 내가 언제까지 당해야 돼?"

"어이, 유혜진 씨. 나 좀 봐."

최기성이 불렀으므로 유혜진은 자리에서 일어섰다. 사무실 안에는 마침 둘뿐이다. 최기성이 조금 전에 관리과 직원 미스터 마를 창고로 심부름을 보냈기 때문이다. 유혜진이 책상 앞으로 다가가 섰을 때 최기성이 묻는다.

"오늘 퇴근하고 시간 있어?"

"네?"

놀란 유혜진의 눈 밑이 금방 붉어졌다. 최기성이 오양물산에 들어온 것이 3년 전이다. 아직 미혼인데다 사장의 처남이며 비록 말상이지만 신체 강건한 최기성이 여사원들한테 인기가 없는 것도 아니었다. 그러나 신통하게도 여자관계 스캔들은 일어나지 않았다. 가끔 여자하고 같이 다닌다는 소문이 들렸지만 그것은 곧 회사 사원이 아니라는 것으로 밝혀졌다. 그래서 돈 먹는 소문은 파다했지만 여자관계는 담백하다는 평이 났던 것이다. 유혜진의 표정을 본 최기성이 빙긋 웃는다.

"왜? 놀랬어?"

"아뇨."

시선을 내린 유혜진의 가슴이 세차게 뛴다. 예상하지 못한 일이었다. 사무실 여직원 중에서 자신보다 더 예쁜 애들도 서너 명이나 된다. 피부는 고왔지만 키도 작고 몸매도 통통한데다 얼굴도 평범했기 때문이다. 다시 최기성이 정색하고 말했다.

"난 오래전부터 유혜진 씨한테 관심이 있었어."

유혜진이 숨을 죽였고 최기성의 말이 이어졌다.

"나 이런 일 회사 안에서 처음이야. 난 그런 놈 아니라고."

"……."

"오늘 오후 8시에 대전 역 앞쪽의 '뮤즈' 카페에서 봐. 내가 그때 핸드폰으로 연락할게."

그때 심부름을 나갔던 관리자 미스터 마가 사무실로 들어섰으므로 유혜진이 먼저 몸을 돌렸다. 심장이 세차게 뛰다가 숨까지 막힐 지경이었는데 마침 잘된 셈이었다.

회사 버스가 있었지만 미어터지는데다가 갈아타야 했기 때문에 유혜진은 일반 버스를 자주 탔다. 박동수는 직원들이 자리를 양보 해주는 것이 싫다고 일반버스를 탄다. 버스의 창가 좌석에 앉은 유혜진이 손목시계를 보았다. 오후 7시 10분이다. 박동수한테 세 번 문자를 보냈다가 오후 1시경에 한 번 회신을 받았다.

"별일 없어. 내일 봐."

정말 멋대가리 없는 회신이었다. 손에 쥐고 있던 핸드폰을 내려다보면서 유혜진은 박동수한테서 전화가 걸려왔으면 좋겠다는 생각을 했다. 만나자고 한다면 최기성을 만나는 것을 포기할 수 있을 것이었다. 그러나 한동안 기다렸지만 전화는 오지 않았다. 기적은 일어나지 않는다. 특히 박동수와 나 사이는 더 그런 것 같다. 박동수는 일이 항상 잘 안 풀리는 것 같았고 나 또한 그렇다. 그때 핸드폰이 진동으로 떨었으므로 유혜진은 깜짝 놀란다. 손에 쥔 핸드폰을 들고 보았더니 발신자 번호가 낯설다. 그러나 바로 그것이 최기성의 번호라고 짐작했다. 최기성은 직원들의 핸드폰 번호를 모두 알고 있는 관리과장이다.

"여보세요."

유혜진이 응답했더니 예상대로 최기성의 목소리가 울렸다.

"지금 가는 길이야?"

"네."

했더니 최기성이 짧게 웃었다.

"역 앞 택시 정류장에서 내가 기다리고 있을게. 그 카페는 찾기가 좀 힘들어."

최기성의 웃음 띤 목소리가 이어졌다.

"난 10분쯤 전에 도착해 있을 거야."

유혜진은 소리죽여 숨을 뱉는다. 왠지 이제는 어색하지가 않다. 그리고 가슴이 뛴다.

오후 8시 반, 벽에 등을 붙이고 우두커니 앉아있던 박동수가 문득 옆에 놓인 핸드폰을 집어 들었다. 집안은 조용하다. 할머니는 이시간이면 방에서 연속극을 보는데 하루 중에 가장 행복한 시간이라고 했다. 핸드폰의 버튼을 누른 박동수가 곧 유혜진에게 문자를 보냈다.

'뭐해? 시간 있으면 연락해.'

그랬다가 곧 덧붙였다.

'네 목소리 듣고 싶어서.'

그러고는 핸드폰을 옆에 내려놓고 무릎위에 머리를 얹었다. 두 손을 무릎 밑으로 깍지 껴 안고는 핸드폰을 우두커니 바라본 채 기다린다. 1분, 2분, 5분, 10분 시간이 흐르면서 박동수는 차츰 가라앉아가는 제 가슴을 느끼고 있다. 기다림의 기대가 점점 부서지면서 몸이 무거워지는 것 같다. 이윽고 무릎에서 머리를 뗀 박동수가 벽시계를 보았다. 9시 10분이다. 벌써 30분이나 지난 것이다. 하품을 하고 난 박동수가 혼잣소리로 말한다.

"어디 내가 바란 대로 되는 일이 있었나?"

그러고는 곧 쓴웃음을 지었다.

"하긴 내가 기대하고 있었던 것도 아니었으니까 손해 본 것도 없어."

최기성은 매너가 좋았다. 회사에서 본 최기성과는 전혀 달랐다. 잘 웃었고 너그러웠으며 유혜진을 깍듯하게 배려했다. 카페 '뮤즈'는 술과 음식, 그리고 홀까지 갖춰진 고급 살롱으로 유혜진은 말만 들었지 처음이었다. 칸막이로 가려진 룸에서 스테이크를 먹고 포도주를 반병쯤 마셨을 때 유혜진의 긴장감은 거의 다 풀어졌다. 최기성을 따라 많이 웃었기 때문에 입 끝이 조금 당길 정도였다.

"넌 자주 웃어야 돼."

술잔을 든 최기성이 엄숙한 표정을 지으면서 말했다.

"네 웃는 얼굴이 얼마나 이쁜지 넌 모를 거다."

어느덧 최기성은 말을 놓았고 그것이 자연스럽다. 한 모금 술을 삼킨 최기성이 말을 이었다.

"웃는 얼굴에 복이 오는 거야. 웃는 얼굴이 이쁜 사람은 다 잘 산다."

"정말요?"

"그래."

"과장님도 웃는 얼굴이 좋아요."

"여기선 오빠라고 부르기로 했지?"

최기성이 눈을 치켜뜨는 시늉을 하자 유혜진이 피식 웃는다.

"네, 오빠."

"회사에서는 조심할 것."

"네, 과장님."

"이게, 정말."

최기성이 눈을 부릅떴고 이제는 유혜진이 소리 내어 웃는다. 술기운도 작용했을 것이다. 그러나 박동수하고 함께 있었을 때는 만들어질 수 없는 분위기였다. 박동수 옆에 있으면 무겁고 어두워진다. 가슴이 답답해지면서 문득 눈물이 나오려고 할 때도 있었다. 갑자기 박동수를 안고 싶어졌다가도 벌떡 일어나 가버리고 싶은 충동이 번갈아서 치솟는다. 그때 최기성이 손을 뻗어 유혜진의 손을 잡았다. 너무 자연스러워서 잡히고 나서 몇 초쯤 있다가 의식이 될 정도였다.

"혜진아."

최기성이 은근한 목소리로 불렀지만 유혜진은 대답하지 않았다. 그러나 잡힌 손은 빼지 않았다. 최기성이 잡은 손에 힘을 주었다.

"오늘은 이만 집에 가자."

유혜진의 손을 부드럽게 조몰락거리면서 최기성이 말했다.

"늦었어. 내가 집까지 데려다줄게."

다음날 점심시간이 되었을 때 박동수는 구내식당에서 유혜진을 보았다. 사무실 직원들과 식탁에 앉은 유혜진의 표정은 유난히 밝다. 옆얼굴을 보이며 앉은 유혜진은 자주 웃었는데 이쪽 시선을 느끼지 못한 것 같았다.

"야. 오늘 김병일이가 아프다고 조퇴를 한다는디."

옆자리에 앉으면서 아이롱 반장 김석근이 말했으므로 박동수는 정신을 차렸다. 김석근이 말을 잇는다.

"니가 대타로 야근 뛰어. 이달 말까정은 내가 말혀 줄팅게."

김병일과 합의를 보면 되는 사항이다. 그러자 수저를 든 박동수가 머리를 저었다.

"아뇨. 됐어요."

"왜? 야근 안 해도 되겠어?"

"예."

해놓고 박동수가 김석근을 보았다.

"어쨌든 신경 써줘서 고맙습니다."

"자식이 인사성은 밝다니깐."

그때 머리를 든 박동수는 유혜진과 시선이 마주쳤다. 테이블 세 개 떨어진 비스듬한 위치여서 유혜진이 머리를 이쪽으로 돌려야 시선이 마주친다. 그 순간 유혜진이 머리를 돌렸으므로 박동수는 어깨를 늘어뜨렸다. 유혜진의 옆모습은 담담했다. 서로 마주보고 웃을 수는 없으므로 시선이 돌려지고 나서 웃는 옆모습을 보여 왔던 것이다. 그런데 오늘은 웃지 않는다.

'어제 내 문자 보았어?'

점심을 먹고 창고 벽에 등을 붙이고 선 박동수가 유혜진에게 문자를 보냈다. 그리고 나서 다시 보낸다.

'오늘 나하고 삼겹살 먹을까?'

어제 오후에 보낸 문자도 회신이 없었기 때문에 가슴이 답답해진 상황이다.

앞쪽 농구 코트에서는 생산부 직원들이 시합을 하고 있었는데 셔츠반의 강천규가 오늘도 두각을 나타내었다. 키는 별로 크지 않았지만 몸놀림이 현란했고 슛은 백발백중이다. 둘러선 여직원들이 탄성과 함께 박수를 치고 있다. 그때 핸드폰이 진동을 했다. 문자 메시지가 온 것이다. 서둘러 메시지 수신 버튼을 누른 박동수가 읽는다.

'어제 바빴어. 그리고 오늘은 집에 일찍 들어가야 돼. 할머니가 오셨거든. 미안.'

머리를 든 박동수가 다시 농구 코트를 보았다. 마침 골대 밑까지 달려 들어간 강천규가 뛰어 오르면서 멋진 슛을 성공 시키고 있다.

박동수가 오양물산에 입사 한 것은 정부의 장애자 후원 정책에 따라 복지부의 추천을 받았기 때문이다. 따라서 오양물산은 박동수를 채용함으로써 정부로부터 세금 감면의 혜택을 받았으니 오히려 득을 본 셈이다. 더구나 박동수가 한사람 몫의 아이롱사 역할을 충분히 하고 있는 터라 회사에서 생색을 낼 이유가 없는 것이다. 반장 김석근에게 조퇴 신청서를 낸 박동수가 국제은행 용운동 지점에 들어섰을 때는 오후 3시 반이었다. 미리 약속을 한터라 대출 담당 대리가 박동수를 맞았다. 가슴에 붙인 명찰에 '서규식'이라고 적혀 있었다. 상담실로 들어가 둘이 마주보며 앉았을 때 서규식이 둥근 얼굴을 찌푸리며 말했다.

"경찰서에서 연락을 받고 저도 황당했습니다."

박동수는 잠자코 시선만 주었으므로 서규식이 말을 잇는다.

"하지만 수사관한테도 다 말했는데요. 서류가 완벽한 상태여서 우리도 어쩔 수가 없었습니다."

"……."

"수사관도 인정을 하더군요. 그리고 우린 이런 경우를 여러 번 당해 보았는데요. 법적으로도 하자가 없거든요."

"……."

"정말 악랄한 놈들이 많습니다. 할머니한테 사기를 치는 그런 놈들은 법정 최고형을 받아야 됩니다. 그런데."

하면서 서규식이 말을 멈췄으므로 박동수는 심호흡을 하고 나서 묻는다.

"저기, 이자는 얼마나 되는가요? 그리고 원금은 어떻게……."

그 순간 서규식이 헛기침을 했다. 그러더니 입맛까지 다시고 나서 입을 열었다.

"저기, 대출 이자는 연10%였습니다. 그리고 원금은 1년 후에 상환하도록 되어 있었지요."

"……."

"그러니까 월 63만 원 정도 이자를 1년 동안 내셔야 됩니다."

"……."

"1년 후에는 원금 상환을 하셔야 되지요. 물론 힘드시면 연장도 가능합니다."

"저기, 사정을 봐주실 수 없을까요?"

박동수가 시선을 내린 채로 묻자 서규식은 입을 다물었다. 다시 박동수가 조심스럽게 말을 잇는다.

"너무 억울해서요. 원금에다 이자까지 갚아야 되는 것이. 그리고 전 아이롱사로 한 달에 100만 원밖에 못 벌거든요. 거기서……." 말을 멈춘 박동수가 우두커니 책상만 보았고 서규식도 입을 열지 않는다. 한동안 방안에 덮여졌던 정적이 서규식의 말로 깨뜨려졌다.

"정말 안타깝지만 어렵겠습니다."

길게 숨을 뱉은 서규식이 말을 잇는다.

"경찰이 빨리 그놈들을 잡아서 돈을 되찾는 방법뿐인데요."

박동수는 숨도 죽인 채 듣기만 했다. 그것이 더 어려운 일이라는 것을 박동수도 알기 때문이다.

집까지는 세 정류장 거리였지만 박동수는 버스 정류장에 서서 버스를 기다렸다. 일 년 전부터 골반 뼈가 약해져서 오래 걸으면 엉덩이가 부서지는 것처럼 아프다. 의사는 본래부터 골반 뼈가 발육이 덜 된 상태였기 때문에 어쩔 수가 없다는 것이다. 가능한 한 걷기를 피하고 오래 서있지도 말라고 했지만 아이롱 작업을 앉아서 하려면 특수 장비를 맞춰야 한다. 버스가 도착했으므로 박동수는 승객 뒤를 따라 버스에 오른다. 다행히 버스 좌석은 많이 비었다. 박동수가 막 빈자리 앞으로 다가섰을 때 버스는 와락 출발했다. 그 순간 박동수는 통로로 내동댕이쳐졌다.

"으윽."

엉덩이를 심하게 부딪친 박동수는 저도 모르게 신음을 뱉었고 승객들의 시선이 모여졌다. 철없는 여학생 둘이 키득거리며 웃다가 박동수가 겨우 몸을 일으켰을 때야 웃음을 멈췄다. 박동수는 일어섰지만 엉덩이뼈가 부서진 것처럼 아팠으므로 입에서 저절로 신음이 뱉어졌다.

"괜찮아요?"

통로 옆자리에 앉은 중년여자가 걱정스런 얼굴로 묻자 박동수가 잇사이로 대답했다.

"예, 고맙습니다."

괜찮다는 말 대신에 저도 모르게 고맙다는 인사를 했다. 그것이 더 안쓰러웠는지 중년여자가 버스 기사를 향해 빽 소리쳤다.

"아저씨! 차 좀 살살 몰아요!"

얼굴이 붉어진 박동수가 빈자리에 앉으려다가 신음을 뱉으며 일어섰다. 엉덩이뼈가 잘못된 것 같다. 앉으면 아픈 것이다.

"금이 갔어요."

x-ray 사진을 본 의사가 이맛살을 찌푸리며 말했다. 지금 박동수는 병원에서 의사의 진단을 받고 있다. 버스에서 내려 바로 병원으로 온 것이다. 사진을 눈앞에 댄 의사가 말을 잇는다.

"당분간 걷지도 말고 쉬어야겠는데."

그러고는 의사가 머리를 돌려 박동수를 보았다.

"버스가 급출발을 해서 넘어졌다고 했지요?"

"예, 선생님."

"그 버스 번호판 적어놨어요?"

"아뇨."

엉거주춤 선 채로 박동수가 대답하자 의사의 표정이 굳어졌다.

"그럼 버스 기사는?"

"모릅니다."

"허어, 이런."

혀를 찬 의사가 머리까지 젓는다.

"버스 회사를 상대로 소송을 하면 치료비를 물어줄 텐데. 이것 야단 났군."

"치료 받아야 합니까?"

"최소한 일주일은 입원해야 돼요. 의료보험이 있지만 돈이 상당히 들 텐데."

"……."

"그대로 두면 서지도 못합니다."

마침내 박동수는 참았던 숨을 길게 뱉는다. 그러나 머릿속은 텅 빈 느낌 이다.

"아이고, 이게 웬 일이다냐?"

6인실 침상에 모로 누워있던 박동수가 할머니의 외침소리를 듣고 머리를 든다. 할머니가 일그러진 표정으로 다가오고 있다. 방안의 모든 시선이 모 여졌다.

"괜찮냐? 응? 괜찮여?"

전화로 그렇게 안심을 시켜줬는데도 할머니는 확인하듯 소리치면서 박 동수의 온몸을 훑어보았다.

"괜찮다니까 그러네."

박동수가 눈을 치켜뜨고 말했다.

"제발, 할머니. 가만히 좀 있어."

"아이구, 내 새끼야."

털썩 앞쪽 간병인 의자에 앉은 할머니가 이제 울음 섞인 목소리로 말한다.

"어쩌다가 넘어졌단 말이냐. 이놈아, 조심을 해야지."

할머니한테는 육교를 내려오다 넘어졌다고 한 것이다. 버스에서 넘어졌다면 운전사하고 버스를 찾는다면서 온 시내를 다 돌아다닐 것이기 때문이다.

"정말 일주일이면 낫는다디?"

조금 진정이 된 할머니가 물었으므로 박동수는 머리를 끄덕였다. 회사에는 일주일간 휴가를 내어도 자르지는 못할 것이다. 관리과장 최기성이 깽깽거리면서 생색은 내겠지.

"난 튀는 여자는 싫어."

술잔을 쥔 최기성이 지긋이 유혜진에게 시선을 준 채 말한다. 오늘도 둘은 '뮤즈' 카페의 밀실에 앉아있다.

"꼭 그런 애들은 튀는 값을 한다니까."

최기성의 말에 유혜진이 피식 웃는다.

"오빠, 그건 나한테 점수 따려고 하는 작업 멘트죠?"

"응? 그렇게 들렸니?"

눈을 둥그렇게 떴던 최기성이 쓴웃음을 지었다.

"할 수 없지. 하지만 진심이다."

"어쨌든 점수는 땄어."

그러자 술잔을 내려놓은 최기성이 자리에서 일어나 옆쪽으로 붙어 앉는다. 오후 10시 반, 오늘은 둘이서 위스키 한 병을 거의 다 마신 참이다.

"난 오늘 하루 종일 네 뒷모습만 봤어."

그러면서 최기성이 팔을 들어 유혜진의 어깨를 감싸 안았다. 숨을 죽인 유혜진이 몸만 굳혔을 때 최기성의 얼굴이 다가왔다. 그 순간 유혜진이 눈을 감았고 입술에 최기성의 입술이 붙여졌다. 이제는 최기성의 두 팔이 유혜진의 몸을 빈틈없이 감아 안았다. 뜨거운 입술이 부딪쳤을 때 어느덧 유혜진의 입이 열리면서 숨겨졌던 혀가 나왔다.

"아이, 오빠."

겨우 입을 뗀 유혜진이 두 손으로 최기성의 가슴을 미는 시늉을 했다가 곧 다시 입술이 부딪쳤다. 이제는 더 거칠었고 더 뜨거웠다. 이윽고 유혜진도 두 팔로 최기성의 목을 감아 안는다. 그러고는 최기성의 입 안으로 혀를 내밀어 주었다.

밤 11시, 입원실의 벽에 붙여진 시계 분침이 12에 딱 붙었을 때 박동수는 핸드폰을 들고 문자 메시지를 보낸다.

'시간 있으면 문자 보내.'

물론 유혜진에게 보낸 것이다.

다음날 오전 5시 반, 욕실에서 대충 씻고 나온 유혜진이 옷을 주워 입고는 침대에 누워있는 최기성을 보았다. 최기성은 알몸을 시트로 배만 가린 채 사지를 펴고 자는 중이다.

"오빠."

낮게 불렀지만 최기성은 깨어나지 않았다. 침대로 다가간 유혜진이 팔을 뻗어 최기성의 어깨를 흔들었다.

"오빠."

그러자 최기성이 눈을 떴다.

"어? 왜?"

"나 집에 갈게."

"응, 그래."

"오빤 여기서 바로 회사 갈 거야?"

"그래."

그러면서 최기성이 다시 눈을 감았으므로 유혜진은 어깨를 늘어뜨렸다. 이곳은 대전 역 근처의 모텔 방이다.

"오빠, 나 갈게."

문 앞에 선 유혜진이 다시 말했지만 최기성은 대답하지 않았다. 밖으로 나온 유혜진이 복도를 걷다가 문득 가방 안에 든 핸드폰을 꺼내 보았다. 메시지 박스의 불이 깜빡이고 있었다. 버튼을 누른 유혜진은 어젯밤에 보내온 박동수의 메시지를 읽었다. 그러나 곧 엘리베이터 앞에 멈춰서면서 핸드폰을 가방에 넣었다.

"저 몸이 아파서 일주일 휴가를 내어야 되겠습니다."

핸드폰을 귀에 붙인 박동수가 말했더니 반장 김석근의 떠들썩한 목소리가 울렸다.

"응? 어디 아픈 거냐? 괜찮냐?"

"예, 반장님. 다리가 좀."

"일주일이면 다 낫냐?"

"예, 다 낫습니다."

"알았다. 내가 관리 과장헌티 휴가원 낼 테니까 걱정마라."

"고맙습니다, 반장님."

핸드폰을 귀에서 떼었을 때 옆에서 옷 정리를 하던 할머니가 물었다.

"병원으로 누가 온다더냐?"

"아니."

머리를 젓은 박동수가 외면한 채 말했다.

"뭐 하러 와? 내가 병났나?"

할머니는 대답하지 않았지만 그 속을 아는 박동수의 가슴은 무겁다. 요즘 몇 년 동안 친구를 집에 데려온 적도, 친구 이야기를 한 적도 없기 때문이다. 고등학교를 마칠 때까지는 서너 명 친구가 있었지만 졸업하고 나서 다 사라졌다. 제각기 군대나 대학, 그리고 사회생활을 하면서 다른 친구들을 만나고 있을 것이다. 다리가 그래서 거의 외출을 못하는데다 성격도 내성적인 터라 박동수는 집에 박혀 컴퓨터 안에 들어가거나 공상하는 것이 낙이었다. 5년 전에 아이롱 기술을 익히지 않았다면 지금도 방에서 인터넷을 헤매고 다닐 것이었다.

서류를 책상위에 놓은 최기성이 김석근에게 물었다.

"일 주일간이나 휴가를 내다니. 병원에 입원한 것도 아니라면서 너무 심한 것 아닙니까?"

"그래도 다리가 불편한 모양입니다."

김석근이 똑바로 최기성을 보면서 말을 잇는다.

"그리고 박동수는 2년 동안 휴가를 타먹지 않았어요. 12일이나 휴가가 남아있단 말입니다."

"누가 휴가 가지 말라고 그랬습니까? 요즘 바빠지기 시작하는데 아이롱사가 빠지니까 그렇죠."

최기성의 목소리가 높아지자 사무실이 조용해졌고 뒤쪽에 앉아있던 공장장이 슬그머니 일어나 옆문으로 나갔다. 50대 중반의 공장장은 기 싸움에서 최기성에게 밀리는 것이다. 작년부터 공장 사무실의 주도권은 최기성이 쥐고 있다. 최기성의 시선을 받은 김석근도 마침내 시선을 내렸지만 어금니를 문 듯 볼의 근육이 단단해져 있다.

"어제도 조퇴를 하고. 요즘 박동수 근무 성적이 좋지 않아요. 아무리 복지부에서 봐주라고 하지만 이렇게 나오면 우리도 곤란해요. 반장님이 알아듣게 이야기 해주세요."

카랑한 목소리로 최기성이 말하자 김석근은 머리만 끄덕여 보이고는 몸을 돌렸다. 오양물산은 생산직 근로자가 1백 명 미만인데다 노조도 없다. 게다가 생산직의 절반 정도가 임시직이어서 이동이 심했다. 김석근이나 박동수는 정식사원이 되어 있었지만 언제 어떻게 불이익을 받을지 모르는 것이다. 관리 과장쯤 되면 별 수단을 다 만들 수가 있다.

비스듬한 앞쪽 책상에 앉아있던 유혜진은 최기성과 김석근의 이야기를 다 들었다. 최기성은 애초부터 박동수에 대해서 적대적이었다. 박동수를 대하는 태도를 보면 알 수가 있는 것이다. 항상 박동수가 고분고분했고 시선도 마주치지 않는데도 비꼬았고 투덜거렸으며 뒤에서 험담을 했다. 그것이 정부에서 강압적으로 장애인 사원을 밀어 넣은 것에 대한 반발로 사무실 직원들은 이해하고 있다. 김석근이 사무실을 나갔을 때도 최기성이 혼잣소리처럼 뒷소리를 했다.

"아, 정말. 비위 맞춰서 일하기 힘들구먼."

사무실 안에는 자재과 여직원 미스 황하고 관리과의 미스터 마까지 넷뿐이다. 그때 자리에서 일어선 유혜진이 두 발짝 옆으로 나가자 최기성의 시선만 받을 수 있는 위치가 되었다. 이쪽 표정은 최기성만 볼 수 있는 것이다. 최기성이 머리를 들었을 때 유혜진이 눈을 가늘게 뜨고 웃어 보였다. 최기성이 놀란 듯 눈을 크게 떴다가 곧 입 끝에 웃음기가 떠올랐다. 은밀한 관계가 된 남녀만이 나눌 수 있는 신호였다. 최기성의 웃음을 받은 유혜진의 가슴이 세차게 뛰었다. 어젯밤의 뜨거웠던 장면이 머릿속에 떠올랐고 조금 전에 약간 생성되었던 박동수에 대한 궁금증도 순식간에 사라졌다. 유혜진은 발을 떼어 사무실을 나왔다. 최기성에게 문자라도 보내 기분을 풀어줄 생각이 난 것이다.

세 번째 전설
인연

2장

손에 쥔 핸드폰을 내려다보던 박동수가 옆쪽 탁자위에 놓았다. 밤 12시 반, 할머니는 침대 옆에 붙여놓은 의자에서 잠이 들었다. 병실 안은 조용하다. 6인실 병상이 다 찼기 때문에 낮에는 정신을 차릴 수 없을 정도로 소란했는데 박동수에게는 오히려 그 분위기가 더 나았다. 모로 누워야만 해서 박동수는 한 쪽 팔로 머리를 받친 채 물끄러미 병실을 본다. 유혜진은 나흘째 문자 메시지도 보내지 않는다. 하루가 지나고 이틀째가 되면서부터는 먼저 연락을 하기가 겁이 났기 때문에 놔둔 것이다.

"하긴 나 같은 놈한테 끌릴 여자가 있을 리가 있나?"

문득 박동수가 입술만을 달싹이며 혼잣소리를 한다. 그러자 저절로 얼굴에 쓴웃음이 떠올랐다.

"걔도 잘 생각 한 거지. 언젠가는 끝날 건데 뭐."

그러자 가슴이 서늘해지면서 저절로 긴 숨이 뱉어졌다. 유혜진을 사랑했다고 생각하지는 않는다. 6개월간 유혜진 덕분에 기다리는 기쁨과 더 구체적인 공상을 즐기기는 했다. 그러나 유혜진을 내 여자로 삼겠다는 욕심을 품

지는 않았다. 공상과 현실은 엄격하게 구분해온 덕분에 그런 실수는 안한
다. 지금까지 몇 번 짝사랑을 했는데 그것만으로도 엄청난 상처를 입었기 때
문에 단련된 것이다. 눈을 감은 박동수가 다시 입술로만 말한다.

"그래, 난 혼자 살 거다. 내가 언제 너희들 덕 본 적이 있더냐?"

박동수가 회사에 출근한 것은 8일만이었다. 엉덩이뼈가 완전히 붙지 않
아서 목발을 짚고 갔더니 반장 김석근이 눈을 둥그렇게 떴다.

"어떻게 된 거냐?"

"이게 편해서요."

미리 준비한 대답을 하자 김석근의 이맛살이 찌푸려졌다.

"그럼 어떻게 아이롱 할건데?"

목발을 짚고 어떻게 두 손을 사용할 것이냐는 것이다. 그러자 박동수가
소리 없이 웃었다.

"아이롱 할 때는 목발 뗄 겁니다. 서 있기에는 지장이 없거든요."

"그렇다면 다행이고."

그러더니 박동수의 얼굴을 찬찬히 보았다.

"얼굴이 하얘졌다. 어디 아픈 것 아녀?"

"아니에요. 집에만 있었더니."

"참."

잊었다는 듯이 김석근이 아이롱 스팀을 올리다가 박동수를 보았다.

"관리과 말대가리가 너 출근하면 오라고 하더라. 갈 때 귀에다 솜 틀어막
고 가."

사무실로 들어설 때 박동수는 목발을 문 밖에 세워 두었다. 시선을 끌기 싫었고 특히 유혜진의 관심이 부담이었기 때문이다. 물론 이쪽 생각일지도 모르지만 동정을 받기는 더욱 싫었다. 오늘은 절름거리며 다가오는 박동수를 최기성이 물끄러미 보았다. 그러더니 박동수가 책상 앞에 서자 불쑥 묻는다.

"잘 쉬었어?"

"예."

최기성의 시선에서 박동수는 적의를 읽는다. 경멸과 짜증, 더러운 것을 보는 것 같은 느낌이 전해져 온다. 무표정한 얼굴을 짓고 있지만 읽을 수가 있다. 그때 최기성이 말했다.

"병가를 내는 것이 어때? 복지부에서 장애인은 석 달 병가를 주도록 했거든. 병가 기간 동안 월급의 60%를 복지부에서 대신 내주는 거야. 어때? 집에서 놀면서 월급 60%를 받지 않겠어? 집에서 딴 일을 할 수도 있고 말이야."

"안하겠습니다."

최기성의 말이 끝나자마자 박동수가 말하는 바람에 사무실은 조용해졌다. 오늘은 직원이 대여섯 명이나 있었는데 공장장은 보이지 않았다.

"그래?"

눈을 치켜뜬 채 최기성이 쓴웃음을 짓더니 천천히 머리를 끄덕였다.

"싫다면 할 수 없지. 난 좋아할 줄 알았는데 말이야."

"고맙습니다. 하지만……."

"아, 됐어."

손을 들어 박동수의 말을 막은 최기성이 이제는 외면하고 말했다.

"나가봐."

머리를 숙여 보인 박동수는 몸을 돌렸다. 돌리는 순간에 유혜진의 옆모습이 시야에 들어왔다. 책상에 반듯이 앉은 유혜진은 모니터를 보는 중이다. 그러나 얼핏 보았어도 몸이 굳어져 있는 것이 느껴졌다. 그 옆쪽의 여직원이 이쪽을 바라보고 있는 것만 봐도 그렇다. 일부러 외면하고 있는 것이다.

"시발 놈이 별 수작을 다 부리는군."

박동수의 말을 들은 김석근이 입가에 거품을 만들며 말했다.

"석 달간 네가 나가있는 사이에 다른 놈 골라 두었다가 널 내보내고 그놈 받으려는 수작이야."

박동수는 잠자코 다림질만 했고 김석근의 말이 이어졌다.

"니가 돈을 안 멕여서 저놈이 저 지랄을 하는 거다. 내가 다 안다."

"반장님은 주셨어요?"

불쑥 박동수가 묻자 눈을 치켜떴던 김석근이 쓴웃음을 짓는다.

"그래. 넌 입이 무거우니까 까놓고 말하지. 난 3년 전부터 구정 때 저놈한티 백만 원씩 준다. 그럼 저놈이 그 두 배는 나한티 되돌려 주더라."

"……."

"야근도 물어다 주고. 특근 수당도 좀 얹쳐 줘."

"……."

"너도 좀 늦었지만 줘봐. 내가 알기로는 안 주는 놈 몇 놈 안 돼. 반장급은 다 줘."

"……."

"야, 똥이 무서워서 피허냐? 드러우니까 피허는거지."

"제가 주면 받을까요?"

마침내 박동수가 그렇게 물었더니 김석근은 커다랗게 머리를 끄덕였다. 그러고는 주위에 사람이 없는데도 둘러보는 시늉을 하고나서 말을 잇는다.

"넌 처음이니께 50은 줘야 할 거다. 전부터 멕였다면 30이면 되겠지만 처음이라 저놈도 신경을 쓸 것이거든? 그러니까 턱 50을 멕여봐."

그날 밤 최기성과 유혜진은 이제 단골이 되어있는 대전 역 앞 모텔에 들어와 있다. 밤 10시 반, 오늘은 저녁만 먹고 바로 이곳에 온 터라 한 번 엉켰다가 떼어졌는데도 아직 11시가 안 되었다.

"참, 근데 말이야, 오빠."

알몸인 채 천장을 향하고 누워있던 유혜진이 문득 생각 난 것처럼 말했다.

"그 박동수 씨. 병가 안 가려는 모양이지?"

"그럼 어쩌겠냐?"

담배를 한 모금 빤 최기성이 연기를 뱉고 나서 말을 잇는다.

"집에서 놀고먹으라고 했는데도 싫다니. 나아, 참."

"근데 오빠는 그 사람 싫어하는 것 같아, 그렇지?"

"왜? 그렇게 보여?"

"응."

몸을 돌린 유혜진이 정색하고 최기성을 보았다.

"지난번에도 야근 결재 안 해줬잖아?"

"그 자식을 보면 재수 없어."

다시 담배 연기를 빨아들인 최기성이 길게 뿜고 나서 말을 잇는다.

"항상 찡그리고 있는데다가 그 자식 눈을 보면 번들거리는 것이 꼭 초상

집에서 나온 놈 같단 말이야.

그런 놈은 복이 오다가도 떨어지는 거라고."

"⋯⋯."

"병신이라고 다 그런 상통을 짓고 있는 게 아니거든? 그걸 병신이 육갑 한다고 그러는 거야."

그러고는 최기성이 팔을 뻗어 유혜진의 어깨를 당겨 안았다. 아직 땀이 마르지 않은 유혜진의 알몸은 차갑게 식어가는 중이다. 최기성이 이제 유혜진의 허리까지 끌어 몸을 붙이면서 묻는다.

"왜? 그놈이 불쌍하냐?"

"아니."

유혜진이 최기성의 가슴에 붙은 머리를 저었다.

"그냥 궁금해서. 그러고 보니 오빠 말이 맞는 것 같아."

병원비를 내고 나니까 통장의 잔고가 14만 원밖에 남지 않았다. 더구나 사기까지 당해서 한 달에 은행 이자로 63만 원씩을 내야만 하는 형편이다. 할머니한테 돈이 필요하다고 하면 또 어디서 무슨 돈을 끌어올지 불안했으므로 박동수는 김석근한테 부탁해서 50만 원을 빌렸다. 지금까지 뇌물을 안 준 것은 고집이 있었기 때문이 아니다. 뇌물 주는 것이 어색했고 불안했을 뿐이다. 최기성에 대한 거부감 따위도 없다. 오후 6시 정각, 박동수가 핸드폰으로 전화를 했더니 최기성의 목소리가 울렸다.

"누구십니까?"

"저 아이롱반 박동수인데요, 과장님."

"어, 박동수 씨."

놀란 듯 최기성의 목소리가 조금 높아졌다.

"아니 웬일이야? 내 전화번호는 어떻게 알고?"

"회사 비상 연락망에 나와 있었습니다."

"응, 그렇지. 그런데 무슨 일이지?"

"뵙고 말씀 드릴 일이 있어서요."

"회사에서 말하면 안 돼?"

"예, 개인적으로."

"나 지금 바빠."

하면서 최기성이 전화를 끊을 기색이었으므로 박동수는 당황했다.

"저 과장님, 잠깐만 시간을 내주시면. 10분이면 됩니다."

"좋아. 나 지금 유성에 있는데."

마침내 최기성이 생색을 내는 목소리로 말을 이었다.

"유성 아리랑 호텔 커피숍으로 와. 7시 반까지."

장애인에 대한 편견은 많이 사라졌지만 가끔 불편해하는 사람들을 만난다. 그럴 때면 못 본 척하고 넘겨버리는 것이 이롭다. 다투거나 속상해봤자 이쪽만 손해인 것이다. 오늘도 박동수는 거리에서 두 번이나 넘어졌다. 아직 엉덩이뼈가 굳지 않아서 목발을 짚은 것이 더 불안정했기 때문이다. 다행히 앞으로 엎어졌기 때문에 팔 힘은 좋은 편이라 다치지는 않았어도 옷을 버렸다. 6월 초의 서늘한 날씨였지만 박동수는 땀을 뻘뻘 흘리면서 아리랑 호텔로 들어섰다. 최기성은 출구를 향한 채 앉아 있었는데 박동수를 보더니 눈을 가늘게 뜨고 웃는다. 박동수가 다가가는 동안 커피숍 안의 시선이 모였다가 흩어졌다. 앞쪽 자리에 앉은 박동수가 손등으로 이마의 땀을 닦으며 말했다.

"뵙자고 해서 죄송합니다."

"아냐. 근데 무슨 일이야?"

다가온 종업원에게 조금 있다가 오라면서 돌려보낸 최기성이 서두르듯 묻는다.

"내가 바빠서 그래."

"저기 과장님."

얼굴이 붉어진 박동수가 주위를 둘러보았다. 옆쪽 자리에 앉은 남녀 한 쌍의 시선이 이쪽으로 스치고 지나갔다. 머리를 든 박동수가 최기성을 보았다.

"과장님, 이것."

하고 주머니에서 봉투를 꺼낸 박동수가 최기성의 물잔 옆에다 놓았다. 주머니에서 봉투는 조금 구겨졌다.

"이게 뭐야?"

눈살을 찌푸린 최기성이 앞에 놓인 봉투를 노려보면서 묻는다. 목소리가 낮지만 힘이 실려져 있다. 시선을 내린 박동수의 얼굴이 더 붉어졌다.

"예, 저기. 인사로."

오는 동안 연습을 했던 말은 떠오르지 않았으므로 박동수가 다시 손등으로 이마의 땀을 닦는다.

"저기, 제가……."

그때 최기성이 잇사이로 말했다.

"뇌물 주는 거냐?"

그러더니 벌떡 일어섰으므로 옆자리의 남녀가 이제는 노골적으로 이쪽을 보았다. 최기성이 한 마디씩 또박또박 말한다.

"너 날 뭘로 보고. 도로 가져가."

그러고는 최기성이 거친 걸음으로 그 자리를 떠났다. 박동수는 시선을 봉투에 준 채 한동안 움직이지 않았다.

집에 들어선 박동수는 마루에 걸터앉아 있는 이모 조수연을 보았다. 방안의 할머니하고 이야기를 하고 있던 조수연이 머리를 들고 웃었다.

"아이고, 동수야. 오랜만이구나."

박동수는 시선만 준 채 대답도 하지 않는다. 조수연은 작년 이맘때 집안에 있던 현금과 패물을 들고 도망갔다. 할머니가 장롱 금고에 숨겨놓았던 현금 170만 원, 그리고 박동수의 책상 서랍에서도 85만 원, 그리고 할머니의 두 돈짜리 금반지 하나, 박동수의 시계까지 다 들고 간 것이다. 절름거리며 다가간 박동수가 마루에 겨우 앉았을 때 조수연이 묻는다.

"너 병원에 입원 했다면서? 이제 다 나았어?"

그러자 할머니가 와락 소리쳤다.

"이년아! 잘못했다는 소리도 안 해!"

"미안."

조수연이 한 쪽 눈을 감았다 뜨고 나서 다시 웃는다. 나이가 50 가깝게 되었지만 화장을 짙게 한 때문인지 젊게 보인다. 짙은 향내가 맡아졌다. 옷도 고급스럽다. 그러나 팔자가 드세어서 조수연은 두 번 이혼했고 10여 년 전부터 주민등록이 말소된 채 떠돈다. 할머니는 조수연이 사기를 치고 도망 다닌다고 했지만 확인 할 수는 없다.

"그땐 내가 급해서 그랬어. 내가 나중에 다 갚을게. 그 몇 배로. 응?"

하고 조수연이 말하자 할머니가 다시 소리쳤다.

"나가라! 도둑년하고는 같이 못 있는다!"

"아이고, 어머니도 참."

한두 번 당한 것이 아니어서 할머니도 지친 모습이었고 조수연도 느긋하다. 조수연이 박동수한테 말했다.

"동수야, 한 달만 같이 지내자. 응? 내가 신세 잊지 않을게."

"글쎄, 안 된다니까 그러네. 이 미친년아."

할머니가 손바닥으로 문지방을 치면서 소리쳤지만 받아들일 것이 뻔했다. 어렸을 때 조수연은 가끔 할머니한테 들렀는데 한 달 이상 머물지 않았다. 그리고 박동수한테 무관심해서 밥상 한 번 차려준 적이 없고 용돈 한번 못 받았다. 박동수한테는 남이나 같다. 박동수가 마루에서 일어서며 말했다.

"맘대로 해. 하지만 내 방은 못 내줘. 할머니하고 같이 자든지."

"동수야."

조수연의 목소리가 날카로워졌으므로 박동수는 몸을 돌렸다. 눈을 치켜뜬 조수연은 딴 사람처럼 보였다. 그리고 갑자기 늙은 것 같다. 조수연이 말했다.

"네가 할머니하고 한방을 써. 난 같이 온 사람이 있어."

"이년아! 안 된다!"

다시 할머니가 버럭 소리쳤을 때 조수연도 목소리를 높였다.

"글쎄, 엄마. 한 달이라니깐! 그것도 못 들어줘?"

"안 된다! 이 도둑년아!"

"엄마 죽으면 어차피 이 집은 내 거야. 내가 상속자라고!"

"경찰 부를 거야."

불쑥 박동수가 잇사이로 말했지만 조수연이 들었다. 조수연이 박동수를 노려보았다. 눈의 흰 창이 커져있다.

"너 뭐라고 했어?"

"가택 침입으로 경찰에 신고 할 거야. 경찰한테 신분증 제시해야 할 걸?"

박동수가 말하자 조수연은 벌떡 일어섰다. 누렇게 변한 얼굴이 일그러져 있다.

"이 병신이 진짜 육갑 떨고 있네."

"그래, 해 보자고."

그러면서 박동수가 주머니에서 핸드폰을 꺼내든 순간이다. 벌떡 일어선 조수연이 두 손으로 박동수를 밀었다. 중심을 잃은 박동수가 뒤로 넘어지면서 뒷머리를 벽에 부딪쳤다. 그 순간 눈앞이 하얗게 변한 박동수는 의식을 잃었다.

눈을 뜬 박동수는 먼저 할머니의 얼굴을 보았다.

"아이구, 동수야."

눈물로 범벅이 된 얼굴로 할머니가 소리치더니 박동수의 어깨를 움켜쥐었다.

"괜찮으냐?"

박동수는 방바닥을 짚고 상반신을 일으켜 세웠다. 자신은 지금 할머니 방에 누워 있는 것이다. 뒷머리를 만졌더니 조금 부은 것 같았지만 아프지는 않다.

"아이구, 저 천벌을 받을 년."

할머니가 울먹이며 욕설을 뱉더니 몸을 일으키려는 박동수의 팔을 잡았다.

"어디 가려는 거냐?"

"내 방에."

"네 방에는 그년이 들어가 있다."

할머니가 다급하게 말했다.

"그리고 그년 새서방도 같이 있다."

내 시선을 받은 할머니가 방바닥이 내려앉을 만큼 커다랗게 한숨을 뱉는다.

"그년이 남자를 데리고 왔구나, 글쎄."

그래서 독방이 필요했던 것이다. 할머니가 잡은 손을 뿌리친 박동수가 비틀거리며 방을 나왔다. 그러고는 마루를 건너 제 방문을 열었을 때 방바닥에 마주보며 앉아있던 두 남녀가 머리를 들었다.

"어. 너 괜찮아?"

하고 조수연이 묻더니 금방 이맛살을 찌푸렸다.

"야. 방에 들어오려면 노크라도 해야 될 것 아냐?"

그때 사내가 웃음 띤 얼굴로 말을 받는다.

"그러지마. 우리가 실례한 거야. 이봐, 여기 앉게."

사내가 손바닥으로 옆쪽을 두드리며 말한다.

"앉아서 통성명이나 하세. 난 노경철이야. 자네 이모부가 될 사람이지."

박동수는 시선을 내렸다. 사내는 웃고 있었지만 눈빛이 날카롭다. 가는 눈에 검은 피부, 콧날이 굵고 입술은 다부졌다. 앉아 있었지만 넓은 어깨와 긴 상체를 보면 건장한 체격이다. 40대쯤 되었을까? 조수연보다 훨씬 어려

보인다. 박동수가 옆쪽에 앉으면서 말했다.

"내 방이니까 나가세요. 안 나가면…"

"안 나가면 어쩔 건데?"

조수연이 바락 악을 썼을 때 방문이 열리면서 할머니가 들어섰다.

"동수야. 동수야."

할머니가 다가와 박동수의 어깨를 움켜쥐더니 일그러진 얼굴로 말했다.

"동수야. 이 할미를 봐서 한 달만 참아 주거라. 내가 한 달 후에는…….."

"이 집이 누구 건데? 쟤 거야?"

다시 악을 쓴 조수연이 손가락으로 박동수의 코끝을 가리켰다.

"내가 엄마 상속자야. 저 새끼는 한참 후순위라고. 내가 다 알아봤어."

그러더니 세차게 머리를 젓는다.

"저놈이 날 쫓아낼 순 없다구."

다음날 회사에 출근한 박동수는 공장장의 호출을 받았다. 처음 있는 일이어서 반장 김석근이 이맛살을 찌푸리며 묻는다.

"아니, 복지부에서 무슨 공문이 왔나? 최기성이가 나서지 않고 웬일이래?"

그러더니 박동수의 어깨를 손바닥으로 툭 쳤다.

"공장장이 부른걸 보니 좋은 일인갑다. 최기성이보단 재수있는 작자 아니냐?"

박동수는 대꾸하지 않고 공장을 나와 사무실로 들어섰다. 사무실에 들어선 순간 모두의 시선이 모여졌다. 안에는 여직원 셋에 남자 직원 둘이 있었는데 유혜진도 있다. 목발을 짚으며 박동수가 다가갈 때 사무실 안은 조용해졌다. 자재 과장 최기성은 보이지 않았다. 맨 뒷자리에 앉은 공장장 이용덕은 50대 후반으로 현장 출신이다. 행정 업무는 모두 최기성에게 맡긴 터라 사무실에 앉아있을 때가 드물다. 박동수가 앞에 섰을 때 이용덕이 불쑥 묻는다.

"자네 어제 최 과장한테 봉투 건네주려고 했다면서?"

놀란 박동수가 숨을 죽였고 이용덕의 말이 이어졌다.

"유성 아리랑 호텔 커피숍에서. 오후 7시 반에. 맞나?"

박동수는 이제 움직이지 않았다. 사무실 안은 조용하다. 그때 이용덕의 목소리가 다시 사무실을 울렸다.

"여기 최 과장의 보고서가 있어."

서류를 흔들어 보인 이용덕이 외면한 채 말했다.

"최 과장은 명예훼손으로 고발 하겠다는 것을 말렸어. 그래서 내가 자네한테 제의하는데."

헛기침을 한 이용덕이 말을 이었다.

"사직서를 내. 그럼 퇴직금도 받게 될 테니까. 우리가 최대한 협조 해주는 것이니까 받아들이라구. 이런 상황에서 자네가 회사 다닐 수는 없는 것 아닌가?"

박동수가 몸을 돌렸지만 뒤에서는 아무 소리도 들리지 않았다. 받아들인다는 표시로 보였기 때문일 것이다.

"뭐라구? 7천5백?"

깜짝 놀란 조수연의 목소리가 높아졌다.

"아니, 언제?"

"한 달쯤 전이야."

노경철의 얼굴에 쓴웃음이 번졌다.

"어머니가 인출 해간 것으로 되어있어.

"어머니가 왜?"

눈을 치켜뜬 조수연이 잇사이로 말했다.

"그런데도 나한텐 입도 뻥긋 안했단 말이지?"

"다른 데 쓸 데가 있으셨겠지."

달래듯이 말한 노경철이 입맛을 다셨다. 오후 3시 반, 집안에는 둘뿐이
다. 노경철은 방금 은행에서 집의 등기부등본을 확인하고 온 것이다. 요즘
은 어떤 은행에서도 해당 주소의 융자금과 대출내역을 알 수가 있다. 이윽고
분을 참지 못한 표정으로 조수연이 말했다.

"따져볼 거야. 그 돈 어디다 썼는지. 아마 저 병신 새끼한테 들어갔는지
몰라. 엄마가 돈 쓸 곳은 저 자식밖에 없어."

"이봐."

노경철이 주위를 둘러보는 시늉을 하면서 말했다.

"벌써 그 돈은 다 나갔다고 봐야 돼. 그 돈 어디 있냐고 따지는 것보다."

잠깐 말을 멈춘 노경철이 조수연의 시선을 받고는 말을 잇는다.

"내가 부동산에서 확인했는데 이집 시가가 2억8천이야. 은행 담보로 넣
으면 60%. 사금융에서는 이자가 비싸지만 70%까지 대출해줘. 아직 담보로
넣고 빼낼 여유가 있단 말이야."

"그럼 사금융으로 해."

조수연이 가차 없이 말하더니 묻는다.

"사금융이면 얼마야?"

"1억9천6백."

"그럼 엄마가 7천 벌써 빌려 썼으니까 1억2천6백이 남나?"

"7천5백이니까 1억2천1백이지."

"그럼 1억2천을 빼내자."

조수연이 결정한 듯 말하더니 힐끗 문 쪽을 보고나서 목소리를 낮췄다.

"엄마방에서 서류하고 인감 꺼내기 전에 미리 사금융 쪽하고 이야기를 끝내놔. 무슨 말인지 알지?"

"알았어. 걱정 마."

커다랗게 머리를 끄덕인 노경철이 길게 숨을 뱉는다.

"그 돈으로 사업이 잘되면 우리가 어머니를 모시자고."

박동수는 담장에 기댄 어깨를 떼었다. 방안에서 부스럭거리는 소리가 들리더니 곧 조수연이 짧게 웃었다. 교태가 가득 담긴 웃음이다. 방안 분위기가 연상이 된 박동수는 목발을 어깨 밑에 받치고는 발을 떼었다. 회사에 사직서를 내고 일찍 돌아왔다가 둘의 이야기를 들은 것이다. 그러나 조금도 놀랍지가 않았다. 조수연의 본색을 알고 겪은 때문일 것이다. 집에서 백 미터쯤 떨어진 아파트 단지 안의 어린이 놀이터는 언제나 한산하다. 철제 쇠 그네 한 개에 시소 한 개뿐인 이곳에 놀러올 아이는 없는 것이다. 놀이터 뒤쪽의 나무벤치에 앉은 박동수는 길게 숨을 뱉는다. 이제 조수연이 사금융에서까지 돈을 빌리면 할머니와 자신은 당장 거리로 내쫓길 것이었다. 더구나 회사도 그만둔 처지여서 대출 이자커녕 생활비도 걱정이다. 퇴직금으로 4백만 원 정도가 나오겠지만 몇 달이나 가겠는가? 복지부 취업 담당자도 사직서를 낸 이유를 알게 되면 두 번 다시 만나주지도 않을 것이다. 벤치

는 그늘이 져 있는데다 앞쪽을 지나는 사람들의 시선이 건너오지 않는 곳
이다. 그래서 박동수는 이곳을 좋아했다. 멀거니 앞쪽을 바라보며 박동수
가 혼잣소리를 했다.

"자꾸 일이 겹치네. 자꾸 날 절벽 끝으로 몰고 가는 것 같아."

앞쪽에 매달린 그녀의 쇠줄 하나가 더 길었다. 자세히 보니까 윗부분의
고리 하나가 늘어져 있다. 곧 끊어질 것 같다.

"할 수 없지 뭐. 받아들여야지."

박동수가 차분해진 얼굴로 말을 잇는다.

"하지만 할머니가 길바닥으로 쫓겨나면 안 돼. 내가 오늘 서류 빼내 둬야
겠어."

그 순간 박동수의 얼굴에 쓴웃음이 떠올랐다.

"내가 그런 말을 듣게 되다니. 하느님이 아직은 날 도우시는 모양이야."

"오빠, 지금 어디야?"

하고 유혜진이 묻자 최기성이 이맛살을 찌푸렸다. 유성 번화가의 커피숍
앞이다. 막 안으로 들어서다가 유혜진의 전화를 받은 것이다. 커피숍을 등
지고 선 최기성이 대답했다.

"응. 집에 들어가던 중이야."

"집에?"

"응. 오늘이 토요일 아니냐? 부모님 만나는 날이다."

"응, 그렇구나."

유혜진의 목소리가 실망한 기색이 역력하게 드러났다. 오후 6시 5분 전이
다. 거리에는 행인이 많았으므로 최기성은 길가로 바짝 붙어 섰다.

"오빠, 그럼 내일은 시간 있어?"

다시 유혜진이 묻자 최기성은 어금니를 물었다가 풀었다.

"내일도 바빠. 아버지하고 산소에 갔다 오기로 했거든."

"……."

"내가 시간나면 연락할게."

"응, 알았어."

"그럼 전화 끊는다."

전화기를 귀에서 뗀 최기성이 앞에다 대고 욕을 했다.

"쌍년. 되게 질기네."

마침 앞을 지나던 사내 하나가 힐끗 시선을 주었다. 날짜는 세어보지 않았지만 유혜진을 안 만난 지 2주일쯤 되었다. 그런데 유혜진은 하루에 한 번 꼭 전화를 해오는 것이다. 약속이 있다고 해도 확인을 하는 것 같다. 그럴수록 정나미가 떨어져서 이제는 유혜진의 전화만 오면 이맛살부터 찌푸려진다. 최기성이 커피숍 안으로 들어서자 안쪽 자리에 앉아있던 박미주가 눈웃음을 쳤다. 박미주는 고등학교 동창들과 그룹 미팅에서 만난 파트너. 앞쪽 자리에 앉은 최기성이 웃음 띤 얼굴로 말했다.

"야, 밥 먹으러 가자. 배고프다."

"그래, 오빠."

박미주가 쌍꺼풀 수술 자국이 선명한 눈을 치켜뜨고는 최기성을 보았다.

"저기, 내가 잘 아는 해물탕 집이 있어. '서해 해물탕 집'이라고. 거기 가."

"서해 해물탕?"

최기성이 눈을 껌벅이며 되물었다. 바로 제 단골 식당인 것이다.

"네가 거길 알아?"

"그럼. 내가 이번 달에만 세 번이나 갔는데. 밥 먹으면서 소주 마시기 좋아."

자리에서 먼저 일어선 박미주가 눈을 깜박이며 물었다.

"오빠도 거기 알아?"

장롱은 50년도 더 된 낡은 자개장이었는데 할머니가 시집올 때 마련한 것이었다. 그 장롱은 굵은 자물쇠로 잠겨 있어서 열쇠가 있어야만 연다. 박동수는 주머니에서 꺼낸 열쇠 뭉치에서 장롱 열쇠를 골라 자물쇠를 열었다. 자물쇠를 풀고 장롱을 열자 왼쪽에 양철로 만든 금고가 보였다. 금고에도 자물쇠가 채워져 있었으므로 박동수는 열쇠를 꽂아 문을 열었다. 그러자 안에 사방 30센티쯤 되는 철제 금고가 드러났다. 이번에는 다이얼을 비밀번호에 맞춰 돌려야만 한다. 집안은 조용하다. 옆방의 두 침입자는 저녁을 먹으려고 밖에 나갔고 할머니는 시장에서 돌아오지 않았다. 오후 6시 반이다. 제 조카는 그렇다고 해도 시장에서 일하고 돌아오는 엄마한테 저녁상을 차려줄만 한데 지금까지 조수연은 한 번도 그런 적이 없다. 전에도 그랬고 지금도 마찬가지다. 배가 고프면 둘이 나가서 사먹고 오는 것이다. 가끔 엄마 준다고 음식을 포장해서 들고 와 생색을 내기는 했다. 다이얼의 비밀번호를 돌린 박동수가 금고 문을 열었다. 그러자 할머니의 통장과 도장, 지난번에 박동수가 사준 두 돈짜리 금반지, 시계 그리고 집문서와 인감도장이 드러났다. 박동수는 모두를 집어 점퍼 주머니에 쑤셔 넣는다. 이 금고도 조수연이 도둑질을 해간 후에 할머니가 사놓은 것이다. 그러나 집안의 도둑 앞에는 금고가 10개 있어도 소용이 없다. 다시 금고를 잠그고 양철 금고와 장롱 문까지 자물쇠를

채우고 났더니 온몸에서 땀이 흘렀다. 박동수는 벽에 세워 놓은 목발을 짚고
방을 나온다. 그러고는 서둘러 신발을 신고 집 밖으로 나왔다.

　해물탕을 안주로 소주를 한 병쯤 마신 최기성의 컨디션은 최상이었다. 박
미주는 스물셋, 대학을 졸업하고 무역회사에 입사한 일년차 사원으로 두 번
째 만났을 때 모텔 진입에 성공했다. 그리고 오늘이 세 번째 만나는 날이었
다. 최기성은 작업에 대한 신조가 있다. 그것은 여자와 다섯 번 이상 자지 않
는다는 것이다. 세 번 만나고 헤어지는 것이 가장 좋다. 그리고 두 번째 섹스
가 최고라는 것이다. 박미주와 오늘 두 번째 섹스를 나눌 가능성이 있다. 한
모금에 소주를 삼킨 최기성이 붉어진 얼굴로 박미주를 보았다. 유혜진하고
는 다섯 번 하고 끝낸 셈이다. 아직 그쪽이 매달리며 징징대고 있었지만 두
번 다시 만날 일은 없을 것이었다.
　"여기서 뭐 해?"
　갑자기 뒤에서 여자 목소리가 울렸으므로 최기성은 머리를 돌렸다. 그러
고는 눈을 치켜떴다. 유혜진이 서있는 것이다. 얼굴을 하얗게 굳힌 유혜진
이 다시 갈라진 목소리로 말했다.
　"지금 부모님 만나는 거야?"
　목소리가 컸으므로 주위 식탁의 시선이 모여졌다. 최기성이 일그러진 얼
굴로 일어섰다.
　"야, 너."
　"너 나쁜 놈이야."
　날카롭게 소리친 유혜진이 식탁에 놓인 해물탕 냄비 한 쪽을 들어 최기성
에게 내동댕이쳤다.

"으앗!"

최기성의 입에서 비명이 터졌다. 시킨 지 오래되어서 불은 꺼놓았고 해물탕은 식어 있었다. 그러나 반 정도 남은 국물이 최기성의 상반신을 뒤덮어버렸다. 그러자 유혜진이 뒤에 서 있던 제 친구를 끌고 식당을 나간다. 눈동자의 초점은 잡히지 않았지만 걸음은 당당하다.

사직서를 내었지만 할머니한테 그대로 말할 수는 없다. 그래서 박동수는 아침 출근시간에 맞춰 집을 나왔다. 엉덩이뼈는 아물었지만 이제는 목발에 익숙해져서 보폭을 제법 크게 떼어 세 발로 걷는다. 아침 출근시간인 터라 주위를 행인들이 바쁘게 지난다. 그때 주머니에 든 핸드폰이 진동을 했으므로 박동수는 걸음을 멈췄다. 발신자 번호를 본 박동수의 표정이 굳어졌다. 유혜진이었기 때문이다. 잠깐 망설였던 박동수가 핸드폰을 귀에 붙였다. 그러나 입을 떼지 않고 가만있었더니 유혜진이 물었다.

"지금 어디야?"

박동수가 무의식중에 주위를 둘러보는 시늉을 했다가 되물었다.

"그건 왜 물어?"

"화났지?"

그렇게 묻는 것은 화내는 것이 당연하다는 분위기가 전해진다. 조금 가슴이 가라앉은 박동수가 다시 물었다.

"왜 전화 했는데?"

"나도 오늘부터 회사 안 나가."

뜬금없었으므로 박동수는 입을 다물었고 유혜진의 말이 이어졌다.

"그냥 더러워서 안 나가는 거야. 근데 오빠, 최기성이한테 복수하고 싶지 않아?

"……"

"그 자식이 오빠한테 하는 걸 보면 사람이 아냐. 내가 그 자식 화장실에서 전화하는 걸 우연히 들었는데. 오빠, 듣고 있어?"

"응."

"영동에 땅을 3백 평이나 사놓고 현금은 5천 가깝게 갖고 있어. 이게 모두 다 3년 동안 회사 다니면서 모은 돈으로 산거야."

"……"

"오빠한테만 안 받았지 다 받았어. 제 입으로 한 달에 원부자재 업체에서 나오는 리베이트가 1천만 원이라고 했어."

"……"

"오빠가 경찰에 고발하면 금방 드러날 거야. 너무 벌여놓은 것 같거든."

"됐어."

박동수가 낮게 말했기 때문인지 못 알아들은 유혜진이 물었다.

"뭐라고 했어?"

"난 됐다고. 이젠 그 회사하고 용건이 없어. 다 해 처먹으라고 해."

"……"

"그럼 전화 끊어."

핸드폰을 귀에서 뗀 박동수가 길게 숨을 뱉었다. 최기성에 대해서는 이제 아무런 감정이 없다. 오히려 뒤늦게 자신의 역성을 들어주는 유혜진이 이상했다. 다시 목발을 겨드랑이에 낀 박동수가 발을 떼었다.

어머니가 집을 나서자 조수연이 머리를 돌려 노경철을 보았다. 두 눈이 번들거리고 있다. 오전 8시 40분, 이제 집 안에는 둘뿐이다.

"시작해."

조수연이 말하자 노경철이 방 안에 둔 공구상자를 들고 나왔다. 이번 작업을 위해 특별히 사온 것이다. 노경철은 거침없이 안방으로 들어가 장롱 앞에서 공구상자를 열었다. 그러자 망치에서부터 쇠톱까지 수십 가지 연장이 가득 차 있다. 노경철은 먼저 장롱의 열쇠 구멍 안에 쇠줄을 넣어 이리저리 비틀었다. 문 앞에 선 조수연이 응원하듯이 말했다.

"천천히 해. 11시에 만나자고 했으니까 아직 두 시간도 더 남았어."

"내 손이 좀 무디어졌군."

투덜거리면서 노경철이 힘껏 비틀자 철컥 소리와 함께 자물쇠가 열렸다.

"과연 기술자야."

조수연의 칭찬을 들으면서 노경철이 장롱 문을 열었다.

"이그. 여기 또 있군."

쓴웃음을 지은 노경철이 양철 금고를 보면서 말했다.

"이런 구닥다리는 처음이야."

"전에도 있었어. 근데 자물쇠를 바꿔 놓았네."

다가선 조수연의 얼굴에도 웃음기가 떠올랐다.

"엄마도 참."

"이런 건 5분이면 돼."

다시 연장을 들고 다가선 노경철이 말했다. 조수연이 비켜서자 노경철은 열쇠 구멍에 맞는 철사를 끼워 넣는다.

복지부 산하 장애인 근로자 취업 상담소에는 시청 공무원이 파견 나와 있다. 박동수가 다가가 섰을 때 사내가 머리를 들었다. 무표정한 얼굴이다.

"저기. 제가 전화했던 박동수라고..."

박동수의 더듬거리는 말이 끝나기도 전에 사내가 손을 들었다. 입을 다문 박동수에게 사내가 불쑥 물었다.

"오양물산에서 사유서가 왔는데 그 내용이 뭔지 알고 있지요?"

숨을 죽인 박동수가 시선을 내렸을 때 사내는 말을 잇는다.

"형사 고발을 하려다가 사직서를 받았다는데. 이건 대통령도 어쩔 수가 없는 일이요."

"......."

"장애자 담당인 내가 봐도 낯이 뜨거워서 입이 떼어지지 않습니다. 야근 시간을 허위로 늘려달라고 뇌물을 내놓았다면서요?"

머리를 든 박동수와 시선이 닿자 사내의 눈썹이 치켜 올라갔다.

"그리고 근태 성적도 지극히 불량한데다 생산량 속이는 행위, 병원 진단서도 안 내고 일주일이나 무단결근."

사내의 목소리가 높아지면서 상담소 안의 모든 시선이 모여졌다. 얼굴이 하얗게 굳어진 박동수가 마침내 시선을 내렸고 사내가 선언하듯 말했다.

"이 자료가 있는 한 박동수 씨는 다시 취업하기 힘들 겁니다. 그렇게 알고 돌아가세요."

그러고는 생각난 듯 덧붙였다.

"오양물산에서 퇴직금 정산 해준 것만 해도 고맙게 생각해야 될 겁니다."

마지막 드러난 철제 금고는 다이얼을 돌려야 되는 터라 노경철은 아예 처음부터 망치와 끌을 움켜쥐고 덤볐다. 소리가 크게 울릴 것이므로 둘은 방바닥에 이불을 깔고 노경철도 이불을 뒤집어 썼다. 노경철에게 망치와 끌을 밀어주면서 조수연이 격려했다.

"자기야. 쫌만 참아."

"걱정 마. 10분이면 돼."

이불 속에 묻히면서 노경철이 말했다. 그러고 나서 곧 이불 안에서 둔중한 충격음이 울리기 시작했다. 한 손에 플래시와 끌을 쥔 노경철이 다이얼 끝부분을 겨누고 망치를 내려치는 것이다. 방문 앞에 지켜선 조수연이 측은한 표정을 짓고 주위를 둘러보았다. 벽시계는 10시를 가리키고 있다. 아직 시간은 충분하다. 그때 두드리는 소리가 들린 후에 이불이 왈칵 젖혀졌다. 그리고 땀에 흠뻑 젖은 노경철의 얼굴이 드러났다.

"열렸어!"

"만세!"

저도 모르게 만세를 외친 조수연이 달려가 금고를 보았다. 금고의 다이얼 통이 부서졌고 문이 반쯤 열려 있다. 둘은 금고를 바로 세우고는 문을 열었다. 먼저 조수연이 손을 뻗어 내용물을 꺼내 놓았다.

"아니, 이게 뭐야?"

방바닥에 내용물을 꺼내 놓으면서 조수연이 날카롭게 외쳤다. 방바닥에는 성경책과 오래된 잡지책, 뭉쳐진 양말에다 확대경까지 있다. 이윽고 안의 내용물을 다 꺼내 놓았을 때 먼저 노경철이 말했다.

"눈치 채고 있었던 거야. 그래서 이런 쓰레기로 채워 놓았어."

"그놈."

눈을 치켜뜬 조수연이 잇사이로 말했다.

"그 개새끼가 한 짓이야. 내가 그대로 물러설 줄 알았더냐?"

"아이구, 아가."

놀란 할머니가 일어서다가 허리가 아픈지 한 손으로 허리를 두드렸다. 시장 안이다. 할머니는 구석자리에 플라스틱 바구니 세 개를 늘어놓고 나물과 고추, 상추를 팔고 있었는데 손님들은 많지 않았다. 가끔 한두 명씩 지나갈 뿐이다.

"안녕하셨어요?"

옆쪽 아주머니한테 인사를 한 박동수가 할머니 옆의 낮은 의자위에 앉는다. 의자로도 사용되었다가 바구니 받침으로도 쓰는 다용도 플라스틱 제품이다. 마침 옆쪽 아주머니한테 손님이 왔으므로 박동수가 할머니에게 말했다.

"할머니, 이모하고 그 남자가 장롱 안의 금고에서 집문서를 꺼내 사채업자한테 담보로 맡긴다고 하는 이야기를 들었어."

할머니가 눈만 껌벅였으므로 입을 귀에 붙인 박동수가 다시 말했다. 그러자 할머니가 눈을 둥그렇게 뜨더니 이를 악물었다. 예상했던 대로 크게 놀란 것 같지는 않다. 박동수가 곧 말을 잇는다.

"그래서 내가 미리 안에 있는 걸 모두 빼내 다른 곳에 숨겨 놓았어."

"잘했다, 아가."

어깨를 늘어뜨리면서 할머니가 길게 숨을 뱉는다.

"내가 일찍 죽어야 할 텐데 목숨이 질겨서 이런 꼴을 다 보는구나."

"할머니는 내가 호강시켜 줄 때까지 살아야 돼. 아니, 살 거야."

귀에 대고 또박또박 말한 박동수가 심호흡을 하고나서 말을 잇는다.

"아마 이모하고 그놈이 금고를 열고 안에 쓰레기만 있는 줄 알면 나를 다 그칠 거야. 날 가만두지 않을 거야."

112

"경찰에 신고를 하자, 아가."

할머니가 박동수의 손을 움켜쥐고 말했다. 그때 손님 하나가 왔다가 둘을 보더니 옆쪽 아줌마한테로 옮겨갔다. 박동수가 머리를 젓고 말한다.

"안 돼, 할머니. 이모를 경찰이 잡아가면 할머니가 병이 나. 그래서 가장 좋은 방법은 내가 집을 나가는 거야. 집 서류하고 할머니 통장이랑 다 갖고. 그러고는 할머니하고만 연락을 하는 거지."

박동수의 손을 움켜쥔 할머니의 손이 조금 전부터 벌벌 떨리고 있다. 그러나 할머니는 주름진 눈으로 바라보기만 한 채 입을 열지 않는다. 박동수가 할머니의 손을 움켜쥐고 말을 잇는다.

"그렇게 점점 시간이 지나면 이모하고 그놈은 지쳐서 포기할 거야. 그때 내가 다시 할머니한테 갈게."

"너 어디로 가려고? 회사 기숙사가 있다던데 거기로 갈 거냐?"

"아냐. 회사는 그만뒀어."

다시 할머니가 눈만 크게 떴으므로 박동수가 다시 손을 힘주어 잡았다.

"다른 곳에 취직하려고. 내 직장을 이모가 알고 있으면 가만 두겠어?"

"아이구, 그 쥐일 년."

"이모가 포기하면 떠날 거야. 그때까지만 참아, 할머니."

박동수가 할머니의 거친 손등을 손바닥으로 쓸면서 말을 이었다.

"내가 맨날 전화 할 테니까 걱정 말고. 이모한테는 내가 다 갖고 도망갔다고 그래, 할머니."

세 번째 전설
인연

3장

지갑에는 37만 원이 들어있다. 그리고 통장에는 퇴직금 4백25만 원이 남았지만 그것은 은행 이자로 남겨놓아야만 한다. 할머니는 지원금에다 시장에서 번 돈으로 혼자 살 수는 있을 것이었다. 박동수는 달랑 가방 한 개만 들고 도마동의 고시텔에 입주했다. 집에서 조수연 모르게 허둥지둥 나오는 바람에 가방에는 옷가지 몇 개와 책 몇 권뿐이다. 집문서와 귀중품은 모두 은행의 대여금고에 넣어두었다. 고시텔은 말만 그렇지 일용 노동자 숙식소다. 조선족 동포와 외국인, 그리고 박동수처럼 오갈 데 없는 인생들이 모인 곳이어서 분위기는 어둡다. 특별한 경우가 아니면 옆방 사람하고도 인사를 트지 않는 것이다. 입주한 지 사흘째 되었을 때 박동수는 이곳 분위기가 자신의 성품과 딱 맞는다는 것을 알았다. 아무도 상관하지 않았고 무시도 안 했다. 대신 도움도 없고 인정받을 생각도 버려야 한다. 벌처럼 제각기 제 구멍에 박혀 살지만 철저한 개인 생활이다. 대신 규칙이 엄격해서 소음을 크게 낸다든지 술 먹고 주정을 부리거나 기물을 파손하면 그 즉시로 쫓겨났다. 한 평도 안 되는 쪽방이었지만 박동수에게는 그것이 더 안락했다. 창문도 없는 것이 더 안전하게 느껴졌다. 나흘째가 되는 날 오전 9시 정각이 되었을 때 박동수는 핸드폰을 들고 버튼을 누른다. 할머니한테 연락을 하는 것이다. 미리 할머니하고 매일 9시에 연락을 하기로 약속했기 때문에 곧 신호가 떨어졌다.

"아이고, 동수냐?"

할머니가 숨가쁘게 물었으므로 박동수의 가슴이 뛰었다.

"할머니, 별일 없지?"

"오냐. 넌 괜찮냐? 밥은 먹었어?"

"응, 먹었어. 괜찮아."

벽에 등을 붙이고 앉은 박동수의 얼굴에 쓴웃음이 떠올랐다. 어제 점심때부터 밥을 먹지 않았지만 배가 고프지 않다. 그때 할머니가 말을 이었다.

"그런데 동수야. 그년이 돈 내놓으라고 난리를 치는구나."

할머니의 목소리는 가라앉아 있다. 숨을 죽인 박동수의 귓속에 할머니의 목소리가 파고들었다.

"내가 어젯밤 장롱을 열어 보았더니 안쪽 금고를 다 부서 놓았구나. 이 연놈들은 강도나 다름없다."

"……."

"내가 경찰에 신고하겠다니까 하라고 악을 쓰면서 대드는 것이 만정이 다 떨어진다. 내가 오늘 오후에 경찰서에 갈란다."

"할머니, 지금 어디야?"

"시장에 나와 있다."

"내가 신고할 테니까 할머닌 가만있어. 그대로 두면 큰일 나겠어."

할머니가 가만있었으므로 박동수는 이를 악물었다. 통화를 끝낸 박동수가 곧 112에 신고를 했더니 해당 지구대로 연락을 하라는 것이다. 그래서 다시 지구대에다 같은 말을 반복하자 이제는 직접 찾아와 서류를 작성하라고 했다. 초조한데다 화까지 났지만 박동수는 고시텔을 나왔다. 가만두면 둘이 할머니를 어떻게 할 것 같았기 때문이다. 지금까지의 행태를 보면 조수연은 무슨 일이라도 저지를 인간이었다.

박동수가 수사과 형사 둘과 함께 집에 도착 했을 때는 오후 1시경이다. 잠긴 대문을 열쇠로 열고 들어섰을 때 마루에 앉아 짜장면을 먹고 있던 두 남녀가 눈을 치켜떴다. 정확하게 표현하면 앞장서 들어선 박동수를 향해 눈을 치켜떴다가 곧 얼굴이 누렇게 굳어지면서 입을 딱 벌렸다. 따라 들어선 두 형사를 보았기 때문이다. 형사들은 금방 표시가 난다. 후줄근한 싸구려 옷을 입고 있어도 그렇다.

"실례합시다."

형사 하나가 거침없이 다가서면서 말했고 또 하나는 도망치지 못하도록 문 쪽으로 붙는다.

"신분증."

하고 앞장선 형사가 말했고 또 하나는 상황을 설명했다.

"지금 두 분은 무단 침입, 기물 손괴 혐의로 집주인으로부터 고발 당하셨습니다. 설령 친척이라도 조사를 해야 됩니다."

"아니, 난 이 집 딸이라고요!"

그때서야 정신을 차린 조수연이 바락 소리쳤지만 말끝이 떨렸다. 그때 바짝 다가선 형사가 조수연의 코끝에 손바닥을 붙였다.

"지난번에도 이집에서 현금과 귀중품을 절도 해가셨죠? 자, 신분증."

그때 다른 형사가 노경철의 앞에 서서 잇사이로 말했다.

"자, 신분증 좀 보실까?"

눈만 껌벅이는 노경철의 입가에 짜장면의 검은 장이 지저분하게 발려 있다.

요즘은 화상통신 시대여서 그 자리에서 신원조회가 끝난다. 조수연과 노경철은 둘 다 주민증이 없다고 버텼는데 마침내 형사 하나가 둘의 신분을 확인했다. 둘 다 주민등록이 말소된 상태였지만 방안에 둔 가방과 주머니에서 가짜 신분증이 나왔고 그 가짜를 근거로 추궁을 당하자 진짜 이름과 주민번호가 토해졌던 것이다. 주민증을 체크한 결과 둘 다 수배중인 것이 드러나 그 자리에서 수갑이 채워졌다. 조수연은 사기에 공갈, 협박. 노경철은 사문서 위조에다 강간혐의까지 있는 지명 수배자였던 것이다.

"너 두고 보자."

수갑이 채워진 조수연이 박동수를 쏘아보면서 잇사이로 말했다.

"이 병신. 내가 교도소 갔다 와서 너 죽일꼐."

박동수는 가만있었는데 형사 하나가 혀를 차며 대답했다.

"그럼 곧장 교도소로 되돌아가는 거지. 아마 그땐 가중 처벌로 10년은 살고 나와야 할 걸?"

"아, 시발. 이게 뭐야?"

이를 악문 노경철이 조수연에게 투덜거렸다.

"재수 없는 년하고 같이 다니다가 똥물 뒤집어썼구먼."

"뭐야, 이 새끼야?"

이제는 조수연이 노경철에게 악을 썼다.

"거지같은 사기꾼 놈을 먹여주고 재워주니까 뭐라고?"

"시발 년아. 너 같은 늙은 년을 누가 봐준다고 아직도 유세냐?"

"아, 그만."

버럭 소리친 형사 하나가 쓴웃음을 지은 얼굴로 박동수에게 말했다.

"박동수 씨는 오늘 경찰서까지 안 와도 되겠네요. 이 사람들은 다른 죄명으로 시간 좀 걸릴 테니까 말이요."

"아이구, 너 왔구나."

집안으로 들어선 할머니가 반색을 하더니 곧 주위를 둘러보는 시늉을 했다.

"갔어."

박동수가 그렇게 말했지만 할머니는 못 알아들었다. 보따리를 내려놓은 할머니가 방문을 열어 보았으므로 박동수가 다시 말했다.

"둘 다 나갔어, 할머니."

"아니, 어디로?"

눈을 둥그렇게 뜬 할머니가 박동수를 보았다. 불안한 표정이다.

"당분간 여기 안 온다면서 나갔어."

박동수가 외면한 채 말하자 할머니는 믿기지 않는다는 듯 다시 묻는다.

"그냥? 그렇게만 말하고 나가?"

"그렇다니까? 급한 일이 있는 모양이야."

"그래?"

그때서야 어깨를 늘어뜨린 할머니가 길게 숨을 뱉었다.

"아이고, 그 웬수 같은 년. 내가 무신 죄를 지었다고 그런 년을 맹글어서..."

"할머니, 우리 시골로 가자."

불쑥 박동수가 말했더니 할머니는 눈을 둥그렇게 떴다.

"어, 어디로 가자고?"

"시골. 산속이나 강가 마을로."

"아니, 동수야."

"거기서 농사나 짓고 살아. 나하고 할머니하고 둘이서 말이야."

마루에 앉은 할머니가 시선만 주었으므로 박동수는 말을 잇는다.

"내가 알아볼게. 이 집을 팔면 거기서 집하고 밭도 얼마쯤 살 수 있을 거야. 닭도 몇 마리 키우고. 채소 농사도 짓고."

"아가, 동수야."

박동수의 말을 자른 할머니가 길게 숨을 뱉고 나서 말했다.

"아가, 그 몸으로 어떻게 농사를 짓겠다는 것이냐? 내가 여기서 시장 일을 하는 것이 낫다."

"할머니, 하지만."

"니가 회사 안 댕겨도 된다. 내가 시장에 자주 나가기만 하면 우리 두 식구는 먹고 살 수가 있단다."

"......"

"한 달에 백만 원만 벌면 우리 두 식구는 충분히 먹고 산다."

"할머니."

눈을 치켜뜬 박동수가 손을 뻗어 할머니의 소매 끝을 쥐었다.

"이 집은 그 놈들이 은행에다 담보로 잡아놓고 돈을 빼갔어."

할머니는 눈을 껌벅이며 박동수를 보았다. 그러더니 힘들게 입을 열고 물었다.

"그 놈들이라니? 지난번에 그 은행 놈들?"

"그래. 그 놈들이 집을 담보로 7천5백을 은행에서 빼내 갔어. 우린 한 달에 이자로만 65만 원씩을 내야 돼."

할머니가 숨도 쉬는 것 같지 않았지만 박동수는 말을 잇는다.

"그 이자도 감당하기 힘들어, 할머니. 그러니까 이 집을 정리하고 시골로 가자. 내가 알아보았더니 2억 원쯤은 남을 것 같아."

"……."

"시골에는 빈집도 많아. 거기서 채소 농사라도 지으면 우리 둘이가..."

"그려, 가자."

할머니가 불쑥 말하는 바람에 이번에는 놀란 박동수가 입을 다물었다.

"가서 우리 둘이 살자, 아가."

머리까지 끄덕이면서 할머니가 박동수를 보았다.

"난 다 살았다. 니가 좋다면 시골로 가자. 가서 둘이 살자꾸나."

그러나 다음날 동네 부동산 사무실에 가서 알아보았더니 요즘 부동산 가격이 내린데다 시장 사정이 좋지 않아서 은행 대출금 빼고 잘 해야 1억8천을 받을 수 있다는 것이다. 다른 부동산 두 곳을 더 들렀지만 말을 맞춘 것처럼 다 똑같았기 때문에 박동수는 세 곳에다 집을 매물로 내놓았다. 요즘은 목발에 익숙해졌지만 부동산을 돌아다니느라 피곤했으므로 박동수는 집 근처의 커피숍으로 들어가 쉬었다. 오전 11시 반이다. 오후에는 영동군 쪽으로 가서 살 집을 알아볼 작정이었다. 이제 산골에 박혀서 도시에는 나가지 않을 것이다. 종업원에게 커피를 시킨 박동수가 엽차 잔을 쥐었을 때 주머니에 든 핸드폰이 진동을 했다. 꺼내 보았더니 유혜진이다. 한동안 생명체처럼 떠는 핸드폰을 바라보던 박동수가 귀에 붙였다.

"왜?"

하고 박동수가 묻자 유혜진이 대답했다.

"끝난 마당에 이런 말 할 필요도 없겠지만 나도 최기성한테 당했어."

"……."

"다 내 잘못이지. 그놈 유혹에 넘어갔으니까."

"……."

"그래. 몸 버리고 몇 번 만나다가 채였어. 그것이 분해서 오빠한테 그놈 비밀을 말한 거야."

"……."

"나만 병신 된 거지. 며칠 지나니까 좀 가라앉네. 그래서 전화했어. 잘 지내. 이렇게 털어놓으니까 속이 시원해."

"……."

"그럼 전화 끊을게."

하고는 저쪽이 전화를 끊지 않았으므로 박동수는 귀에서 핸드폰을 떼었다. 종업원이 커피 잔을 내려놓았지만 박동수는 시선도 주지 않고 한동안 움직이지 않았다.

열흘이 지나도록 집 보러 오는 사람도 없더니 열 하루째 나타난 사내가 덥석 매입을 했다. 합의된 금액은 2억5천. 예상보다 싼 가격이었지만 박동수는 그것으로 만족했다. 은행빚과 이자를 합해 갚고 나면 1억7천이 남는다. 그것만으로도 거금이다. 집을 열흘 후에 비워주기로 했으므로 박동수는 그 다음날부터 시골집을 보러 다녔다. 집 주변에 밭농사를 지을 농토까지 끼워진 집을 찾아 다녔는데 일주일째 되는 날 영동군 양산면의 산골 마을에 빈집과 딸린 밭 3백 평을 3천만 원에 매입할 수 있었다. 집주인이었던 노인이 도시의 아들네하고 합가하는 바람에 빈집이 된 곳이었다. 할머니를 모셔와 보였더니 얼굴을 펴고 웃었다.

"좋구나. 나는 아무 곳이나 너하고만 같이 있으면 된다. 그리고 저 빈 밭은 고추 농사가 잘 되겠다."

열 가구쯤 사는 마을이 일백 미터 정도 아래쪽으로 보이는 산중턱의 낡은 기와집이었다.

"아이구, 개집도 있구나. 개도 한 마리 길러야겠다."

빈 개집을 본 할머니가 반색을 하고 말했다. 그날로 집값을 치르고 면사무소에 가서 전입신고까지 마친 박동수는 홀가분한 마음이 되었다. 잡초가 무성한 밭이었지만 고추나 배추를 심어 팔든지 농사에 익숙해지면 비닐하우스를 만들어 본격적인 농사꾼이 될 작정이었다. 그래서 시골에서 돌아오는 길에 책방에 들러 농사짓는 책까지 두 권이나 샀다.

"네가 산골로 들어갈 생각을 했다니 장하다."

저녁 9시쯤 되었을 때 저녁상을 치우고 들어온 할머니가 부드러운 시선으로 박동수를 보면서 말했다.

"나는 진즉부터 그러고 싶었지만 너 때문에 차마 입이 떼어지지 않았단다."

"나는 할머니가 싫어할까봐서 말을 못했어."

하고 박동수가 거짓말을 했다. 시골로 가겠다고 작정한 결정적인 이유는 유혜진이 떠났기 때문이다. 악재가 겹친다는 말이 맞는지 전후로 여러 사건이 일어났다. 그래서 만신창이가 된 채 도시를 떠나는 것이다.

"통장에 남은 돈이 1억3천이 되었으니까 그 이자만 가지고도 둘이 먹고
는 살 수 있을 것이다."

할머니가 벽에 등을 붙이면서 말했다.

"욕심 부리지 않고 살면 된다. 잘 사는 게 결국은 맘 편안하게 사는 게다."

그러자 박동수가 머리를 끄덕였다.

"맞아, 할머니. 분수에 맞지 않게 욕심을 부렸기 때문에 사고가 일어나."

박동수의 눈앞에 유혜진의 얼굴이, 이어서 이모 조수연의 얼굴까지 떠올
랐다. 그것도 욕심 때문이다. 분수에 맞지 않게 온몸이 멀쩡한 유혜진을 만
났고 조수연은 돈 욕심을 부렸다. 그래서 이 꼴 그 꼴이 되었다.

다음날 오전, 이삿짐 꾸리는데 필요한 테이프를 사갖고 돌아온 박동수가
마당에서 할머니를 불렀다.

"할머니, 옷상자를 마루에다 내놔."

방안에서 대답이 없었기 때문에 박동수는 마루로 올라와 방문을 열었다.
그 순간 눈앞에 사내 하나가 나타났고 다음 순간에는 멱살이 잡힌 박동수가
방바닥에 내동댕이쳐졌다. 신음을 뱉지도 못한 박동수가 겨우 상반신을 세
웠을 때 뒤쪽에서 목소리가 들렸다.

"살살 다뤄."

반쯤 정신이 나간 박동수가 뒤쪽으로 머리를 돌렸다. 사내 둘이 더 있다.
그리고 방구석에 할머니가 손을 뒤로 묶인 채 비스듬히 누워 있었는데 입에
는 테이프가 붙여져 있다.

"할머니!"

내동댕이쳐질 때 다리가 겹질려서 부러진 것처럼 아팠지만 박동수가 먼저 할머니부터 불렀다. 그러자 할머니 옆에 앉아있던 사내가 말했다.

"아직 살아있다. 걱정마라."

사내는 40대쯤 되었다. 머리가 길고 광대뼈가 나왔고 얼굴빛은 누렇다. 가는 눈, 지저분한 입술 끝에 웃음기가 떠올라있다. 그때 벽에 기대 서 있던 사내가 입을 열었다. 표정 없는 얼굴이었지만 눈매가 날카롭고 키가 컸다.

"너 집 판 돈을 은행 세 곳에다 분산 예치 해놓았던데."

그러면서 사내가 박동수 앞 방바닥에 통장 세 개를 던져 놓았다. 박동수 통장이다.

"통장별로 비밀번호 대라."

그때 누워있던 할머니가 몸부림을 쳤으므로 옆의 사내가 방구석으로 밀었다.

"뭐 우리도 술술 불리라고는 생각하지 않았어. 피를 보거나 끝까지 갈 작정을 하고 온 거다."

사내가 턱짓을 하자 할머니 옆에 붙은 사내가 가슴에서 날이 흰 식칼을 꺼내더니 할머니 볼에 붙였다. 그래도 할머니가 몸을 흔드는 바람에 식칼이 볼에 거칠게 닿았다가 떼어진다.

"네 할머니를 죽게 놔둘 거냐?"

사내가 차분한 목소리로 묻는다.

"아니면 같이 죽을래?"

"도대체 왜?"

마침내 박동수가 막힌 목소리로 겨우 물었다.

"왜 우리한테 자꾸 이러는 거요?"

"자꾸 라니?"

박동수 뒤에 선 사내가 발끝으로 다리를 툭툭 차면서 묻는다.

"인마, 우린 너한테 첨이야."

"아, 시발."

할머니 옆의 사내가 거친 목소리로 말을 자른다.

"빨리 저놈 요절을 내든지 해. 할망구를 사시미로 만들든지."

"자, 어떻게 할래?"

벽에 기대선 사내가 다시 물었다.

"네 할머니 죽는 꼴 보고 나서 댈래? 아니면 끝까지 갈래?"

"우린 그게 전 재산이요."

하고 박동수가 떨리는 목소리로 말한 순간이었다.

"으악!"

박동수 입에서 비명이 터졌다. 뒤쪽 사내가 발로 부실한 다리를 힘껏 밟았기 때문이다. 다리뼈가 부러진 느낌이 들면서 머리칼이 치솟았다. 그때 사내가 손바닥으로 입을 막더니 곧 테이프를 집어 박동수의 입에 길게 붙였다. 앞에 선 사내가 말을 잇는다.

"자, 한번 물을 때마다 헛소리하면 네 할머니 사지 한 곳이 떼어진다. 자, 은행 비밀번호 하나씩 말해봐."

그때 뒤쪽 사내가 박동수 앞에 펜과 종이를 던졌다.

"자, 한성은행 비밀번호부터 적어."

사내가 낮지만 굵은 목소리로 말했다.

깜빡 정신을 잃었던 박동수는 눈을 떴다. 잠이 든 것 같기도 하다. 이제 두 손과 발, 입까지 테이프로 묶인 채 방바닥에 눕혀져 있었는데 머리를 든 순간 벽에 기대앉은 사내와 마주보게 되었다. 그때 사내가 얼굴을 일그러뜨리며 웃는다.

"다 끝났어. 둘이 돈 찾아 갖고 여기로 오는 중이다."

사내가 차분한 목소리로 말을 잇는다.

"넌 자는 것 같더구나. 몸이 약해서 그런지 그렇게 자는 모양이지?"

밖은 아직 환했다. 몇 시나 되었을까? 할머니는 이쪽에 등을 보인 채 모로 누워 있었는데 움직이지 않는다. 할머니는 어떻게 되었는가? 놈들이 할머니를 해치기 전에 통장의 비밀번호 세 개를 다 불러준 것이다. 그때 사내가 손목시계를 보면서 말했다.

"12시 반이다. 곧 끝낼 테니까 조금만 기다려라."

그렇다면 놈들을 만난 지 벌써 두 시간이 되었다. 그때 인기척이 나더니 곧 방안으로 사내 하나가 들어섰다. 사내는 양손에 가방을 쥐었다. 신발을 신은 채로 방안에 선 사내가 날카로운 눈매의 사내에게 보고했다.

"형, 돈 다 찾았어."

사내의 얼굴은 활기에 차 있다. 들뜬 목소리로 사내가 말을 잇는다.

"모자 눌러쓰고 안경에다 마스크까지 끼고 빼내어서 걱정 없어. 그러니까 빨랑 가자구."

그때 마당에서 인기척이 났다. 장발의 사내인 것 같다.

"형, 뭐해? 빨랑 나와."

마당에서 사내가 불렀을 때 장신의 사내가 말했다.

"이것들이 우리 얼굴 다 보았어. 인상착의 불러주면 당장 끝장이 나."

그러자 방안이 조용해졌다. 그때 방문이 열리면서 장발이 들어섰다. 그도 구두를 신은 채다.

"형, 뭐해?"

하고 장발이 재촉하자 두목 격인 장신이 한 마디씩 또박또박 말했다.

"할 수 없다. 집에 불을 지르고 간다."

목을 조른 사내는 장발이었다. 입이 테이프로 막힌데다 손까지 뒤로 묶여있어서 박동수는 허리만 두어 번 들썩였다가 곧 사지를 늘어뜨렸다. 그 순간 온몸에서 힘이 빠져나가더니 눈앞이 맑아졌다. 머리가 옆으로 기울어지면서 할머니의 몸 위에 올라앉은 장신의 사내가 보였다. 두목이 직접 할머니 목을 조르는 것이다. 다른 사내가 못 하겠다고 거부했기 때문이다. 이윽고 할머니 몸 위에서 일어선 장신이 두 사내에게 말했다.

"몸에서 테이프를 뜯어내. 돈 찾아간 건 걸리겠지만 사고사로 위장이라도 해놓아야 헷갈릴 테니까."

방바닥에 볼을 붙인 채 누운 박동수는 모든 것을 선명하게 보고 듣는다. 곧 장발이 박동수의 입에 붙은 테이프를 떼어냈고 팔 다리에 감은 테이프도 뜯어내었다. 그 순간 온몸이 늘어졌지만 손가락 하나 까딱할 수가 없다. 박동수는 자신은 이미 죽었다고 느꼈다. 웬일인지 시각과 청각만 살아있는 것이다. 아마 영혼인 것 같다. 그때 장신이 말했다.

"자, 불을 지르고 떠나자."

불길이 번져오고 있다. 그러나 박동수는 그것만 바라볼 뿐 움직이지 못한다. 벽쪽에서 일어난 불길이 곧 할머니의 발끝으로 다가오면서 커졌다. 박동수는 조바심이 일어났지만 어쩔 수가 없다. 방안은 연기로 가득 차 있다.

그러나 숨을 쉬지 못하는데다 열기도 느낄 수가 없는 박동수다. 박동수는 이제 불길이 할머니의 옷에 번져 붙는 것을 보았다. 그때 박동수가 말했다. 마음속으로 말한 것이다.

'할머니, 먼저 가.'

그래놓고 자신도 모르게 말을 잇는다.

"엄마한테 가서 기다려. 나도 곧 가니까."

그러나 가슴이 벅차오르면서 외침이 일어났다.

"어머니!"

그 순간이다. 박동수는 제 입에서 터져 나온 소리를 듣는다.

"신이시어!"

4장

집이 불길에 싸여있다. 동네 사람들이 몰려왔지만 감히 집 안으로 들어가지 못한 채 소리만 지른다. 소방차를 찾는 소리가 들린다. 옆집 사람들이 가재도구를 정신없이 옮기고 있다. 그때 사이렌 소리가 울리면서 사람들 입에선 탄성 같은 외침이 일어났다. 박동수는 골목 끝 쪽의 담장에 기대선 채 그것을 본다. 앞을 지나는 사람들은 아무도 그를 눈여겨보지 않는다. 박동수 같은 구경꾼이 많았기 때문이기도 하다. 소방차가 나타나자 어수선했던 주변이 정리 되었다. 구경꾼들이 뒤로 밀려났고 소방관 서너 명이 불덩이가 된 집 안으로 뛰쳐들어갔으며 서너 개의 호스에서 물줄기가 품어졌다. 이제 구경꾼들은 더 많아졌다. 박동수는 몇 번째인지도 모르게 자신의 몸을 내려다 보았다. 멀쩡하다. 맨발이긴 하지만 옷도 그대로였다. 그리고 박동수는 두 다리를 번갈아 들어보았다. 두 다리가 정상인 다리처럼 굵고 곧다. 5cm가 짧아야할 왼쪽 다리가 멀쩡한 것이다. 박동수는 손바닥으로 온몸을 쓸어보았다. 단단한 몸이다. 키도 커진 것 같다. 팔의 근육이 솟아나 있고 어깨도 배는 넓어졌다.

"분명 나는 딴 세상에 있어."

마침내 박동수가 혼잣소리처럼 말했다.

"나는 지금 죽어서 영혼이 된 거야. 그래서 영혼으로 구경을 하고 있다구."

그때 뒤쪽에서 사내가 소리쳤다.

"이봐, 뒤로 물러서!"

머리를 든 박동수는 숨을 멈췄다. 가게주인 이씨 였던 것이다. 한동네에서 20년이 넘도록 같이 살았기 때문에 박동수가 어릴 적부터 안다. 시선이 마주치자 이씨가 눈을 치켜떴다.

"당신, 지금 뭐하는 거야? 신발도 벗고 나와서 불구경해? 도와주지 않으려면 물러서!"

"아저씨, 저예요."

박동수가 말하자 주위가 소란스러웠기 때문인지 이씨는 손을 내저었다.

"물러서! 물러서라고!"

뒤로 물러서던 박동수가 중년 여자와 몸을 부딪치고 나서 가로막듯이 다가가 섰다. 바로 앞집에 사는 명옥이 어머니였던 것이다. 박동수가 눈을 치켜뜨고 말했다.

"명옥이 어머니. 저는."

"누구슈?"

명옥 엄마가 박동수를 밀치면서 건성으로 말했다.

"절로 비켜. 지금 정신이 없으니까."

"명옥 어머니, 저 좀 보세요."

"당신 누구여?"

바락 소리친 명옥 엄마가 다시 박동수를 밀치고는 앞으로 나갔다.

"할 말 있으면 나중에."

물이 튀었으므로 박동수는 뒤로 더 물러났다. 불은 꺼져가고 있다. 그러나 집은 다 내려앉아서 흔적도 보이지 않는다.

동네 끝 쪽에 공용 화장실이 있다. 박동수는 어떻게 화장실까지 갔는지 기억하지 못한다. 아마 화장실 안 세면기 위에 큰 거울이 있다는 것을 무의식중에 기억하고 있었던 것 같다. 세면기 앞에 선 박동수가 거울을 보았다. 화재 현장과는 이백 미터쯤 떨어진 곳이어서 이곳은 조용하다. 그 순간 박동수는 거울에 비친 낯선 사내를 본다. 그러나 왠지 낯이 익다. 눈을 치켜뜬 박동수는 넋을 잃은 것처럼 한동안 움직이지 않는다. 이윽고 박동수는 거울에 비친 얼굴이 누구로부터 하나씩 따온 집합체라는 것을 알았다. 그것도 자신이 좋아했던 부분이다. 눈을 보면 탤런트 이정훈을 닮았다. 언젠가 그 눈이 멋있다고 생각한 적이 있었던 것이다. 우뚝 솟은 콧날은 야구선수 신대호를 닮았다. 신대호의 코가 잘생겼다고 할머니한테 말한 적도 있다. 그러고 보면 입술은 탤런트 조남수를 닮았고 체격은 운동선수처럼 건장하다. 키도 1미터90 가깝게 되는 것 같다.

"아아, 할머니."

손바닥으로 얼굴을 쓸어본 박동수가 문득 할머니를 부른다.

"이게 꿈이 아니지?"

눈을 치켜뜬 박동수가 말을 이었다.

"그렇다면 할머니는 어떻게 된 거야?"

그때 화장실 안으로 사내 하나가 들어섰으므로 박동수는 밖으로 나온다.화장실 근처의 나무벤치는 위치 때문인지 평상시에도 사람이 오지 않아서 한가하다. 벤치에 앉은 박동수는 아직 정신을 차리지 못했다. 자신이 전혀 다른 인간이 된 것은 알겠다. 살아있는 인간이다. 다시 앞으로 뻗쳐진 두 다리를 본 박동수가 발가락을 구부렸다가 폈다. 건장한 두 다리가 힘 있게 굽혀졌다. 아직 발은 맨발이어서 흙투성이가 되어있다. 그러고 보니 옷도 작아서 마치 아이 옷을 걸친 것 같다. 박동수의 본래 몸에 걸쳤던 옷이었기 때문이다.

"이거 야단났네."

당장의 차림새가 걱정이 된 박동수가 혼잣소리로 말한다.

"옷을 사 입어야겠는데 돈이 하나도 없네."

그 순간 박동수는 바지 주머니가 무거워진 느낌을 받고는 손을 넣었다. 그러고는 주머니에 든 물체를 꺼낸 순간에 숨을 들이켰다. 손에 쥔 것은 돈뭉치였다. 5만 원 권 한 묶음이다.

화장실 근처 벤치에서 직선거리로 3백 미터쯤 떨어진 동북금융의 지점장실 안이다. 지점장 윤달호가 테이블 위에 놓은 5만 원 권 돈뭉치를 배윤식 앞으로 밀었다.

"여기 현금으로 5천입니다. 확인해 보시지요."

"근데 9뭉치뿐인데요."

한눈에 돈뭉치를 훑어본 배윤식이 의자에서 등도 떼지 않고 말했으므로 윤달호가 이맛살을 찌푸렸다.

"아니, 무슨 말씀을. 제가 조금 전에..."

했다가 뭉치를 살펴본 윤달호의 얼굴이 굳어졌다.

"이거 어떻게 된 겁니까?"

"글쎄, 내가 어떻게 압니까?"

배윤식의 이맛살도 찌푸려졌다. 동북금융에 1백억 가깝게 예금을 예치해놓은 배윤식은 VIP 축에 든다. 윤달호가 서둘러 인터폰을 들었다. 돈을 가져온 담당 대리에게 확인을 하려는 것이다.

다음날 오전 11시쯤이 되었을 때 박동수가 은행동의 커피숍 안으로 들어선다. 큰 키에 건장한 체격, 사내다운 용모는 금방 커피숍 안의 시선을 집중시켰는데 옷차림도 세련되었다. 고급 브랜드의 캐주얼 차림인데다 가죽 구두는 먼지 한 점 묻지 않았다. 다가온 종업원에게 커피를 시킨 박동수가 가슴 주머니에서 선글라스를 꺼내 눈을 가렸다. 그러자 더 시선을 끌게 되었지만 본인은 어둠속으로 몸을 감춘 느낌이 든다. 의자에 등을 붙인 박동수는 옆쪽 테이블에 앉은 두 여자의 목소리를 듣는다.

'탤런트인가? 많이 본 남자야.'

'멋져. 저런 놈하고 연애 한번 해봤으면.'

'저 코 좀 봐. 그것도 크겠지?'

'옷차림도 세련되었어.'

'누구 기다리는 건가?'

'키가 1미터 90도 넘겠다. 에휴.'

두 여자가 쉴 새 없이 지껄였는데 입은 꾹 닫혀져 있다. 박동수는 지금 둘의 머릿속 생각을 듣고 있는 것이다.

'도대체 내 능력은 어디까지인가?'

이제는 박동수가 생각하기 시작했다.

'난 이렇게 변신하기 직전에 '신이시어' 라고 외쳤어. 내 입으로. 그게 뭔가?'

오늘 아침 신문에는 집에 불이나 할머니와 소아마비인 손자 둘이 참변을 당한 것으로 보도가 되었다. 오래된 목재 건물이어서 전소했기 때문에 두 조손의 시신 중 뼈 일부만 찾았다는 것이다. 이로써 할머니는 돌아가신 것이 분명해졌다. 놈들에게 살해된 것이다. 그러나 나는 마지막 순간에 살아나왔다. '신이시어'를 외치고. 그때 종업원이 다가와 커피 잔을 내려놓으면서 말했다.

'틀림없어. 탤런트야. 세상 여행에서 본 것 같아.'

물론 입은 꾹 다물고 있었고 머릿속 생각이 들린 것이다. 그때 박동수가 머리를 들고 종업원에게 말했다.

"아냐. 나 '세상 여행'에 나간 적 없어."

놀란 종업원의 얼굴이 하얗게 굳어졌다가 금방 붉게 물들더니 몸을 돌려 허둥지둥 달아났다. 박동수는 길게 숨을 뱉었다. 아직 자신의 능력이 어디까지인지. 그리고 왜 이렇게 되었는지 모르고 있는 것이다.

순대국밥을 먹던 정기철이 문득 머리를 들고 옆쪽 테이블을 보았다. 오후 3시 반, 식당 안에는 손님이 두 테이블뿐이다. 자신과 옆쪽에 앉은 사내. 시선이 마주쳤어도 사내의 눈동자는 흔들리지 않는다. 넓은 어깨, 앉은키도 컸고 사내답게 생긴 얼굴, 낯이 익었지만 인연으로 얽힌 관계는 아니다.

"나 아쇼?"

사내가 여전히 눈동자를 고정시키고 있는 바람에 정기철이 와락 이맛살을 찌푸리며 물었다. 놈은 경찰이 아니다. 전과 5범에 6년 동안 콩밥을 먹고 나면 경찰은 눈감고 냄새만 맡아도 구별해낸다. 하긴 경찰이라면 이렇게 식당에서 옆 테이블에 앉아만 있지는 않을 것이다. 수배된 몸이니 만치 당장에 덮쳤다. 그때 사내가 얼굴을 펴고 웃으면서 말했다.

"당신 주변을 읽고 있었어."

정기철은 눈만 치켜떴고 사내의 말이 이어졌다.

"대상을 봐야 주변에 얽힌 사연을 다 알 수가 있다는 사실도 확인했고."

"이거 미친놈 아냐?"

수저를 내려놓은 정기철이 잇사이로 말했다. 일대일로 싸워서 진 적이 없는 정기철이다. 그리고 바지 주머니에는 펴면 이십 센티가 되는 잭나이프가 있다. 그놈만 있으면 천하무적이 되는 것이다. 그때 사내가 말을 잇는다.

"역시 사기꾼에다 파렴치범의 머릿속은 더럽기만 하군. 내 손에 피 묻히지 않기를 잘했어."

"이자식이 도대체."

하고 정기철이 자리를 차고 일어섰을 때 식당 문이 열리더니 사내 셋이 들어섰다. 그 순간 정기철은 숨을 들이켰다. 이곳은 서울 장안평의 순대국 전문 식당이다. 이 후미진 곳까지 대전 경찰이 올 리가 없는 것이다.

"여어. 정기철이를 여기서 만나는구나."

중구 경찰서 강력팀장 홍병태가 떠들썩한 목소리로 말하면서 다가왔다. 뒤쪽의 둘은 형사다. 무의식중에 벌떡 일어선 정기철이 주방 쪽을 보았다. 그쪽에 후문이 있는 것이다. 그때 후문으로 사내 하나가 들어섰다. 형사다. 뒤도 막혔다.

"자, 나하고 데이트 좀 하실까?"

다가선 홍병태가 정기철의 팔을 움켜쥐면서 말했다. 목소리는 부드러웠지만 팔을 쥔 악력은 강했다. 정기철이 머리를 들고 옆 테이블을 보았다. 어느새 테이블은 비었다. 놈이 사라진 것이다.

　식당을 나온 박동수는 심호흡을 했다. 정기철은 할머니를 속이고 집을 담보로 7천5백을 빼내간 사기꾼 중 한명이다. 놈을 찾는 것은 어렵지 않았다. 얼굴도 본 적이 없지만 할머니를 떠올리면서 사기꾼을 찾았더니 바로 정기철의 모습이 드러난 것이다. 또 한 명 강준구는 지금 강릉에서 여자하고 놀고 있다. 그놈도 곧 찾아갈 작정이다. 이곳은 서울 장안평이어서 박동수는 초행길이다. 그러나 거침없이 거리를 걷는다. 오후 4시, 스치고 지나는 사람들의 머릿속 생각이 말로 들리고 있다. 머리를 흔들어 듣지 않겠다고 마음먹었더니 뚝 끊겼다. 그래서 다시 듣기로 작정을 하자 말이 이어진다.

　'그놈이 공부만 잘 해주면.'
　'내가 얼마를 빌렸더라?'
　'혹시 남자가 생긴 게 아닐까?'
　'그렇군. 내일 찾아가야지.'
　'아냐. 돼지고기를 사는 게 나아.'
　'됐어. 돈 찾았으니까 튀기만 하면 돼.'
　그 순간 머리를 돌린 박동수가 방금 튀면 된다고 했던 사내의 뒷모습을 보았다. 마른 체격의 사내는 빠르게 걸어가고 있다. 그때 박동수가 입술만 달싹이며 말했다.
　"서. 거기 앉아."
　그러자 사내가 우뚝 걸음을 멈추더니 땅바닥에 쪼그리고 앉았다. 사내에게로 다가가면서 박동수는 사연을 읽는다. 몇 걸음을 떼는 사이에 사내의 행각이 마치 컴퓨터에 입력되는 것처럼 주르르 머릿속으로 들어온 것이다. 사내 이름은 허병조. 사기전과 2범, 인터넷 쇼핑몰을 개설해서 선금으로 물품대금 30여억 원을 받아 찾아 놓고 막 도망치는 중이었다. 다가선 박동수가 핸드폰을 꺼내들고 버튼을 누른다.

"예. 이창수 순경입니다."

곧 수화구에서 사내의 목소리가 울렸다. 이창수는 이곳에서 3백 미터쯤 떨어진 파출소 순경이다. 순경 8년차로 성실하고 정직했지만 요령도 없고 운도 따르지 않아서 만년 순경에 서른다섯이 되도록 결혼도 하지 못했다. 오늘 이창수는 거물 인터넷 사기꾼을 불심 검문으로 검거함으로써 1계급 특진에 보상금 1억까지 받게 될 것이었다. 핸드폰을 귀에서 뗀 박동수는 아직도 쪼그리고 앉은 허병조를 내려다보았다. 지나는 사람들은 둘이 동행인 사이로 볼 것이었다. 하나가 갑자기 다리에 쥐가 나 쪼그리고 앉은 것으로 보일만 했다. 이윽고 박동수는 이쪽으로 달려오는 이창수를 보았다. 이창수는 허병조를 검거한 순간 전화를 받은 내용, 그리고 박동수가 옆에 서 있었다는 것까지 깨끗이 잊어버리게 될 것이었다. 허병조도 마찬가지다. 갑자기 다리에 힘이 풀려 쪼그리고 앉았다가 잡혔다는 것밖에 기억 못한다.

시골집으로 돌아왔을 때는 오후 8시 반이 되어가고 있었다. 이곳은 외딴 집인데다 산골짜기 안이어서 밤이 되면 주위가 적막강산이 된다. 그러나 박동수는 오히려 그것이 더 편안했다. 이제 초능력을 갖춘 몸이 된 것이다. 인간의 마음을 읽는데다 조종 할 수도 있고 또 필요한 물품은 제까닥 눈앞에 놓여진다. 그야말로 마술보다도 더한 장면이 눈앞에 펼쳐지는 것이다. 벽에 기대앉은 박동수는 심호흡을 했다. 빈 집으로 수리도 하지 않고 입주했기 때문에 불만 켜졌을 뿐이지 집안은 폐가 같았다. 살림을 옮기기 전에 화재로 전소되어서 세간 하나 없었다. 그야말로 몸뚱이 하나만 옮겨온 것이다.

"돈이 좀 있어야겠는데."

박동수가 조심스럽게 혼잣말을 했다.

"괜히 착한 사람 돈이 옮겨오지 않았으면 좋겠는데."

아무리 초능력이, 기적이 일어난다고 해도 돈을 뚝딱 만들어내지는 않을 것이라고 생각했기 때문이다. 그 순간 박동수는 눈앞에 쌓여진 돈뭉치를 보았다. 5만 원 권 뭉치로 20개는 된다. 그럼 1억인가? 집수리하고 가전제품 들여놓고 생필품에다 초능력을 갖게 된 후에 생각 해온 일을 하려면 먼저 이 정도는 있어야겠다고 생각했던 금액만큼 놓여졌다.

박동수의 집에서 50킬로쯤 떨어진 유성구의 국빈호텔 특실 안이다.

"자, 이리 내."

하고 백주호가 손을 내밀자 홍규태가 두 손으로 가방을 건네주었다. 그러면서 머리를 한쪽으로 기울이며 이맛살을 찌푸린다. 가방을 받은 홍규태의 눈썹도 모아졌다. 가방이 가벼운 것이다.

"이거 현금으로 가져 오랬는데. 왜 이래?"

하고 가방 지퍼를 연 백주호가 와락 눈을 부릅떴다.

"아, 돈이 왜 이것뿐야?"

"예?"

하면서 가방 안을 들여다본 홍규태의 얼굴이 하얗게 굳어졌다. 가방 안에는 돈뭉치가 세 개, 천오백만 원 뿐이다. 20개가 사라진 것이다. 그것도 눈 깜빡하는 사이에.

"아니, 도대체, 조금 전까지 23개가 있었는데."

당황한 홍규태가 더듬거리며 말한 순간에 왼쪽 뺨에 격렬한 충격이 왔다. 백주호가 귀뺨을 친 것이다.

"이 새끼가 날 뭘로 보고! 돈 채워 오지 못 하겠니! 지금 장난하는 거냐?"

백주호가 길길이 뛰면서 악을 썼다. 만 사흘 동안 백동그룹의 사주 백주호는 10억을 칩으로 바꿔 9억 가깝게 잃고 떠나려는 참이다. 지금 카지노 지배인 홍규태는 남은 칩을 현금으로 바꿔 가져온 것이었다. 백주호가 이제는 가방을 홍규태의 얼굴에다 던졌다.

"빨랑 채워 와! 이 새끼야!"

백주호는 국빈호텔 소유주 안정만의 친구이기도 하다. 홍규태는 허겁지겁 가방을 집어 들고 돌아섰다. 도대체 영문을 모르겠지만 돈을 채워놔야 한다. 이건 정말 귀신이 곡할 일이었다.

"아이구."

침대에서 굴러 떨어진 최기성이 신음을 뱉었다. 오전 7시 반, 출근하려고 침대에서 일어나다가 넘어진 것이다. 방바닥에서 일어서려던 최기성은 다시 한 번 앞으로 뒹굴었다. 다리 한쪽이 전혀 힘을 쓰지 못했기 때문이다. 덜렁거리고 있는 것이 마치 남의 다리 같다.

오후 5시 반, 내과와 외과를 거쳐 부원장실로 불려온 최기성의 얼굴은 굳어져 있다. 부원장 오석문이 안경알 너머로 지그시 최기성을 보았다. 옆쪽에 외과 전문의가 표정 없는 얼굴로 서있다.

"최기성 씨, 현재로써는 다리 하나가 완전히 마비 상태로 되어있다는 것 밖에 말씀 드리지 못하겠네요."

오석문이 벽에 붙여진 X-ray 사진에 시선을 주고 나서 말을 잇는다.

"당분간 목발로 보행을 하시고 수시로 병원에 들러 체크를 해보십시다."

"선생님, 재활 치료는."

하고 최기성이 겨우 입을 열었더니 오석문과 외과의가 서로 마주보고 나서 입을 다물어버렸다. 최기성이 헛기침을 하고 나서 다시 묻는다.

"선생님, 갑자기 제 다리가 왜 이렇게 된 겁니까?"

"때로는 의학적으로 설명해드릴 수 없는 일들이 일어나지요. 그래서 연구 과제가 되곤 하는데 최기성 씨 경우가 바로 그렇습니다."

안경테를 올린 오석문이 말을 잇는다.

"최기성 씨 한 쪽 다리의 신경이 모두 굳은 상태여서 오직 피만 통하고 있습니다. 아직까지는 이유를 알 수가 없지만 우리 연구진이 계속 연구해 볼 겁니다."

최기성은 어깨를 늘어뜨렸다. 다리 하나가 완전히 없어진 것이나 같다는 말이다. 거기에다 그 이유도 모른다는 것이다. 그 순간 최기성의 눈앞에 아이롱반의 병신이었던 박동수의 얼굴이 선명하게 떠올랐다. 그놈보다 더 병신이 되었다.

책을 덮은 김서연은 눈을 감았다. 그때서야 맵고 구수한 풀냄새가 맡아지면서 온갖 소리도 다 들렸다. 노래 부르는 소리, 찾는 소리, 여자의 웃음소리에는 교태가 섞여있다. 아마 남자들하고 같이 있는 것 같다. 벤치에 등을 붙인 김서연의 눈을 감은 얼굴에 희미하게 웃음기가 띠어졌다. 이러고 있으면 자신이 한 쪽 다리를 못 쓰는 병신이라는 사실이 잠깐 잊혀지는 것이다. 눈을 감은 채 공상을 많이 해서 그런가보다. 학교 도서관 뒤쪽의 산그늘 밑에 놓인 이 벤치는 김서연의 지정석이다. 이곳은 앞이 막힌데다 구석진 곳에 있어서 다른 학생들은 오지도 않는다. 오직 사람을 피하는 김서연만 온다. 눈을 감은 김서연은 자신이 산속 오솔길을 걸어 올라가는 공상을 한다. 주위에 나무가 울창했으며 발밑에는 이름 모를 꽃들이 피었다. 산새가 퍼덕이며 앞을 가로질러 날았고 어디선가 개울물 흐르는 소리가 들린다. 그때 앞에서 남자 하나가 다가왔다. 훌쩍 큰 키, 부드러운 눈빛의 남자. 김서연의 얼굴은 상기 되었고 가슴이 세차게 뛰었다. 사내의 얼굴에 웃음기가 떠올라 있었으므로 김서연은 따라 웃는다. 이제 사내와의 거리가 두 발짝쯤 간격으로 가까워졌다.

그때였다. 옆에서 낮은 헛기침 소리가 들렸으므로 김서연은 놀라 눈을 떴다. 그리고는 다시 소스라쳤다. 산길에서 조금 전에 만난 남자. 아니, 공상 속에서 만난 남자가 서있다. 시선이 마주친 남자가 부드럽게 웃는다. 똑같은 웃음이다. 그때 사내가 물었다.

"옆에 앉아도 될까요?"

금방 얼굴이 붉어진 김서연이 머리만 끄덕이자 사내는 벤치에 나란히 앉았다. 그리고는 힐끗 김서연의 다리를 보았다. 왼쪽 다리는 벤치에 늘어뜨린 채로 놓여 있다. 정상 다리보다 10센티나 짧기 때문이다. 그리고 근육이 없어서 의족도 달지 못한다. 다리에서 시선을 뗀 사내가 김서연의 눈을 보았다.

"그 다리에 잠깐 손을 대어도 되겠지요?"

김서연은 놀라 입을 벌렸다가 닫았다. 순식간에 얼굴이 새빨개졌고 가슴이 무섭게 뛰었지만 웬일인지 말은 입 밖으로 나오지 않는다. 그때 사내가 다시 부드러운 표정으로 말한다.

"그 다리를 낫게 해주려는 거요."

사내의 시선을 받은 김서연이 머리를 끄덕였다. 그러자 사내가 얼굴을 펴고 웃었다.

"온몸이 뜨거워질 거요. 그럼 눈을 감고 조금 전처럼 산속을 걷는 상상을 해요. 나도 당신 옆에 있을 테니까."

다음 순간 사내의 손바닥이 짧은 다리의 허벅지 위에 올려졌고 온몸에는 순식간에 열기가 덮였다. 깜짝 놀란 김서연이 눈을 크게 떴다가 곧 다시 감는다. 그러자 눈앞에 다시 산속의 오솔길이 떠올랐다. 그리고 그 사내가 앞에 서있다. 온몸이 뜨거워지더니 금방 나른해졌으므로 김서연은 길게 숨을 뱉는다.

"내 이름은 박동수."

산길에서 마주보고 선 사내가 말했다.

"서연 씨가 날 필요로 할 때는 언제든지 나타날 거요."

"꼭 나타나 주실 거죠?"

그렇게 물었던 김서연은 자신의 대담함에 스스로 놀라 가슴이 터질 것 같았다. 그러자 사내가 빙그레 웃는다.

"언제든지."

"제 상상 속에서 말인가요?"

"아니. 현실에서도."

"현실에선 싫어요."

"오히려 현실이 더 나을 텐데."

다시 웃은 사내가 다음 순간 홀연히 사라졌으므로 김서연은 눈을 떴다. 옆에 앉았던 사내는 보이지 않았다. 가슴이 내려앉은 김서연이 길게 숨을 뱉는다. 지금까지 공상 속이었던 것이다. 그러나 다음 순간 시선을 내린 김서연은 왼쪽 다리가 이상해진 것을 깨달았다. 허벅지가 굵다. 저도 모르게 몸을 틀어 보았던 김서연은 왼쪽 다리가 움직이는 것을 느꼈다. 발바닥이 땅에 닿는 감촉도 온다.

"아앗."

놀라 외친 김서연이 오른발에 힘을 주고는 몸을 일으켰다. 그러자 왼발에도 힘이 가면서 몸이 벌떡 일어섰다.

"아아아."

김서연의 입에서 이제는 울음 섞인 탄성이 터졌다. 두 다리로 땅을 딛고 선 것이다. 왼쪽 발은 발육이 덜 되어서 신발 사이즈도 작았는데 어느새 발이 오른발과 같아지는 바람에 신발이 벗겨져 있다. 땅바닥에 붙은 왼발을 보면서 김서연이 마침내 울음을 터뜨렸다. 기적이다. 꿈이 실현된 것이다.

대학교 정문을 나온 박동수의 얼굴도 환했다. 갑자기 다리가 멀쩡해진 기적이 일어났기 때문에 김서연은 매스컴의 집중 조명을 받게 될지도 모르겠지만 그건 상관할 일이 아니다. 세상에 기적이 일어난다는 희망이 번지는 것도 바람직한 일이 아니겠는가? 우선 나부터가 그렇다. 기적이 일어나 이렇게 초능력을 갖게 되었다. 불쌍한 사람, 약한 사람에게 내 능력을 쪼개줄 것이다. 그것이 신의 뜻인지도 모른다. 갑자기 배가 고파진 박동수는 길가의

식당으로 들어섰다. 우연히 들어섰지만 식당은 컸고 손님도 많다. 손님이 많은 식당은 음식 맛이 좋다는 증거도 된다. 겨우 빈자리를 찾고 앉았을 때 종업원이 다가와 물 잔을 내려놓고 묻는다.

"뭘 드실까요?"

머리를 든 박동수가 종업원의 눈을 보았다. 그 순간 박동수의 머릿속으로 종업원의 인생이 주르르 입력되었다. 이름은 양미옥, 37세, 딸 명주와 아들 민호 두 남매와 함께 세 식구가 산다.

"아줌마, 15번 테이블 치워요."

주문을 받고 돌아선 양미옥에게 카운터에 서 있던 주인여자 김 사장이 말했다. 양미옥이 눈으로만 대답하고 지났더니 김 사장이 뒤에 대고 투덜 거렸다.

"에이구, 속 터져. 요즘은 사람 구하기도 어려워서 못해먹겠어."

사람 구하기가 어려운 것이 아니라 이곳 해동식당에 알바로 일하러온 사람들 중 한 달을 넘긴 사람은 셋뿐이다. 소문난 설렁탕집이라 손님은 들끓지만 보수는 박한데다 일이 많아서 견디기가 어렵기 때문이다. 그리고 주인 김 사장의 잔소리도 한몫을 했다. 10명중 절반은 그 잔소리가 듣기 싫어 나갔다는 소문이다. 15번 테이블을 치우면서 양미옥은 그래도 자신은 잘 버틴 셈이라고 자위했다. 해동식당에서 석 달째로 일하고 있는 것이다. 주방장은 김 사장 남편 장씨였고 주방장 보조가 장씨의 여동생인 장 여사, 조리사에는 김 사장의 여동생 김 여사였으니 친인척 넷이 해동식당을 운영했고 나머지 종업원 10여 명은 모두 시간당 4천 원짜리 알바인 것이다. 그날 밤 12시 반이 되었을 때 양미옥은 일당 4만8천원을 받아들고 해동식당을 나왔다. 오전 11

시부터 나왔지만 12시부터 일 시작한 것으로 계산하고 12시간 수당을 받은 것이다. 온몸이 땅속으로 꺼져 들어갈 것처럼 피곤했지만 양미옥은 서둘렀다. 인사동에서 하계동 셋집에 도착했을 때는 오전 1시 40분, 반지하 셋방의 불은 아직 환하게 켜져 있었는데 양미옥이 문을 열고 들어서자 명주와 민호가 달려왔다.

"엄마, 나 숙제 다 했어."

초등학교 3학년인 민호가 말했고 명주는 잠자코 양미옥의 손에서 손가방을 받아 쥐었다. 명주는 초등학교 6학년이다. 양미옥이 두 남매를 양팔로 감싸 안으면서 말했다.

"엄마 기다리지 말고 자라고 했지? 내일 늦게 일어나면 어떡하려고 그래?"

아이들은 웃기만 했고 양미옥도 더 이상 나무라지 않는다. 만일 둘이 다 자고 있었다면 양미옥은 서러움과 외로움으로 울어버렸을 것이었다.

씻고 나서 애들을 재웠을 때는 오전 2시 반이 되어있었다. 애들의 이불을 눌러준 양미옥이 윗목에 깐 이불을 들치다가 문득 길게 숨을 뱉는다. 앞으로 살아갈 길이 막막했기 때문이다. 보증금 5백에 월세 40만 원짜리 이 단칸 셋방에서 살아가는 것도 벅찬 상황이다. 한 달에 90만 원 정도를 벌어 월세에다 이것저것 다 제하면 손에는 40만 원이 겨우 남는다. 며칠만 빠져도 30만 원을 갖고 세 식구가 살아야 한다. 1년 반 전만해도 네 식구가 20평형 아파트에서 큰 걱정 없이 살다가 그야말로 하루아침에 세상이 변했다. 중소기업체의 전기 기술자였던 남편 박선호가 근무중에 사고를 내어 회사 건물에 화재를 일으켰고 자신도 중화상을 입었던 것이다. 박선호는 병원에 입원을 했지만 6개월 후에 죽었다. 화재로 소실된 회사도 곧 도산을 해버린 터라 양미옥은 아파트를 담보로 돈을 빌려 병원비를 대어야만 했다. 그러다 이렇게 된 것이다. 양미옥에게는 모든 일이 한순간에 일어난 것 같기도 했지만 견디는 하루하루는 일 년보다 더 길었다. 이렇게 혼자 앉아있는 순간이 되면 바로 엊그제 그 사고가 일어난 것처럼 느껴진다.

"살아야 돼."

양미옥이 입술만 달싹이며 말했다. 어느덧 두 눈에 눈물이 맺혔지만 이를 악물었다가 풀고 나서 말을 잇는다.

"애들을 위해서 어떻게든 견딜 거야."

그 순간 눈에서 주르르 눈물이 흘러내렸다. 말은 그렇게 했지만 머리는 그것이 어렵고 힘들다는 것을 알고 있는 것이다. 지금 흐르는 눈물은 절망감 때문이다.

"여보, 명주아빠. 나 어떡해?"

양미옥이 마침내 죽은 남편 박선호를 부른다. 그러나 대답이 있을 리가 없다.

"너무 힘들어."

머리를 떨군 양미옥이 한숨과 함께 말을 뱉는다. 만일 자신이 몸이라도 아프다면 두 남매는 당장 굶는다. 죽은 박선호는 20여 년간 인연을 끊고 사는 형이 하나 있을 뿐이고 양미옥은 고아 출신이기 때문이다. 그때 앞쪽에서 인기척이 났으므로 양미옥은 소스라쳤다. 머리를 든 양미옥의 얼굴이 하얗게 굳어졌다. 바로 옆에 남편 박선호가 앉아있었기 때문이다. 그때 양미옥의 놀란 표정을 본 박선호가 웃음 띤 얼굴로 말한다.

"놀라지마. 난 당신한테 잠깐 다녀가려고 온 거야."

박선호의 목소리도 맞다. 양미옥은 입만 딱 벌린 채 눈동자도 굴리지 못한다. 다시 박선호가 말을 잇는다.

"그래. 기적이라고 믿어도 돼. 난 당신을 도우려고 왔으니까. 하지만 이건 현실이지. 실제 돈이야."

하고 박선호가 묵직한 가방을 양미옥 앞에 놓았다.

"여기 현찰로 2억 들었어. 이 돈으로 새 집 얻고, 먹고 살 궁리를 해봐."

양미옥이 이제는 몸을 웅크린 채 벌벌 떨었다. 그러나 시선은 박선호한테서 떨어지지 않는다. 박선호가 부드럽게 말을 잇는다.

"기운을 내. 내가 항상 지켜보고 보호해줄 테니까."

"여, 여보."

양미옥이 겨우 불렀을 때 박선호가 자리에서 일어섰다. 놀란 양미옥이 손을 뻗었지만 박선호는 잡히지 않았다. 사라진 것이다. 그러나 그 자리에 가방은 그대로 남아있다.

"여보, 명주 아빠!"

이제는 소리쳐 부른 양미옥이 벌떡 일어나 방문을 열었지만 현관에는 아무도 없다. 철문의 자물쇠도 안에서 단단히 잠겨 있다.

어둠에 덮인 골목길을 걸으면서 박동수는 자신의 초능력 두 개를 더 확인한다. 그것은 마음을 먹으면 원하는 인물로 변신이 된다는 것과 이동이다. 상대방이 무엇을 생각하고 있는지를 알 수 있는데다 물질 이동도 시켜보았다. 그러나 변신을 하고 이동한 건 이번이 처음이다. 양미옥을 떠올리자 혼잣말하는 장면이 나타났기 때문에 바로 박선호로 변신해서 돈 가방과 함께 등장한 것이다.

"신이시어, 뜻대로 하십시오."

골목을 나와 대로를 걸으면서 박동수가 혼잣말을 한다.

"나는 내 주변의 약자와 억울한 자를 위해 내 능력을 사용하겠습니다. 당신의 뜻에 맞지 않으면 걷어 가셔도 결코 원망하지 않겠습니다."

그러고는 힘 있게 땅을 밟는 두 다리를 내려다보면서 말을 잇는다.

"이렇게 걷는 것만으로도 저는 행복합니다."

강준구가 부산에 온 것은 정기철의 핸드폰 전원이 꺼져 있었기 때문이다. 그것은 사고가 났다는 증거였다. 신호라고 생각해도 된다. 정기철과 헤어지면서 사고가 나면 핸드폰 전원을 끊기로 했던 것이다. 해운대에는 수백 개의 호텔, 모텔 등의 숙박시설뿐만 아니라 유흥업소, 찜질방, 안마시술소, 오피스텔에다 고시텔까지 잠잘 곳이 수두룩했다. 오후 1시 반, 강준구가 옷가게 안으로 들어서자 혼자 앉아있던 종업원이 일어나 맞는다.

"어서 오세요."

이곳은 꽤 번화한 상가여서 통행인이 많다. 걸려있는 옷을 둘러보던 강준구가 종업원에게 말했다.

"후드 달린 점퍼로 색깔별로 세 벌만 골라 주세요."

그러고는 덧붙였다.

"무난한 스타일. 105 사이즈."

종업원의 얼굴이 밝아졌다.

"가격대는 얼마로 할까요?"

그러자 강준구가 쓴웃음을 짓는다.

"중간 가격."

수시로 옷을 바꿔 입는 것이 강준구의 버릇이다. 작업을 하면서 입었던 옷은 절대 다시 안 입었고 안경만 해도 항상 대여섯 개를 갖고 다니면서 바꿔 썼고 지금도 배코 친 머리에 가발을 썼다. 가발도 7,8개나 되는 것이다. 신바람이 난 종업원이 분주하게 움직였으므로 강준구는 팔짱을 끼고 서서 느긋하게 옷 구경을 했다. 대구에서 사는 부모 친척과 연락을 안 한 지 5년이 넘었다. 친구나 여자한테 꼬리를 잡힌 적도 없다. 프로는 흔적을 남기지 않는 법이다.

　"병신 같은 놈."

　문득 강준구가 잇사이로 말했다. 전원을 끊은 정기철에게 한 욕이다. 정기철은 체포된 것이 분명했다. 평소 덜렁거리면서 허세를 부리더니 기어코 꼬리를 밟힌 것이다. 놈하고 따로 떨어져 지내기로 결정한 것이 백 번 잘한 일이었다. 그때 가게 문이 열리더니 사내 하나가 들어섰다. 사내를 본 강준구가 숨을 삼켰다. 형사다. 그때 다시 옷가게 안으로 사내 둘이 들어섰다. 몸을 굽히고 선 강준구에게 먼저 들어온 사내가 웃음띤 얼굴로 말한다.

　"어이, 강준구. 이렇게 딱 부딪친 소감이 어뗘? 짜릿허지?"

　강준구는 온몸이 땅속으로 꺼져 들어가는 느낌을 받는다. 도대체 어떻게 이런 일이 일어난단 말인가? 매사에 조심 또 조심을 해온 터였다. 그 어떤 흔적도 남기지 않았다. 미행도 당하지 않았다. 이놈들이 우연히 나를 본 것인가?

세 번째 전설
인연

5장

복수가 아니다. 법이 처벌하지 못한 죄인을 찾아내어 심판을 받도록 하는 것이다. 박동수는 초능력을 갖춘 후에 주변 정리부터 마치기로 마음먹는다. 그래서 회사의 악질 관리과장 최기성에게 불구자의 인생을 겪어 보도록 했고 할머니를 속이고 집을 담보로 돈을 빼갔던 정기철과 강준구를 경찰에 넘겼다. 이제 남은 것은 할머니를 살해한 세 악당 배용수, 나태성, 김명도다. 결코 용서할 수 없는 놈들이다. 자신의 몸을 누르고 앉아 목을 조른 놈은 나태성, 할머니를 죽인 놈은 두목 배용수다. 박동수는 창밖을 바라본 채 한동안 움직이지 않았다. KTX는 다시 터널로 들어섰으므로 유리창에 자신의 얼굴이 비쳐졌다. 잘생긴 얼굴이다. 신께서는 내가 꿈꾸던 모습으로 만들어 주셨다. 기적을 보여주신 것이다. 그때 유리창에 이쪽으로 향해져있는 두 개의 눈동자가 보였다. 유리창에서 박동수와 시선이 마주친 것이다. 옆쪽 좌석에 앉은 여자다. 부산행 KTX 특실은 거의 좌석이 차 있었는데 여자는 또래로 보이는 남자와 동행이었다. 둘 다 20대 중후반쯤 되었을까? 박동수와 비슷한 연배였는데 애인 사이처럼 보였다. 그러나 시선이 마주친 순간

150

박동수는 여자의 머릿속 생각을 읽는다.

'괜찮네. 이런 분위기를 풍기는 남자는 정말 오랜만이야.'

시선을 준 채 여자의 생각이 이어졌다.

'정말 나도 미쳤지. 정훈 씨 집에 인사드리러 가면서 딴 남자한테 정신을 팔다니.'

그러더니 여자의 시선은 옮겨졌지만 생각은 다시 박동수 귀에 들린다.

'사람은 생각하는 생명체야. 그것을 막을 순 없다구. 그 생각마저 다 차단 시키면 짐승이 돼. 생각 하도록 놔두는 거야. 행동으로만 옮기지 않으면 돼.' 그때 박동수가 말했다. 물론 여자의 머릿속을 향해서 말한 것이다.

'그렇게 딴 생각을 할 정도면 정훈 씨에 대한 감정을 다시 한 번 점검할 필 요가 있지 않겠어? 흔들리는 이유는 당신 때문만이 아닐 수도 있지 않아?'

놀란 여자의 시선이 다시 옮겨져 왔다. 여자의 이름은 전미향, 25세, 박사 과정의 대학원생으로 지금 남자친구인 윤정훈의 부모에게 인사를 하려고 내려가는 중이다.

'맞아 내 문제만은 아냐. 이렇게 된 책임의 반은 정훈 씨에게 있는 거야.'

여자가 박동수를 바라보며 머릿속 말을 했다.

'그럼 어떡하지? 여기서 돌아갈 수도 없고 부산에 내리면 어쩔 수 없이 정 훈 씨 집에 가야 될 텐데.'

박동수는 유리창에서 시선을 뗐다. 여자의 일에 관여하지 않기로 한 것이다. 그러나 이것으로 목표로 정한 상대의 생각을 읽고 지배할 수 있다 는 또 하나의 능력을 확인했다. 부산역에서 택시를 탄 박동수는 해운대로 향 한다. 해운대에 나태성과 김명도가 있기 때문이다. 나태성은 박동수의 목을 조른 놈이고 김명도는 그 동료다. 두목 배용수가 포항에 떨어져 있었으므로 먼저 둘을 만나려고 한 것이다.

"에이, 개새끼들."

택시 운전사가 불쑥 욕을 했으므로 박동수는 시선을 들었다. 백미러에서 시선이 만났을 때 40대쯤의 운전사가 하소연하듯 말한다.

"내가 급전이 필요해서 핸드폰에 찍힌 신용금고라는 곳에 연락을 했다가 하마터면 사기를 당할 뻔 했습니다."

"아니, 왜요?"

"글쎄, 내 빈 카드하고 비밀번호, 주민번호를 다 알려달라지 뭡니까?"

흥분한 운전사가 차를 과격하게 몰았으므로 박동수는 말이 제대로 들리지 않았다. 운전사가 말을 잇는다.

"물론 내 은행카드에는 잔고가 몇 백 원뿐이었는데 알려주다 보니까 좀 꺼림칙하데요. 그래서 통화를 끊고 은행에다 알아보니까 펄쩍 뛰면서 그랬다간 사기 당할 뿐만 아니라 공범이 된다네요. 비밀번호를 알려주지 않아서 살아났습니다."

그러고는 와락 차에 속력을 내었다.

"그런 놈들은 이 세상에서 없어져야 돼요."

박동수는 그것이 자신의 능력으로 가능한지 궁금해졌지만 시도하지는 않겠다고 마음먹었다. 죽이고 살리는 일까지 할 수는 없는 것이다. 그것은 자신의 몫이 아니며 이 능력을 준 존재도 원하지 않을 것이라고 생각했다. 나는 신(神)이 아닌 것이다. 그러니 매사에 조심해야만 한다. 오버하면 안 된다.

손목시계를 내려다본 나태성이 김명도에게 말했다.

"5시 30분 전이야. 서둘지 마."

"그것들 틀림없이 나오겠지?"

김명도가 확인하듯 묻자 나태성은 쓴웃음을 지었다.

"글쎄, 이 형님만 믿고 있으라니까. 내가 이 작업을 한두 번 한 줄 아냐?"

"진짜 걔들이 영계야?"

"너도 척 보면 알게 돼."

한 모금 커피를 삼킨 나태성이 주위를 둘러보는 시늉을 했다. 해운대 바닷가의 커피숍 안이다. 손님은 그들 둘뿐이어서 안은 텅 비었다. 종업원도 보이지 않는다. 나태성이 말을 이었다.

"친구들이 있다니까 둘 데리고 놀다가 친구 데려오라고 하면 돼."

"친구라면 집 나온 애들이겠지?"

"아마 그렇겠지."

의자에 등을 붙인 나태성이 눈을 더 가늘게 만들면서 웃었다.

"오랜만에 영계 맛을 실컷 보게 되었다."

지금 둘은 PC방에서 낚은 가출한 10대 여자애들을 기다리는 중이다. 의자에 등을 붙인 나태성이 말을 잇는다.

"그것들, 어리지만 알 건 다 안다구."

그때 커피숍 안으로 사내 하나가 들어섰으므로 둘은 입을 다물었다. 사내는 장신에 호남이다. 어디서 많이 본 얼굴이었지만 기억이 나지 않는다. 운동선수나 탤런트 같다. 거침없이 다가온 사내가 옆쪽 테이블에 앉았으므로 나태성과 김명도는 서로의 얼굴을 보았다. 주위가 텅 비어있는데도 바로 옆 테이블에 앉는 것이 찜찜했기 때문이다. 그때 사내가 나태성에게 말했다.

"내가 너희들을 어떻게 할까 생각을 좀 했어."

"뭐라구?"

이맛살을 찌푸린 나태성과 김명도가 다시 서로의 얼굴을 본다. 사내가 말을 이었다.

"너희들은 죗값을 받아야 돼."

"지금 무슨 개소리를 하는 거야?"

마침내 나태성이 눈을 치켜뜨고 묻는다.

"너 나 알아?"

"알지."

머리를 끄덕인 사내는 물론 박동수다. 박동수가 쓴웃음을 지으며 나태성을 보았다.

"넌 할머니와 손자가 사는 집에 들어가 돈 1억 3천을 강탈하고 소아마비인 손자를 목 졸라 죽였지."

그 순간 나태성의 얼굴이 하얗게 굳어졌다. 김명도는 놀라 엉덩이를 들었다가 내리더니 주위를 둘러본다.

"이, 이 새끼……."

나태성이 더듬거리며 다시 주위를 둘러보았다. 박동수가 경찰인가 의심스러웠기 때문이다. 그때 박동수가 말했다.

"그러고 나서 집에 불을 질러 둘을 태워 죽였어. 네놈들은 천벌을 받아야 돼."

"안되겠다, 이 새끼."

하면서 나태성이 벌떡 일어난 순간이다.

"어억."

신음을 뱉은 나태성이 손으로 제 눈을 비비면서 소리쳤다.

"어, 눈이, 눈이."

"어어어."

하고 앉아있던 김명도의 입에서도 신음이 터졌다.

커피숍 밖으로 나온 박동수가 옆쪽 24시간 매장 입구에 서있다. 그때 커피숍 밖으로 나태성과 김명도가 나온다. 둘 다 두 눈은 부릅뜨고 있었지만 앞이 보이지 않는 터라 손을 휘젓고 있다. 둘은 문 밖까지 안내한 종업원이 문을 닫고 들어가 버렸으므로 곧 커피숍 앞에서 소란이 일어났다.

"아, 시발! 이게 뭐야!"

"아이고, 내 다리가 왜?"

"아니, 내 손! 손!"

지나던 사람들이 하나둘씩 모여들고 있다. 그러나 둘 주위에 둘러서 있을 뿐 아무도 다가서려 하지 않는다. 둘의 모습이 기괴했기 때문이다. 둘 다 눈이 보이지 않아서 눈동자가 고정되어 있는데다 다리 한 쪽씩이 건들거렸다. 거기에다 손 하나씩은 위로 비틀려서 손가락이 잔뜩 구부러졌다. 그래서 걸음을 제대로 걷지 못하는 것이다.

"그 새끼, 그 새끼가."

"야, 어딨냐?"

"아이고 내 손이 왜?"

둘이 번갈아서 외쳐대는 바람에 구경꾼은 더 모였다.

"병신들이 왜 그래?"

박동수의 앞쪽에서 구경하던 젊은 청년들이 저희들끼리 말했다.

"글쎄, 왜 저 난리냐구? 시비 걸려고 그러는 거 아냐?"

"눈도 보이지 않는데 시비는 무슨."

그때 김명도가 소리쳤다.

"아이구, 119! 119!"

"야, 이 새끼야. 놔둬!"

그 와중에도 나태성이 손을 휘저으며 말렸다. 한 걸음 떼자 온몸이 엎어질듯 휘청거렸으므로 나태성이 이를 악물고 말했다.

"얼른 여기 떠나자! 어서!"

"아이고! 내 다리!"

이제 김명도는 질질 울고 있다.

밤 10시 반, 샤워기의 물줄기를 머리끝에서 맞으면서 배용수는 콧노래를 부르고 있다. 몸에는 적당한 알코올 기운이 배어든데다가 침실에서 기다리는 여자는 정은미. 그 동안 꽤나 공을 들인 여자다. 사기, 폭력, 강도, 강간까지 다양한 전과를 자랑하는 배용수였지만 이럴 때는 철부지였던 어린 시절로 돌아간다. 정은미는 포항에서 유치원 교사로 일하는 그야말로 천사 같은 여자다. 아이들을 데리고 길을 걷는 정은미를 본 순간 배용수는 몸에 전류가 흐르는 느낌을 받았다. 그리고는 공을 들인 지 석 달. 오늘 마침내 정은미를 제 오피스텔로 끌어들인 것이다. 물론 정은미는 배용수가 서울에서 인테리어 사업체를 운영하는 중소기업가인 줄로만 안다. 샤워를 마친 배용수는 알몸위에 가운만을 걸치고 거실로 나왔다. 창가에 서 있던 정은미가 힐끗 시선을 주더니 배용수가 나온 욕실로 다가갔다.

"빨랑 나와."

정은미의 등에 대고 말한 배용수는 가운을 벗어 던지고는 알몸으로 침대에 오른다. 그러고는 시트를 들치고 들어가 눕고 나서 만족한 숨을 뱉었다. 욕실에서 물 떨어지는 소리가 들렸다. 지금 정은미는 알몸으로 샤워기 앞에 서 있을 것이었다. 머리에 열이 오른 배용수가 시트 밑으로 손을 뻗어 제 연장을 쥐었다. 언제 봐도 자랑스러운 연장이다. 굵은 몸체에 긴 포신, 그리고 강철처럼 단단한데다 지구력도 대단하다. 한번 맛을 본 여자는 떼어지지 못하는 것이다.

"어?"

그 순간 배용수의 입에서 놀란 외침이 터졌다. 그러고는 시트를 들치고 제 연장을 보았다. 다음 순간 배용수가 와락 상반신을 일으켰다. 제 연장이 마른 고추처럼 비틀린 채 시들어 있었기 때문이다. 길이는 3센티 정도인데다 직경이 1센티도 안되었다. 이게 도대체 무엇인가? 왜 이렇게 되었는가라고 묻지 않고 도대체 무엇인가라고 물을 정도로 난데없는 물건이 달려있는 것이다.

"아니, 이게……."

눈을 부릅뜬 배용수가 제 연장을 움켜쥐었다. 분명히 사타구니에 붙어 있었으니 제 연장이 맞다. 그런데 왜? 배용수가 제 연장을 움켜쥐었다. 손아귀에 잡힌 연장은 보이지도 않는다.

"이게 뭐야?"

얼굴에서 진땀이 흘러나왔지만 배용수가 헛소리처럼 말했다. 손바닥을 펴 연장을 다시 본 배용수가 이를 악물었다. 연장은 그야말로 번데기가 되어 있는 것이다.

오피스텔 로비에 서 있던 박동수는 엘리베이터에서 나오는 배용수를 보았다. 배용수는 허둥거리며 로비로 나왔는데 눈동자의 초점이 잡혀있지 않았다. 밤 11시가 되어 있어서 로비는 텅 비었다. 배용수가 다가왔으므로 박동수는 기둥에 붙이고 있던 등을 떼고 다가가 섰다.

"배용수."

박동수가 부르자 배용수는 눈을 치켜떴다. 처음 보는 사내가 가로막고 선 것이다.

"누구야?"

공허한 목소리로 물은 배용수의 눈동자가 흔들렸다. 걸음을 멈춘 배용수가 박동수의 위아래를 훑어보았다. 지금 병원에 가려고 정은미를 방에 놔둔 채 뛰쳐나온 길이었다. 귀신에게 홀린 것 같았지만 영문을 알아야만 했다. 그때 박동수가 말했다.

"넌 내 할머니를 죽인 죗값을 받아야 한다."

숨을 들이켠 배용수가 눈을 부릅떴다.

"뭐라구?"

그 순간이다. 배용수는 온몸이 갈기갈기 찢어지는 고통을 느끼면서 로비 바닥에 쓰러졌다. 쓰러진 배용수가 온몸을 뒤틀면서 몸부림을 쳤다.

"아이구, 뜨거워! 아이구 나 죽어!"

박동수는 몸을 돌렸다.

"으악!"

로비에 배용수의 비명이 울렸다. 이제 몸을 일으킨 배용수가 제 비틀린 육신을 바라보며 내지른 비명이다. 두 손은 불에 타서 흉측하게 비틀어졌고 손가락은 형체를 알아볼 수 없게 뭉쳤다.

"아이구 뜨거워!"

배용수가 비명을 지르면서 일어났다가 다시 뒹굴었다. 다리 한 쪽이 불에 타 짧아져 있었기 때문이다.

"아, 이게 뭐야!"

소리쳤던 배용수가 뜨거운 고통 때문에 몸부림을 쳤다. 배용수는 아직 알아채지 못했지만 얼굴도 화상 자국으로 흉측했다. 입술은 거의 없어져서 치아가 다 드러났고 볼 한쪽은 살점이 뭉쳐 있다.

"아아악, 아이구, 뜨거워!"

다시 배용수의 비명이 로비를 울렸다. 배용수는 말을 할 때마다 온몸이 불에 타는 고통을 느끼고 있다. 이제 곧 그 사실을 알게 될 테니 입을 열지 않을 것이었다.

"할머니도 이젠 한이 풀리셨을 거야."

길을 걸으면서 박동수가 혼잣소리로 말했다. 스치고 지나던 아가씨 둘이 힐끗거렸다. 이제는 건장한 체격에 잘생긴 용모가 사람들의 시선을 끈다. 박동수가 길게 숨을 뱉었다.

"이제 할 일 다 했어, 할머니."

멈춰선 박동수가 제 몸을 내려다보았다. 쭉 뻗은 두 다리가 든든했지만 갑자기 가슴에 찬바람이 스치고 지나는 느낌을 받는다. 그리고 문득 신께 데려가 달라는 부탁을 하고 싶어졌다. 그곳이 어딘지는 모른다. 박동수는 길가 상점 유리창에 비친 자신의 모습을 우두커니 바라보았다. 그 순간 박동수는 유리창 안에서 이쪽을 보는 여자와 시선이 마주쳤다. 시선이 마주친 동안이 삼 초 정도밖에 안되었지만 박동수는 여자의 사연을 읽을 수 있었다. 순식간에 머릿속으로 입력이 된 것이다. 여자의 이름은 서지연, 25세,

3년 전 전문대를 졸업하고 의상실의 디자이너로 일한 지는 1년이 조금 넘었다. 그런데 지난달 가슴이 답답해서 종합검진을 받았더니 폐암 말기라는 것이다. 수술할 시기도 지났기 때문에 지금 시한부 생명을 살고 있는 중이다. 의사의 추측으로는 길어야 6개월, 짧으면 석 달이다. 박동수는 발을 떼었고 여자는 시선을 내렸다. 그러나 박동수가 의상실 문을 열고 들어서자 인기척을 들었는데도 머리를 들지 않는다. 박동수가 다가오는 것을 느끼고 있었기 때문이다.

"실례합니다."

박동수가 부르자 서지연이 그때서야 머리를 들었다. 시선이 마주친 순간 서지연의 눈동자가 흔들렸다. 박동수는 숨을 골랐다. 여자의 머릿속 말은 들리지 않는다. 그러자 눈빛에 호감이 실려져 있다. 밖에서 시선이 부딪친 3초 동안 그 호감이 생성되었다. 박동수가 물었다.

"가게에 혼자 계세요?"

"네."

모르는 남자가 여자 옷가게에 들어와 불쑥 묻는데도 서지연은 고분고분 대답했다. 가게 주인여자는 동창 모임 때문에 가게에 돌아오지 않는다. 서지연은 오후 8시까지 가게에서 일하고 퇴근할 예정이다. 손목시계를 내려다본 박동수가 서지연에게 다시 묻는다.

"오후 다섯 시 반인데 가게 문 닫고 저하고 저녁 먹으러 가지 않을래요?"

"왜요?"

하고 물었던 서지연의 볼이 금방 붉게 달아올랐다. 자신의 호감이 들킨 부끄러움 때문이다. 그때 박동수가 부드러운 시선으로 서지연을 보았다.

"난 박동수라고 합니다. 지나다가 우연히 당신을 보고 들어왔지요."

서지연은 시선만 주었고 박동수의 말이 이어졌다.

"난 당신을 만나기 직전에 이 세상에서 내가 할 일이 이젠 없다는 생각을 하고 있었어요. 내 소원을 이루었고 한(限)도 다 풀었으니까요."

이제 서지연은 기둥에 등을 붙이고는 차분해진 표정이 되어서 박동수를 본다. 그러나 박동수의 말에 열기가 띠어졌다.

"그 순간에 당신을 본겁니다. 유리창에 비친 내 모습을 보다가 안에서 나를 보고 있는 당신을 말이죠."

"……."

"나하고 같이 저녁 먹읍시다."

다시 박동수가 청했을 때 서지연이 입을 열었다.

"지금 우리 만남이 운명이라는 말씀을 하시는 건가요?"

"나한테는 분명합니다."

정색한 박동수가 서지연을 보았다.

"난 돌아가고 싶었어요."

"돌아가다뇨?"

"원점으로."

했다가 박동수는 머리를 젓고 나서 덧붙였다.

"내가 태어난 곳으로."

"어딘데요?"

박동수는 입을 다물었다. 신께로 데려다 달라는 부탁을 들어주었다면 어디로 갔을 것인가? 분명 이 세상은 아닐 것이었다. 심호흡을 한 박동수가 말했다.

"깨끗한 세상요."

서지연은 갸름한 얼굴에 눈이 맑다. 눈 꼬리가 조금 위로 솟은 눈은 쌍꺼풀이 없고 물론 속눈썹도 붙이지 않았다. 렌즈를 끼지 않은 갈색 눈동자, 곧은 콧날 그리고 단정한 입술, 키는 167센티에 날씬한 체격이다. 이 미모에 이 체격이었으니 스물다섯이 될 때까지 네 남자가 머물고 지나갔다. 둘은 떠났고 둘은 떠나보냈다. 그리고 지난 6개월 동안은 남자 없이 혼자 지냈다. 남녀 관계에 대해서는 알만큼 아는 서지연이었지만 이런 경우는 처음이다. 시선이 부딪친 순간에 가슴이 설레더니 만난 지 10분도 안 되어서 남자하고 저녁 먹으러 나간 것이다. 그것도 가게 문을 닫아버리고 말이다. 그때 기분은 마치 둘이 담을 넘어 감옥을 탈옥하는 것 같았다. 물론 박동수만큼 훤칠한 남자도 처음 보았다. 전에 사귀었던 네 남자는 박동수와 비교하면 그야말로 찌질이였다. 그러나 꼭 잘생겼다고 끌리는 것이 아니다. 박동수한테는 분위기가 있다. 머릿속이 꽉 찬 것 같았으며 눈을 보면 이쪽을 꿰뚫어 보고 있는 것만 같다. 그래서 자신이 폐암 말기며 언제 쓰러질지 모른다는 사실도 잠깐 잊고 있었다. 문득 정신을 차려보니 자신은 박동수와 함께 서초동의 근사한 레스토랑에 앉아있는 것이다. 마치 무엇에 홀린 것처럼 여기까지, 지금까지 따라온 것 같다.

"이집 고기가 맛이 있어요."

스테이크를 씹으면서 박동수가 말했다. 과연 맛이 있다. 박동수를 따라 스테이크를 시켰는데 서지연은 이렇게 맛있는 고기는 처음 먹어본 것 같다. 연하지만 탄력이 있고 육즙이 향기롭기까지 했다.

"여기 자주 오세요?"

서지연이 묻자 박동수는 웃기만 했다. 주문할 때 메뉴판을 보았더니 지금 먹는 스테이크가 8만 원이다. 포도주까지 시켰으니 이 테이블에서만 30만 원 정도의 계산서가 찍혀질 것이었다. 서지연 한 달 월급의 오분지 일이다. 그때 머리를 든 박동수가 물었다.

"왜 나에 대해서 묻지 않으세요?"

그 순간 서지연이 숨을 멈췄다. 그러고 보니 그렇다. 이름만 알 뿐이다. 그것도 박동수가 말해줬기 때문이고 다른 건 아무것도 모른다. 그런데도 궁금해 하지 않았다니 이상하다. 역시 무엇에 홀린 것 같다.

"그러네요."

시선을 내린 서지연이 겨우 대답했다.

"제가 이상해졌나 봐요."

"하긴 나도 그렇죠."

말은 그렇게 했지만 박동수는 이미 서지연의 모든 것을 알고 있다. 박동수의 시선이 서지연의 가슴을 스치고 지나갔다. 서지연의 폐는 기능을 상실하고 있는 것이다. 포크를 내려놓은 박동수가 지그시 서지연을 보았다.

"지연 씨 소원이 뭐죠?"

박동수가 시선을 준 채 말을 잇는다.

"날 보고 마음속으로 말해 봐요."

'그래. 폐암이 나으면 좋겠지.'

서지연이 마음속으로 말했다. 앞에 앉은 서동수를 향한 서지연의 얼굴에는 쓴웃음이 번져 있다. 서지연의 마음속 말이 계속되었다.

'그럼 이 남자하고의 미래도 더 밝게 진행될 수가 있겠지.'

그때 박동수의 얼굴에도 웃음이 떠올랐다.

"그 소원이 이루어질지도 몰라요, 서지연 씨."

"정말요? 제가 무엇을 원했는지 아세요?"

눈을 가늘게 뜬 서지연이 묻자 박동수는 머리를 저었다.

"아니, 하지만 그럴 예감이 드네요."

"고마워요."

"두 달쯤 후에 다시 만날까요?"

불쑥 박동수가 묻자 서지연의 얼굴이 어두워졌다.

"두 달 후에요?"

"왜요? 무슨 일 있어요?"

"아뇨. 그냥."

"내가 두 달쯤 어디 다녀올 데가 있어서."

두 달 기간을 준 것은 그 동안 서지연의 폐가 회복되고 그것을 확인해야되었기 때문이다. 폐는 가슴 안에 박혀있어서 보이지 않는다. 지금 당장 꺼내 보일 수가 없는 것이다. 병원에 간 서지연이 폐 상태를 체크하려고 MRI를 찍었다가 기적적으로 회복되어 있는 것을 발견하는 방법이 자연스럽다. 그때 서지연이 입을 열었다.

"언제 떠나시는데요?"

"내일."

"어디로요?""

유럽 그리고 미국으로. 일 때문에."

생각나는 대로 말했더니 서지연이 잠자코 시선만 보내었다. 테이블에 잠깐 정적이 덮였고 다시 서지연의 입이 열렸다.

"오늘밤 저하고 술 한 잔 해요."

서지연의 두 눈이 반짝이고 있다.

밤 11시 반, 박동수와 서지연은 논현동의 '나포리' 카페에서 나온다. 위스키 한 병을 나눠 마신 터여서 둘 다 약간 취한 상태다. 4월의 봄 밤 날씨는 서늘하다. 요즘은 서울의 매연도 줄어들어서 서늘하고 맑은 공기가 폐 안에 흡입되자 서지연은 폐가 살아나는 것 같다.

"자, 가요."

하고 서지연이 박동수의 팔을 잡고 말했다. 술이 깨는 것이 불안해서 조바심까지 나는 것이다. 박동수의 시선을 받은 서지연이 눈으로 도로 건너편의 호텔을 가리켰다.

"저기로."

"괜찮겠어?"

가슴이 무섭게 고동을 치면서 당장에 도로를 무단횡단해서 호텔로 달려가고 싶은 마음이 굴뚝 같았지만 남자의 본색이 이렇다. 여자가 튕긴다면 길바닥에서 무릎이라도 꿇을 놈이 가자니까 괜찮겠느냐고 묻는 것이다.

"응, 괜찮아."

거리 불빛에 반사된 서지연의 두 눈이 반짝였다. 서지연이 말을 잇는다.

"난 남자 경험도 많아. 섹스를 좋아하는 보통 여자란 말이야."

이제 서지연은 반말을 한다. 다가선 박동수가 서지연의 어깨를 두 손으로 움켜쥐었다.

"야, 우린 지금 만난 지 여섯 시간밖에 안 돼. 괜찮겠어?"

"난 네가 유리창 밖에서 날 볼 때 허물어졌어. 그때 가게 안에서 네가 날 벗길 수도 있었다구."

똑바로 박동수를 올려다보면서 서지연이 말을 잇는다.

"시간이 문제가 아냐. 바보야, 제발 시간이 길고 짧다는 이야기 하지 말라구."

"가자."

마침내 박동수가 서지연의 허리를 팔로 감아 안으면서 말했다.

남자 경험이 많다고 떠들던 서지연은 막상 침대에 눕더니 굳어졌다. 셔츠와 스커트를 벗기고 브래지어와 팬티만 남았을 때 서지연이 온몸을 웅크리며 말했다.

"불 꺼!"

그러나 박동수는 불을 끄지 않았다. 시트는 발밑에서 뭉개져 있는 터라 서지연의 알몸이 다 드러났다. 브래지어와 팬티가 가리고 있었어도 둥근 엉덩이, 적당한 가슴 그리고 도톰한 아랫배와 탄력이 느껴지는 허벅지까지 훑어본 박동수가 입안에 고인 침을 삼켰다.

"불 꺼!"

다시 서지연이 소리쳤을 때 박동수는 옷을 벗는다. 팬티까지 벗어던진 박동수가 이제는 서지연의 팬티부터 끌어내렸다. 서지연이 웅크린 자세로 허리와 다리를 들어 팬티가 벗겨 내려가는 것을 돕는다. 이윽고 박동수는 서지연의 몸 위로 오른다. 방안은 열기에 떴고 긴장한 서지연은 이제 불 끄라는 소리도 뱉지 못했다. 박동수는 먼저 서지연의 이마에 가볍게 입술을 붙였다가 떼었다. 그러고는 서지연의 두 다리를 치켜들고 남성을 골짜기에 붙였다. 검고 거대한 남성이 선홍빛 골짜기 끝에 붙여져 있다. 서지연이 벌써 가쁜 숨을 뱉으며 기다리고 있다. 그때 박동수는 천천히 남성을 진입시켰다.

"아아아."

턱을 치켜든 서지연의 탄성이 방안을 울렸다.

"으음."

박동수의 입에서도 신음이 터졌다. 서지연의 동굴은 이미 젖어있는 것이다. 탄력이 강해서 남성을 잔뜩 조여주고 있다. 박동수는 이제 힘껏 남성을 넣었다.

"아야야."

서지연이 손을 뻗쳐 박동수의 어깨를 움켜쥐었다. 비명 같은 신음을 뱉었지만 움켜쥔 어깨를 끌어당기고 있다.

. 눈을 뜬 박동수는 창밖이 환해진 것을 보았다. 아침이다. 다음 순간 온몸에 부드럽고 묵직한 촉감이 느껴졌으므로 박동수는 머리를 돌렸다. 바로 턱 밑에서 서지연의 눈동자가 자신을 올려다보고 있었다. 둘은 침대에서 마주보며 누워있는 것이다. 물론 헝겊 쪼가리 하나 걸치지 않은 알몸이다. 서지연의 더운 숨결이 턱 밑에 닿으면서 숨결의 냄새가 맡아졌다. 우유 냄새다. 그때 서지연이 말했다.

"자기야, 혹시 내가 전화 받지 못하더라도 걱정하지 마."

박동수의 시선을 받은 서지연이 말을 잇는다.

"내가 여길 떠날지도 몰라. 그래서 그래."

"여길 떠나?"

정색한 박동수가 서지연의 허리를 당겨 안았다. 하반신이 딱 붙으면서 뜨거운 체온이 전해져 왔다. 박동수가 서지연의 머리에 턱을 붙이면서 묻는다.

"어디로 가는데?"

"저기 멀리."

"어디?"

"그냥 좀 멀리."

서지연이 말끝을 흐리더니 손가락 끝으로 박동수의 가슴을 문질렀다. 그러고는 낮게 말을 잇는다.

"하지만 걱정하지 마. 내가 돌아와 연락 할 테니까."

"꼭 연락 하는 거지?"

박동수가 다짐하듯 묻자 서지연이 가슴에 볼을 붙였다.

"그럼."

서지연의 숨결이 가슴을 스치고 지나갔다. 그때 박동수는 서지연의 손끝이 가슴에 쓴 글자를 읽었다.

'멀리'라고 썼다. 아까부터 같은 글자를 계속해서 쓰고 있는 것이다.

근처 해장국집에 들러 둘은 콩나물 해장국을 먹고 나왔다. 그때가 오전 10시 반, 햇살이 환한 4월의 아침이다. 인도에서 마주보고 선 박동수가 웃음 띤 얼굴로 말했다.

"참 오늘 토요일이지?"

시선만 주는 서지연을 향해 박동수가 말을 잇는다.

"우리 둘의 운을 시험해 볼 겸해서 복권 한 장 사. 오늘밤에 추첨 하는 것 말이야."

"무슨 복권."

쓴웃음을 지은 서지연이 어깨를 늘어뜨렸을 때 박동수가 정색했다.

"한번 시험해 보자고. 내가 좋아하는 번호는 2,7,19야. 넌?"

"나 없어. 몰라."

"아무것이나 불러봐."

"싫어."

했다가 박동수의 시선을 받더니 마지못한 표정으로 대답했다.

"그래. 22,32,40. 됐어?"

"좋아."

머리를 끄덕인 박동수가 주머니에서 수첩과 볼펜을 꺼내더니 2,7,19,22,32,40을 적고는 종이를 떼어 건넨다.

"자, 이 번호를 적어서 복권을 사."

"나 참."

했지만 서지연은 종이를 받는다.

"꼭 복권을 사. 응?"

서지연의 어깨를 손으로 쥔 박동수가 똑바로 보았다.

"그것이 우리 둘의 운이야. 복권이 되면 우리는 행복해져. 꼭 그 번호를 적어서 복권을 사. 알았지?"

"알았어."

"그럼 두 달 후에 만나."

박동수가 서지연의 어깨를 힘주어 쥐었다가 놓았다.

"꼭 복권을 사고. 응?"

이제 서지연은 머리만 끄덕였다. 잠깐 서지연을 바라보던 박동수가 몸을 돌렸다. 걸음을 떼는 박동수의 뒷모습을 서지연이 우두커니 바라보며 서있다. 그것을 알고 있으면서도 박동수는 몸을 돌리지 않았다. 오늘 서지연이 그 복권을 사면 번호 5개가 맞는 2등에 당첨될 것이었다. 상금은 7천5백6십2만 원. 그 돈으로 서지연은 생활비는 물론 병원 치료비, 아버지의 부채까지

다 해결하고도 몇 천만 원이 남을 것이다. 그리고 가장 중요한 것은 복권이 당첨되면 박동수와의 행운을 믿게 되리라는 것이다. 희망을 품고 병원에 달려가면 어느덧 자신의 폐가 나아지고 있다는 사실을 발견하게 된다. 이것이 박동수가 계획한 줄거리다.

사거리 하나를 건넌 후에 박동수는 손목시계를 보았다. 10시 50분이다. 서지연과 헤어진 지 15분이 지났다.

"두 달 후로 건너 뛰어줘."

박동수가 말했다. 자신에게 신통력을 준 존재에게 부탁한 것이다. 몸을 돌린 박동수가 15분 전에 서지연과 해장국을 먹은 식당으로 돌아왔다. 손목시계는 11시 5분을 가리키고 있다. 식당 앞에 선 박동수가 잠깐 망설이다가 안으로 들어섰다. 카운터에 앉아있던 사내가 박동수를 보았다. 20분 전에는 여자가 앉아있었다.

"저기 오늘이 며칠이죠?"

식당 안을 둘러보면서 박동수가 묻자 사내는 건성으로 대답했다.

"6월 19일 아닙니까?"

그 순간 박동수의 시선도 벽에 걸린 일력에 머물렀다. 6월 19일이다. 조금 전 서지연과 헤어졌을 때는 4월 19일이었다. 신이 두 달 후로 데려다준 것이다. 벽시계가 11시 7분을 가리키고 있다. 시간도 맞다. 손님 한 떼가 들어섰으므로 박동수는 식당 밖으로 나왔다. 이젠 서지연을 찾아 옷가게로 가면 되는 것이다.

가게 안쪽에 서 있던 중년여자가 들어서는 박동수를 맞는다.

"어서 오세요."

요즘은 여자 옷을 사는 남자도 흔하다. 짙은 화장으로 주름을 가린 여자의 웃음 띤 얼굴이 갑자기 안쓰럽게 느껴졌으므로 박동수는 심호흡을 했다.

"여자용 티셔츠 좀 보려구요."

"사이즈는요?"

"55호."

해놓고 티셔츠를 뒤적거리다가 문득 생각났다는 듯이 머리를 들고 물었다.

"참 두 달 전에 여기서 서지연 씨를 만났는데."

시선만 주는 여자를 향해 박동수가 다시 묻는다.

"지금도 근무 합니까?"

"서지연 씨는."

박동수의 시선을 받은 여자가 입술만 달싹이며 말했다. 표정은 그대로 있다.

"암으로 죽었어요."

"……."

"죽은 지 열흘쯤 되었나? 한 달쯤 전에 병원에 입원해서 한 이십 일 투병하다가 죽었지요. 그런데."

여자가 한 걸음 다가와 섰다.

"혹시 지연이하고 만나기로 약속을 한 분 아니세요?"

"아니, 왜요?"

박동수가 당황한 표정으로 되묻자 여자의 얼굴에 표정이 덮여졌다. 슬픈 표정이다. 여자가 박동수의 마음을 읽으려는 듯이 눈도 깜빡이지 않고 바라보면서 말을 잇는다.

"지연이가 죽기 전에 보름 후에 만나기로 한 사람이 있다고 나한테 말했거든요. 꼭 만나야할 사람이 있다고…….."

그러더니 여자가 탁자위에 놓인 캘린더를 집더니 서둘러 넘겼다. 이제 여자의 얼굴은 상기되었고 목소리는 떨렸다.

"가만. 보름 후면 내가 며칠에 병원에 갔더라. 2일이던가? 아니. 4일이구나."

캘린더를 노려본 여자가 눈을 치켜떴다.

"아니, 그러면 오늘이 보름 후네."

얼굴이 하얗게 굳어진 여자가 머리를 돌렸을 때 가게 안은 비어 있었다. 어느새 박동수가 사라진 것이다.

"아이구머니."

귀신에 홀린 것처럼 놀란 여자가 털썩 의자에 앉더니 머리를 기웃거렸다. 그러더니 눈을 치켜뜨고 주위를 둘러본다.

박동수는 비틀거리며 거리를 걷는다. 서지연이 죽었으리라고는 상상도 하지 못했던 것이다. 신의 초능력이 사라졌는가? 그러나 몇십 분 만에 두 달 시공을 건너뛴 것을 보면 그런 것 같지는 않다. 그러면 생(生)과 사(死)의 능력까지는 닿을 수 없단 말인가? 그 순간 걸음을 멈춘 박동수가 주위를 둘러보았다. 정신없이 걷다보니 어느덧 자신은 소공동의 좁은 골목길에 서있다. 그러나 보행자가 많아서 구석으로 비켜서야만 했다. 벽에 붙어선 박동수가 머릿속으로 말했다.

'만날 수 없습니까?' 앞을 지나던 20대쯤의 아가씨가 시선을 주었다. 호감이 배인 눈빛이다.

이쪽에서 말을 걸어주기를 바라고 있다. 박동수가 머릿속으로 말을 잇는다.

'서지연은 이제 영영 만날 수 없게 된 겁니까?'

그 순간이다. 박동수는 눈앞이 하얗게 되는 느낌을 받는다.

소파에 서지연이 앉아있다. 손에는 통장을 쥐었는데 상기된 얼굴이다. 앞쪽에 앉은 사내가 열띤 목소리로 말했다.

"예, 세금 떼고 7천5백6십2만 원입니다. 이번 2등 당첨자는 13명밖에 되지 않아서 당첨금이 많은 셈이지요."

박동수가 머리를 들고 방안을 둘러보았다. 유리창에 은행 로고가 박혀져 있다. 은행 상담실이다. 지금 서지연은 복권 2등 당첨금을 받으려고 온 것이다. 그런데 방 안에는 자신까지 셋뿐이었으므로 박동수는 불안해졌다. 서지연과 은행 담당자가 머리만 돌리면 자신을 발견할 수 있는 것이다. 그들하고 불과 2미터밖에 떨어지지 않았다. 그때 서지연이 물었다.

"저 그럼 이돈 언제 찾을 수가 있는 거죠?"

그러자 사내가 이를 드러내고 웃었다.

"지금 당장이라도 됩니다."

사내가 손을 들어 이쪽을 가리켰으므로 박동수는 질색을 했다. 사내가 말을 잇는다.

"저쪽 창구로 가서서 찾으시면 됩니다."

사내의 손가락이 자신을 똑바로 겨누고 있다. 서지연의 시선과 마주치자 박동수는 쓴웃음을 지었다.

"아 내가 잠깐……."

하고 서지연에게 박동수가 더듬거리며 말했다.

"나도 여기 볼일이 있어서…"

"알겠습니다."

그때 서지연이 자리에서 일어서더니 사내를 향해 머리를 숙여 인사를 했다. 그러고는 곧장 이쪽으로 다가오는 바람에 당황한 박동수가 주춤거렸다.

"야, 내 말 좀 들어."

박동수가 무표정한 얼굴의 서지연에게 말했다.

"내가 여기……."

그 순간 서지연의 손이 박동수의 팔과 부딪쳤다. 놀란 박동수가 입을 딱 벌렸고 다가온 서지연의 어깨가 다시 박동수의 상반신을 밀고 지나갔다. 아니 뚫고 지나갔다고 해야 맞다. 박동수는 그때서야 제 몸이 영상처럼 되어 있다는 것을 깨달았다. 그리고 그것을 오직 제 자신만 보고 들을 수 있는 것이다.

골목 안 건물의 벽에 기대섰던 박동수가 어깨를 떼었다. 조금 전 앞을 지났던 아가씨는 아직 두 발짝 옆쪽을 지나고 있다. 아가씨가 한 발짝을 뗀 순간에 지난날로 돌아가 서지연을 보고 온 것이다. 서지연이 복권에 당첨 되었는지를 확인하고 싶었던 머릿속 생각을 신께서 풀어 주었다. 심호흡을 한 박동수가 눈을 치켜떴다. 이제는 서지연의 폐암 상태를 알고 싶다. 도대체 왜?

"악화 되었습니다."

의사가 모니터 화면을 보면서 말을 잇는다.

"미안합니다. 더 이상 손쓸 방법이 없네요."

의사 앞에 앉은 서지연은 창백한 표정이었지만 눈동자의 초점이 곧다. 흔들리지 않는 것이다. 그러나 좌우에 앉은 어머니와 아버지는 허물어졌다. 어머니는 두 손으로 얼굴을 가리며 울었고 아버지는 이를 악물었지만 눈에서 눈물이 주르르 흘러 떨어졌다. 길게 숨을 뱉은 50대쯤의 의사가 서지연을 보았다.

"입원하세요."

서지연의 시선을 받은 의사가 천천히 머리를 저어 보인다.

"병원에 계시는 게 낫습니다. 집에 계시면 힘들어요."

박동수는 모니터 옆에 서있었으므로 서지연의 정면이다. 그러나 이제는 똑바로 서지연을 보고있다. 서지연의 체취가 맡아졌고 숨결이 자신의 피부에 닿는다. 그때 서지연이 입을 열었다.

"제가 6월 19일까진 살 수 있어요?"

의사는 숨을 죽였고 어머니는 소리 내어 울었다. 박동수가 모니터 밑에 찍힌 시간을 보았다. 5월 15일이다. 6월 19일까지는 한 달이 더 남았다. 서지연의 시선을 받은 의사가 대답했다.

"글쎄요. 그것은. 어쨌든 기운을 내세요."

길게 숨을 뱉은 박동수의 눈에 네 발짝쯤 떨어진 아가씨가 보였다. 뒷모습이 날씬한 아가씨는 아직도 미련이 남은 것 같다. 다섯 발짝째 발을 떼면서 머리를 돌렸다가 박동수와 시선이 마주쳤다. 당황한 아가씨가 발을 헛딛고 비틀거린다. 그때 박동수가 말했다. 물론 머릿속 말이다.

'떠나기 전에 만나야 돼.'

병실 입구의 간호사 데스크를 지나던 박동수가 벽에 걸린 전광시계를 보았다. 6월 9일 밤 11시 45분이다. 복도는 텅 비었고 좌우의 병실은 조용했다. 1203호실 앞에 선 박동수가 한동안 입실자 이름을 본다. 1203호실은 1인실이다. 그래서 '서지연' 이름 하나만 적혀 있다. 이윽고 방으로 들어선 박동수는 침대에 누워있는 서지연을 보았다. 서지연은 눈을 감고 있었는데 그 옆쪽에는 아버지와 어머니가 보조 침대에 나란히 누워 잠이 들었다. 침대 앞으로 다가선 박동수가 서지연을 부른다.

"지연아."

그때 서지연이 눈을 떴다. 열기에 뜬 두 눈이 번들거리고 있다. 볼은 홀쭉하게 여위었고 입술은 말라 갈라졌지만 아름답다. 서지연의 눈동자에 초점이 잡혔다. 박동수를 똑바로 본 것이다.

"자기야, 왔어?"

서지연이 와락 소리치듯 묻는다. 번들거리던 눈에서 귓가로 주르르 눈물이 흘러내렸다. 서지연이 손을 들어 올렸으므로 박동수가 잡았다. 이제는 손이 실체가 되었다. 서로 움켜쥔 두 손에 뜨거운 열기가 전해졌다. 서지연이 울음 섞인 목소리로 말했다.

"자기야, 6월 19일까지 기다릴 수 없을 것 같아서 걱정했어."

"그래서 내가 왔잖아."

박동수가 서지연의 손을 움켜쥔 채 말을 잇는다.

"널 데려가려고."

"어디로?"

"나하고 같은 세상으로."

"정말?"

서지연의 두 눈이 반짝였고 다시 눈물이 흘러 떨어진다. 몸을 굽힌 박동수가 서지연의 볼에 볼을 붙였다. 서지연의 볼은 뜨겁다. 박동수가 서지연의 귀에 입술을 붙이고 말했다.

"지연아. 자, 가자."

"그래. 자기야, 같이 가."

서지연이 박동수의 손을 힘주어 쥐었다.

"나 행복해."

"널 사랑해, 지연아."

"자기를 얼마나 기다렸다구."

박동수의 볼을 비비면서 서지연이 말을 잇는다.

"자기야, 얼른 가자."

그때 박동수가 귓불을 입술로 물었으므로 서지연의 얼굴에 웃음이 떠올랐다. 서지연이 웃음 띤 얼굴로 말했다.

"자기야, 사랑해."

그때 박동수는 뒤에서 울리는 외침소리에 머리를 들었다.

"아이구, 지연아."

바로 뒤에서 서지연의 아버지가 내려다보고 있다.

"지연아! 지연아!"

아버지의 손이 자신의 몸을 뚫고 서지연을 흔들고 있다. 서지연은 눈을 감고 있었는데 얼굴에는 웃음기가 떠올라있다.

"아이구, 지연아!"

이제는 어머니가 서지연의 몸에 매달렸으므로 박동수는 상반신을 세웠다. 이제 서지연의 생명은 육신에서 떠난 것이다. 어머니의 손이 자신의 몸통을 뚫고 다시 서지연을 움켜쥐었다. 방 안에는 부모의 외침과 흐느낌 소리로 가득 찼다. 한 걸음 뒤로 물러선 박동수가 서지연에게 말했다.

"그래. 다시 만나자."

그러고는 서둘러 덧붙였다.

"내가 지금 널 만나러 갈 테니까 기다려."

박동수는 머리를 들었다. 눈 한번 깜빡인 순간이 지난 것 같다. 날씬한 아가씨가 여섯 발짝쯤 떨어져 있었으니까. 박동수가 발을 떼면서 머릿속으로 말했다.

'날 서지연과 만나게 해줘.'

인연

6장

"난 17구역 독립군 생존자야."

이준택이 말하자 사내의 얼굴이 굳어졌다.

"17구역? 그곳은 지난겨울에 전멸 당했는데."

"전멸 당한 것이 아니지. 둘이 살아남았지만 지금은 이렇게 나 혼자가 되었어."

그때 땅이 울리더니 벽에 붙여놓은 가구와 장식들이 흔들리다가 서랍장한 개가 앞으로 넘어졌다. 이곳은 지하 5층이어서 50미터 깊이인데도 충격이 전해져 온 것이다. 천장을 올려다본 사내가 옆에 선 사내에게 말했다.

"나가서 상황을 알아보고 와."

"지금 터진 건 K-77 고폭탄이야. 중국 정부군이 개발한 지상 건물 폭파용이지. 지하 2층 이상의 깊이에는 진동만 올 뿐이야."

이준택의 말에 사내들이 몸을 굳혔다. 나가려던 사내도 반쯤 몸을 돌린 채로 이준택을 바라보고 있다.

"아니, 그걸 어떻게 잘 아시오?"

이제 사내는 존댓말을 썼다. 그러자 이준택이 쓴웃음을 지었다.

"난 17구역 특공대장 이었어."

"아니, 그렇다면 코드 번호는?"

"241721KTSEK85"

이준택이 숨도 쉬지 않고 뱉은 번호를 손에 쥔 소형 컴퓨터에 입력시킨 사내가 다시 시선을 들고 묻는다.

"식별번호는?"

"528SSYT"

그러자 컴퓨터 화면을 본 사내의 얼굴이 굳어졌다.

"이준택 소령이십니까?"

"확인번호 T2745"

그러자 번호 확인을 한 사내가 자리에서 일어나 경례를 했다.

"유랑민 사이에 끼어 계셔서 실례했습니다. 전 28구역 방위군 배수영 상사 올시다."

"당연한 일이지."

답례한 이준택이 길게 숨을 뱉는다. 이곳은 구(舊) 대구 직할시 북쪽 지역에 위치한 제28구역 지하 본부다. 이준택은 어제 유랑민 사이에 끼어 28구역에 들어왔다가 반란군에게 체포된 것이다. 반란군은 한반도를 점령하여 중국의 조선성(朝鮮省)으로 편입시킨 중국정부에서 부르는 명칭이고, 반란군은 스스로를 독립군이라 부르며 각 지역별로 나뉘어 독립전쟁중인 것이다. 이준택이 앞에 앉은 상사에게 묻는다.

"이곳 사령관은 박남일 준장 맞지?"

"박 사령관께선 지난달에 전사하시고 참모장 유근원 대령이 사령관으로 승진하셨습니다.”

“안됐군. 유근원 대령은 내가 14구역에서 모시던 상관이었어. 날 유 사령관께 데려다 주겠나?”

“물론입니다.”

상사가 핸드폰을 귀에 붙이면서 말했다. 어느덧 진동은 그쳐서 주위는 조용하다. 창도 없는 시멘트 벽에 붙여진 일정 표시판에 2078년 10월 21일이라고 찍힌 숫자가 깜빡이고 있다.

2022년 10월 5일, 대한민국은 중국에 편입되었다. 먼저 조선민주주의 인민공화국이라고 불린 북한이 2018년 중국령 조선성(朝鮮省)으로 편입이 된 후에 남한의 친북(親北), 친중(親中) 정권이 2022년 중국과의 연합을 국민투표에 붙였고 과반수의 찬성으로 대한민국까지 조선성에 편입된 것이다. 그로부터 56년이 지났다. 이준택이 사령관실로 불려 들어간 것은 잠시 후였다.

“어, 네가 살아 있었다니?”

사령관 유근원이 눈을 가늘게 뜨고 이준택을 맞는다. 유근원은 48세, 독립군이 된 지 30년이다. 독립군 발족은 조선성이 된 직후부터였으니 반세기가 지났다. 그러나 지금은 각 지역으로 배분이 된 채 지하나 산속 또는 바닷속 기지에서 겨우 명맥을 유지해올 뿐이다. 사령관실 안에는 유근원 외에 장교 두 명이 더 있었다. 유근원이 둘을 소개했다.

“인사해라. 여긴 작전참모 차기현 대위고 여긴 정보참모 최정인 대위다.”

정보참모 최정인은 여자다. 인사를 마친 넷이 테이블에 둘러앉았을 때 유근원이 이준택에게 말했다.

“17구역은 이제 우리 독립군 지도에서 사라졌다. 18구역 영역으로 표시가 되었지만 그쪽까지 영향력은 미칠 수가 없어.”

이준택은 시선을 내렸다. 17구역은 전라현의 서남(西南)지역이다. 이제 그곳의 독립군은 소탕된 것이다. 유근원이 묻는다.

“내가 듣기로는 배신자가 있었다던데. 그래서 부대가 전멸했다던데 사실이냐?”

“예, 사령관님.”

쓴웃음을 지은 이준택이 말을 잇는다.

“지휘관급에서 배신자가 있었을 것입니다. 그러니까 본부에서 파견대까지 동시에 기습을 당했지요. 최고위급의 지휘관이라야 그것을 알 수 있습니다.”

“너도 그중 하나 아니냐?”

유근원이 묻자 이준택이 정색하고 머리를 끄덕였다.

“그렇습니다.”

“그래서 난 네가 어떻게 잡혔는지도 체크 해봤는데 일부러 유랑민에 섞여 우리한테 체포된 것 같더군.”

“그 방법밖에 없었지요. 이 지역이 28독립군 구역인 줄은 알았지만 본부 위치도 모르고 있었으니까요.”

“여기 온 목적은 뭐냐?”

불쑥 묻고 난 유근원이 입술 끝을 비틀며 웃었다.

“애국심? 복수심? 아니면…….”

“갈 곳이 없었습니다.”

이준택이 정색하고 유근원을 보았다.

“6개월 동안 숨어 다니기도 지쳤구요. 할 수 있는 일은 전투뿐이었고...”

"검사를 받아라."

이준택의 말을 자른 유근원이 눈으로 최정인을 가리켰다.

"최 대위가 널 검사 할 것이다. 검사 끝나고 다시 만나자."

"나이는 32세, 고향이 전라현(全羅縣) 전주시, 출생번호는 CC257425-3257 맞죠?"

하고 최정인이 물었으므로 이준택은 머리를 들었다. 이곳은 28구역 지하 본부 끝 쪽에 위치한 방이다. 독립군 지하본부는 마치 개미굴처럼 어지럽게 뚫려있어서 식별표를 봐야만 목적지를 찾을 수 있다. 1960년대 월남전 때 베트콩의 땅굴을 모델로 한 것인데 그보다 더 깊고 더 복잡한데다 더 컸다. 그래서 정부군이 침입한다고 해도 빠져나갈 통로는 여럿이다. 독립군이 지금까지 명맥을 유지한 것이 이 땅굴 때문이라고 말하는 사람도 있다. 창문도 없는 사방 5미터 면적의 강화 시멘트 방에는 둘뿐이다. 둘은 테이블을 사이에 두고 마주앉아 있었는데 구내 통신용 전화기 한 대가 놓여 있을 뿐 방안 가구는 테이블과 의자 둘이 전부다. 최정인이 머리를 들고 이준택을 보았다.

"17구역 독립군이 습격당했을 때의 상황을 말씀해 주시죠."

그러자 이준택이 쓴웃음을 지었다.

"언젠가는 이런 때가 오리라고 생각했지."

"그래서 준비하고 계셨나요?"

"이봐, 대위."

이준택이 길게 숨을 뱉고 나서 말을 이었다.

"난 6개월 동안 떠돌면서 정부군 다섯을 죽였어. 내 기억장치를 열람하면 볼 수 있을 거네."

"우리한테 기억회생기가 없다는 걸 알고 오신 건 아니겠지요?"

"대위는 독립군 사관학교 출신인가? 아니면 지역 간부후보생 출신인가?"

"14구역 간부후보생 출신이죠."

"명문 간부후보 학교를 나왔군."

"소령님은 사관학교 차석 졸업을 하셨더군요."

"난 갑자기 이곳에 뛰어들었어. 어제까지만 해도 다시 독립군과 합류하고 싶다는 생각은 해보지 않았어."

정색한 이준택이 똑바로 최정인을 보았다.

"그래서 최 대위를 만난 셈이군. 이게 우연이라는 생각이 들지가 않는구먼."

이곳은 지상의 중국군 제7 기동군 본부가 위치한 경상현 대구시 팔공산 근처의 10층 건물 안이다. 이제 조선성이 된 대한민국은 경상남북도가 경상현으로 전라남북도는 전라현으로 명칭이 바뀌었다. 물론 평안현, 함경현, 강원현도 있다. 제7 기동군은 경상현의 치안을 책임지는 터라 사령관 김성준은 경찰인 공안도 지휘한다. 김성준이 사령관실로 불러들인 경상현의 공안장(共安長) 강웅에게 말했다.

"이것 봐요, 공안장. 그렇게 조바심을 낼 것 없어. 독립군은 우리 군경에게 활력소 역할을 해주고 있는 거야."

강웅은 시선만 주었고 김성준이 웃음 띤 얼굴로 강웅을 보았다.

"독립군이 없으면 우리 가치를 인정받지 못했을 거라고. 그렇지 않아?"

"그것 참."

쓴웃음을 지은 강웅이 김성준을 보았다.

"독립군을 고맙게 여기라는 말처럼 들리는데요, 사령관님."

"당신이나 나나 조선성에서 태어난 조선인 핏줄이지만 말이야."

이제는 극히 귀해진 보이차 잔을 들면서 김성준이 말을 잇는다.

"그리고 내가 조선 민족 역사를 좀 아는데 조선인은 한 번도 자력으로 외침을 이겨낸 적이 없어."

"……."

"신라 삼국통일도 당나라 힘을 빌려 이뤘고 고려 때 몽고의 침입을 받고는 결국은 항복을 했지. 조선 때 일본의 침입을 받아 7년 전쟁을 했지만 결국 명군의 도움을 받아서 살아났어. 도요토미 히데요시가 병으로 죽었기 때문이기도 하지."

"……."

"조선말에 일본 식민지가 되었다가 독립군이 해방시킨 줄 알아? 천만에. 미군이 수십만 병사의 희생을 치루면서 일본을 항복시켰기 때문에 해방이 된 거라고. 제 힘으로 나라를 찾지 못했어."

"……."

"그 6·25 전쟁은 어때서? 북한이 쳐내려온 전쟁인데 미군이 없었다면 남한은 북한한테 먹혔지. 남이건 북이건 조선족은 제 힘으로 외침을 이겨낸 역사가 없는 민족이라고."

그러고는 김성준이 의자에 등을 붙였다.

"독립군 역사가 50년이 넘었다지만 이제 그놈들은 두더지가 다 되었어. 전혀 우리 대(大)중국의 장래에 영향을 미칠 존재가 못 된다는 것이지. 그러니 우리 즐기면서 작전을 하자고."

대부분이 맞는 말이다. 독립군의 테러와 반정부 활동은 미약해졌고 이젠 언론에도 잘 보도되지 않는다. 그리고 가장 중요한 것은 지상(地上)의 조선족 대부분이 대중국(大中國) 일원으로 평안한 삶을 즐기며 일등국가의 시민으로서 자부심을 품고 있는 상황이다. 이제 민족은 필요 없다. 외침에 항상 시달리는 약소민족의 구성원으로 더 이상 살아가기 싫은 것이다.

"이준택은 살인기계라는 별명을 갖고 있던 장교였어."

사령관실에서 유근원 대령이 말했다.

"17구역 독립군이 전멸 당한 줄 알았는데 빠져나오다니 다행이야. 그 친구는 장교 10명의 역할을 할 수가 있어."

"DNA 검사 결과도 일치합니다."

최정인이 말하자 유근원은 머리를 끄덕였다.

"에너지 체크도 통과했다니 이준택은 분명한 것 같군."

이준택은 장교여서 28구역 독립군 컴퓨터에도 인체 자료가 보관되어 있는 것이다. DNA와 에너지 검사까지 통과했다면 이준택은 실제인간이라는 증거였다. 중국군의 모조 기술은 전통적으로 뛰어났다. 실제인간과 솜털까지 똑같이 만든 모조인간을 만들어 스파이로 또는 대역으로 사용하고 있는 것이다. 머리를 든 유근원이 최정인에게 물었다.

"17구역 독립군이 전멸 당했을 때의 상황 조사는?"

"동시에 지하 통로 전체를 장악한 정부군이 습격해왔다고 합니다. 저희들이 파악한 상황과 일치합니다."

"이준택은 어떻게 탈출 했다는 거야?"

"정부군 하나를 죽이고는 옷을 바꿔 입고 탈출 했답니다."

"그놈다운 짓이야."

"사령관님, 어떻게 할까요?"

최정인이 묻자 잠깐 이맛살을 찌푸렸던 유근원이 대답했다.

"이준택은 특공대장에 적당해."

최정인의 시선을 받은 유근원이 쓴웃음을 지었다.

"우리 구역에 특공대를 다시 만들라는 신의 계시인 것 같다."

창문도 없는 사각형 방이었지만 천장 그리고 벽의 머리칼 굵기만 한 틈에 감시 렌즈가 박혀있을 것이었다. 이준택은 눈을 감고 침대에 누워 있었지만 온몸의 신경이 날카롭게 솟아올라 있는 느낌을 받는다. 방안은 조용하다. 그러나 머릿속 울림이 소리가 되어 고막을 진동시키고 있다. 정보장교 최정인의 얼굴이 떠올랐다. 맑은 눈이 똑바로 자신을 응시한 채 말 한 자(字) 한 자(字)가 천둥처럼 귓속에 메아리친다.

"그래서 준비하고 계셨나요?"

이준택이 숨을 들이켰다가 길게 뱉는다. 그러고는 눈을 떴다. '시간'을 떠올리자 눈 앞쪽으로 '15시 25분 27초'라는 글자가 선명하게 나타났다. 머릿속에 시간을 알리는 1미리짜리 칩을 심어놓았기 때문에 '시간'만 떠올리면 되는 것이다. 그때 방안에서 사령관 유근원의 목소리가 울렸다.

"이준택 소령, 사령관실로 오게."

그 순간 앞쪽의 벽이 갈라지면서 복도가 보였다. 다시 유근원의 말이 이어졌다.

"왼쪽 복도로 나가면 표시가 보일 거네."

사령관실 안에는 정보장교 최정인까지 둘이 기다리고 있었는데 유근원이 웃음 띤 얼굴로 말했다.

"이봐, 소령. 일단 우린 자네를 믿기로 했네."

눈으로 앞쪽 자리를 가리키면서 유근원이 말을 잇는다.

"갈수록 로봇 기술이 발달해서 말이야. 중국 놈 짝퉁 기술은 옛날부터 유명하지 않은가?"

"요즘은 로봇이 임신까지 한다고 들었습니다."

"아냐. 그건 옛날이야기가 되었어. 벌써 3대(代)째 생산을 한다는 소문이 있어."

정색한 유근원이 말했을 때 최정인이 가볍게 헛기침을 했다.

"사령관님, 3대(代)는 기형이 생산 되었습니다."

"그래도 그게 어딘가?"

그러더니 유근원이 정색하고 이준택을 보았다.

"이봐, 이 소령. 자네가 우리 28구역 특공대장을 맡아주게."

이준택은 시선만 주었고 유근원의 말이 이어졌다.

"우린 1년 가깝게 특공대를 유지하지 않았어. 아니, 그전에도 특공대 명칭만 붙이고는 내부 경비나 잡일을 맡았을 뿐이지."

그러고는 유근원이 쓴웃음을 짓는다.

"우리 독립군 병력은 430명밖에 되지 않네. 지하의 전투 병력은 250명 정도. 이젠 지하에서의 가족 생활이 증가하는 바람에 12세 미만의 아이가 70명이나 돼."

이준택은 머리를 끄덕였다. 그것은 궤멸하여 이젠 지하 묘지가 된 17구역의 지하 독립군도 마찬가지였다. 17구역 지하 독립군 총원은 385명. 그중 전투병이 172명. 12세 미만 아이는 48명이었다. 나머지는 노약자와 의료인력

등 비전투원이었던 것이다. 이준택의 표정을 살핀 유근원이 말을 잇는다.

"자네가 전투병중 특공대원 다섯만 추려서 특공대를 편성해주게, 소령."

경상현 대구시를 관할하는 정부군은 7기동군 산하 27연대이다. 27연대장 박만수 대령은 흑룡강성 엔지 출신으로 독립군 토벌 전문가로 불린다. 특히 지상 독립군 정보원을 이용하여 지하 본부를 기습하는 방법이 군(軍) 작전교본에 실릴 정도였다. 박만수가 7기동군 사령부에 들어선 것은 오후 4시 10분 전이다. 사령부가 27연대 본부에서 직선거리로 5km밖에 떨어지지 않았기 때문에 박만수는 자주 들르는 편이지만 오늘은 사령관 호출이다. 긴장하고 있다.

"어, 왔나?"

사령관 김성준의 계급은 중장이다. 김성준이 방으로 들어선 박만수의 인사를 받고는 눈으로 앞쪽 의자를 가리켰다.

"자, 그 빌어먹을 28놈들 이야기를 듣자고."

박만수가 자리에 앉기도 전에 김성준의 말이 이어진다. 28놈들이란 28구역 독립군을 그렇게 부른 것이다.

"위치는 잡았나?"

"예. 팔공산 근처는 확실합니다."

박만수가 정색하고 말했다.

"이준택한테서 마지막 연락이 온 곳이 팔공산 근처였습니다."

"그놈이 그곳에서 지하로 들어갔다는 말인가?"

"유랑민 넷이 함께 실종 되었습니다. 이준택이 유랑자 사이에 끼어 있다가 함께 빨려 들어간 것입니다. 지상에 있을 때 유랑자로 위장하고 있었던 것 같습니다."

대중국(大中國) 정부에서 가장 큰 골칫덩이는 조선과 몽골, 티베트 지역의 독립군과 유랑민이다. 독립군중 조선 독립군의 역사가 가장 길고 악착같았지만 대세를 뒤집을 정도는 안 되었다. 그리고 유랑민은 집시처럼 옮겨 다니는 노동자 집단을 말한다. 대중국은 한반도는 물론이고 대만, 인도차이나 반도, 필리핀과 인도네시아까지 연방내지는 성(省)으로 편입시켰기 때문에 수천만의 유랑민이 떠도는 것을 막는다면 엄청난 병력과 자금이 투입되어야 할 것이었다. 김성준이 입을 열었다.

"언제 연락이 올 것 같은가?"

"제가 72시간 여유를 줬습니다. 앞으로 28시간이 남았습니다."

그러더니 박만수가 목소리를 낮췄다.

"이준택의 여자는 이미 생물학적으로 죽은 상태입니다. 우리 군(軍) 의료진이 보조 장치를 부착시켰기 때문에 기능을 발휘하고 있을 뿐입니다."

"물론 이준택은 모르고 있겠지?"

"알고 있다면 28놈들 구역으로 들어가지 않았겠지요."

"들어간 건 확실한가?"

확인하듯 김성준이 묻자 박만수는 어깨를 폈다.

"이준택의 여자 장하연의 뇌에서 이준택과의 교감 부분을 추출했습니다. 점수가 728입니다. 그 정도면 이준택과의 관계는⋯⋯."

"1급이군."

김성준이 박만수의 말을 받았다. 남녀 교감지수 728이면 서로 목숨을 바칠 정도라고 믿어도 될 것이다. 입맛을 다신 김성준이 의자에 등을 붙였다.

"교감 부분을 추출했다면 뇌를 다 꺼냈다는 말이 아닌가? 시체 해부할 때처럼 말이야."

"예, 사령관님."

박만수가 어깨를 펴고 대답했다.

"장하연은 시체나 다름없는 상태여서 제가 지시했습니다."

이제 장하연은 로봇이 되어있다는 말이다.

"사령관은 다섯을 말씀했지만 난 둘만 고르겠어."

컴퓨터 화면에는 두 사내의 모습과 신상명세가 떠있다. 정기복 상사와 오철 상사다. 둘 다 20대 후반으로 독립군 경력이 8년과 7년이었고 여러 번 전투에 참여한데다 훈장도 받았다.

"아직 특공대가 필요한 작전도 없으니 나까지 셋으로 시작하는 게 낫겠어."

"지난 몇 달 동안 단 한 번도 우리가 공격한 적이 없었죠."

모니터를 응시한 채 최정인이 말했다.

"그래서 사기 진작 차원으로 특공대를 편성한 것 같습니다."

머리만 끄덕인 이준택을 향해 최정인이 물었다.

"특공대원 둘은 모두 독신이군요. 일부러 독신으로 고르신 겁니까?"

"맞아. 지상의 인연도 없는 사람으로 골랐지."

"소령님은 인연이 없다고 자료에 적혀 있던데요."

그러자 이준택이 머리를 돌려 최정인을 보았다.

"왜? 그것이 이상한가?"

"예, 그렇습니다."

정색한 최정인이 이준택의 시선을 맞받는다.

191

"나이 서른둘에 11년 동안 군 생활을 한 장교라면 여자가 있어야 정상입니다. 그런데……."

"깨끗하단 말이지?"

"일부러 지운 것 같습니다."

"지울 수는 없어. 처음부터 기록을 안 하는 수밖에."

"그렇게 하셨습니까?"

그러자 이준택이 똑바로 최정인을 보았다. 작업복 차림이었지만 최정인은 큰 키에 날씬한 체격이 드러났다. 얼굴은 갸름했고 눈 꼬리가 조금 치켜올라간 눈이 맑았으며 입술은 야무지게 닫혀있다. 이준택이 최정인의 진갈색 눈동자에 박혀있는 자신의 얼굴을 응시하면서 대답했다.

"그랬어. 적에게 노출시키지 않으려고 처음부터 기록을 하지 않았지. 부대장의 특별 지시였지."

"그것이 계속해서 이어져 왔단 말이군요?"

최정인이 묻자 이준택이 심호흡을 했다. 그러고는 차분한 목소리로 대답했다.

"난 살인기계야."

"그건 저도 알고 있습니다, 소령님."

"소문으로 들었겠지."

"정확한 소문 같습니다. 그래서 모두 알고 있더군요."

"내가 미국의 전투병 12A 유전자를 태아 때 이식받았다는 사실은 모르겠지?"

그 순간 숨을 멈춘 최정인이 이준택을 응시했다. 얼굴이 하얗게 굳어져 있다.

"사실입니까?"

묻는 최정인의 목소리가 떨렸다. 미국 전투병 12A 유전자는 초인을 만들어낸다는 소문만 들은 것이다. 최정인은 중국군에 통용되는 전투병 유전자 중 고위 등급인 7등급 유전자를 이식받고 태어났다. 역시 독립군이었던 부모가 임신을 하자 천신만고 끝에 7등급 유전자를 구해 이식시킨 것이다. 태아가 7등급을 받을 자질이 있어야 하지만 부모의 공적과 자격도 맞춰줘야만 한다. 그런데 이준택은 지금까지 최정인이 만난 전투병 중 가장 높은 유전자를 보유한 독립군이다. 중국이 가장 최근에 개발해낸 유전자가 12A+2라고 했으니 12등급에서 더 높아지지 않았다. 중국군의 최고등급은 10등급이다. 미국과 수준이 같으므로 최고위급은 2등급 정도 수준이 떨어진다고 봐야 될 것이다. 그때 이준택이 대답했다.

"내가 그대의 몸에 부착된 각종 칩을 다 맞춰보겠다. 말해줄까?"

"됐습니다."

"그대의 표정과 목소리만으로 나에 대한 감정 상태를 10등급으로 구분해낼 수도 있다. 해볼까?"

"사양하겠습니다."

"그대의 공격 의도를 알아낼 수 있다."

최정인의 시선을 잡은 이준택이 말을 이었다.

"그대는 중국군 기준으로 7등급 정도의 유전자를 받았군. 그렇지?"

2천 년대 후반에는 인간 수명이 남녀 평균 120세 정도가 되었는데 인조장기 대체율이 많았다. 2030년대부터는 기능별 유전자를 태아 상태에서부터 주입시켜 전문 인간을 생산했고 이준택이나 최정인도 그중 하나인 것이다. 최정인의 군(軍) 기록 카드에는 분명히 7등급 전투병 확인이 되어있다. 최정인이 마침내 천천히 머리를 끄덕였다.

"그렇습니다, 소령님."

28구역 지하기지는 사방 10km 넓이에 거미줄처럼 뚫린 동굴로 이루어졌다. 그러나 거미줄처럼 규칙적인 동굴이 아니다. 불규칙적이며 곳곳이 막혔고 함정이다. 지하 동굴에 수십 년을 살아온 고참병도 가끔 사고를 당하는데 수시로 새 동굴이 생성되고 구(舊) 루트는 폐쇄되며 함정이 변하기기 때문이다. 이준택이 특공대원 둘을 부른 곳은 기지 끝 쪽에 위치한 창고다. 그러나 창고는 다 허물어졌고 위쪽 통로는 붕괴되어 막혔다. 이준택은 이곳을 특공대 본부로 정한 것이다. 정보참모 최정인은 사령관의 지시에 따라 특공대에 옵서버 자격으로 참가하게 된 터라 창고에는 넷이 모였다. 3백 평쯤 되어 보이는 창고에는 각종 기계가 어수선하게 쌓여있었는데 대부분이 굴착 장비다. 천장에 켜진 자체 발광등이 사물을 파랗게 비치고 있다. 이준택이 기계 위에 걸터앉은 셋을 둘러보며 말했다.

"가장 최근의 전투기록은 58일 전 기지 밖에서 27연대 정찰대와의 전투였더군."

그러고는 이준택이 쓴웃음을 지었다.

"전투기록이라기보다 총격전. 아니, 도망치다가 몇 분 동안 응사를 하고 쫓겨 온 것이지."

이준택이 눈앞에 영상으로 떠있는 기록을 읽었다.

"6명 사망, 3명 부상, 들고 오던 식량과 군수품 20여종 탈취 당함. 전과는 적 사살 14명, 부상 7명,

초소 2곳 반파……."

읽기를 그친 이준택이 쓴웃음을 지었다.

"이 전과는 믿을 수가 없는 거야. 보고를 한 특임대장 하경수 대위는 12명을 인솔하고 지상에 나갔다가 6명만 귀환했지? 그중 3명은 부상당했고 말이야. 14명 사살은 지어낸 전과야."

"그건 맞습니다."

최정인이 무표정한 얼굴로 대답했다.

"초소가 반파 되었다는 것도 사실이 아니었지요. 그래서 하 대위는 문책을 받고 통로 보수대로 좌천되었습니다."

"그 후로 지상 작전이 금지되었군."

"그렇습니다."

"사기 진작용으로 지상 작전의 전과가 필요한 상황이고. 그렇지?"

"그렇습니다."

"아직 나에 대한 신뢰 등급이 약해서 계속 감시중이고. 그렇지?"

그러자 정기복과 오철이 긴장했지만 최정인이 빙그레 웃었다.

"그렇습니다, 소령님."

"대위는 내 감시 역할이지?"

"그것도 병행하고 있죠."

"솔직하구먼. 마음에 든다."

"소령님을 속이는 것보다 털어 놓는 것이 낫다는 생각이 들었기 때문입니다."

"정 상사, 오 상사한테 나를 알려준다는 계산도 했겠지."

그러자 이준택이 심호흡을 하고나서 말했다.

"좋아. 작전을 시작하지. 내일 22시에 지상에 올라가 공영마켓을 폭파한다.”

이준택이 벽으로 시선을 돌린 순간 벽에 지상의 공영마켓 사진이 펼쳐졌다. 공영마켓은 정부가 경영하는 대형 매장이다. 이준택이 사진을 보면서 말을 잇는다.

“대구시 제8구역에 위치한 3공영마켓이야. 폐장 시간이라 민간인은 없을 테니 이곳을 폭파시킨 후에 정부군을 따돌리고 귀환하는 것이다.”

“팀원은 우리 넷입니까?”

정기복이 묻자 이준택은 쓴웃음을 지었다.

“우린 전투를 하는 게 아니야. 치고 도망쳐 오는 거야. 그래서 놈들을 혼란에 빠뜨리고 독립군 존재를 부각 시키는 것이 목적이다. 거창하게 생각할 것 없다.”

이준택의 시선이 최정인을 스치고 지나갔다.

“더구나 제17구역 독립군 생존자 이준택에 대한 의혹이 아직 풀리지 않았어. 나한테 많은 부하들을 맡길 상황이 아니거든.”

“빠르군.”

최정인의 보고를 받은 사령관 유근원이 말했다. 머리를 든 유근원이 최정인을 보았다.

“제3공영마켓은 정부군 1개 소대 30명이 경비하고 있어. 넷이 대적할 순 없다.”

“치고 빠져 나온다고 했습니다.”

“서두는 것 같지 않나? 이곳에 온 지 닷새째다. 특공대를 맡은 다음날 나가다니?”

"작전은 치밀합니다."

그러자 유근원이 지그시 최정인을 보았다.

"대위, 그놈을 믿을 수 있을 것 같나?"

"그걸 확인하려고 제가 옵서버로 붙어 다니고 있지 않습니까?"

그러고는 최정인이 입술 끝을 올리며 웃었다.

"이 소령도 그렇게 말하더군요."

"그놈이 12A유전자를 받았다니 놀랍다."

"이 소령이 말해주지 않았다면 모르고 있었을 것입니다."

"그건 그렇지."

그러고는 유근원이 정색하고 최정인을 보았다.

"대위, 조심해."

"알겠습니다."

정부군은 온갖 수단으로 독립군 조직을 분쇄하고 있는 것이다. 그리고 지금까지 정부군 공작은 성공적이었다.

숙소로 돌아가던 이준택이 문득 걸음을 멈췄다. 광장이라고 불리는 지하기지 중심부터 꽤 넓은 공간이다. 이곳에는 소규모지만 가게와 식당, 수리점이 모여 있었는데 거래는 물물교환도 했고 돈을 사용하기도 한다. 이준택이 선 곳은 고기를 파는 가게 앞이다.

"이건 돼지고기 아니오?"

이준택이 매달려있는 커다란 뒷다리를 가리키며 물었다.

"예, 장교님."

이준택의 장교복장을 본 가게 주인이 말했다. 50대쯤의 사내였는데 2030

년대부터 인체를 인조 장기로 대체하기 시작해서 2078년이 된 현재 최고령 인간은 147세였다. 인조 장기는 물론이고 뇌와 피부, 골격까지 대체시켜 인조 기능이 85%에 이른 인간도 있었으며 평균수명은 끝없이 늘어날 것이었다. 가게 주인도 50대로 보였지만 실제 나이는 알 수가 없다. 이준택의 눈치를 살핀 사내의 얼굴에 멋쩍은 웃음이 떠올랐다.

"제가 중국산 복사기를 갖고 있습니다. 그래서 돼지고기를 만들어 내지요."

"그 기계가 혹시 CP-7A형 아닌가요?"

"맞습니다."

놀란 사내의 눈이 둥그레졌다.

"장교님은 어떻게 그렇게 잘 아십니까?"

"내가 있던 곳에도 같은 기계가 있었기 때문이죠."

쓴웃음을 지은 이준택이 말을 잇는다.

"같은 고기 맛에 질렸는데 여기서도 같은 생산품을 만났군."

돼지 DNA로 복제 해내는 육질이어서 같은 형은 맛과 질이 똑같기 때문이다. 양념을 바꾸지 않으면 절대로 계속해서 먹을 수 없다. 그때 사내가 물었다.

"이번에 구멍으로 떨어지신 소령님이시죠?"

독립군 생활을 구멍으로 떨어진 생활이라고 부른다. 이준택의 시선을 받은 사내가 말을 잇는다.

"전 35년 전에 독립군 제6구역에서 근무하다 부상을 입고 제대했습니다. 이곳 28구역에 온 지는 15년이 되었지요."

35년 전이면 이준택이 태어나기도 전이다. 그리고 6구역이면 평양지역이다. 독립군 활동이 가장 치열했던 구역이다.

"그럼 내 대선배이신데. 난 피난민인 줄 알았습니다. 실례했습니다."

"전 중위였는데 대위로 진급해서 제대했습니다. 제 하반신은 배꼽 아래에서부터 인조지요."

그러나 사내는 멀쩡하게 서있다. 바지의 허벅지 근육도 생생하게 느껴졌고 곧은 몸이다. 사내가 말을 이었다.

"숙소보다 가까운 제 집으로 가시지 않겠습니까? 그것이 더 나으실 것 같은데요. 저도 마침 가게를 닫으려고 했거든요."

사내의 이름은 배해성, 나이는 85세였으니 1993년생이다. 이준택보다 무려 53세 연상이다. 배해성은 광장 근처의 대저택에서 살고 있었는데 정원에는 잔디밭과 연못까지 갖춰졌고 2층 저택의 건평은 2백 평도 넘게 보였다.

"하인 넷하고 같이 삽니다."

저택 거실로 들어선 배해성이 웃음 띤 얼굴로 말을 잇는다.

"물론 셋은 모두 기능인이죠."

기능인이란 인조인간, 즉 로봇을 말한다. 그러나 인체와 똑같고 말과 행동 심지어 촉감까지 똑같아서 구분하기가 어렵다. 지금 둘의 저고리를 벗겨주는 여자들도 기능인이었는데 20대쯤의 뛰어난 미인이다. 그들이 소파에 앉았을 때 또 다른 미인 하나가 다가와 마실 것을 내려놓았다.

"셋 모두 침실 모드를 갖추고 있어서 각각 30여 가지의 테크닉에 익숙합니다."

마침 앞에서 찻잔을 내려놓은 기능인 여자의 엉덩이를 쓸면서 배해성이 웃었다.

"이제 난 얘들이 실제인간인 것 같은 생각이 듭니다. 하긴 나도 몸의 절반이 인조인간이니까요."

이제 인조인간은 스스로 생각하고 통제할 수만 없을 뿐이지 입력된 모든 것은 인간과 똑같이 행동한다. 인조인간이 임신을 해서 3대까지 생산했다는 소문도 있는 상황이다. 배해성이 말을 이었다.

"몇백 명뿐인 지하 사회여서 소령님의 소문은 금방 퍼졌습니다. 혼자 사시는데 적적하시면 제가 마리안이나 도로시를 드릴 수도 있는데……."

이준택의 시선을 받은 배해성이 고른 이를 드러내며 웃었다. 팽팽한 피부가 반들거리고 있다.

"조금 전 애가 마리안이고 소령님 옷을 벗긴 애가 도로시입니다."

"전 괜찮습니다."

"이곳에 인간보다도 기능인이 두 배 이상 많습니다. 기능인은 통계에도 잡히지 않기 때문에 그것도 추측만 할 뿐이죠."

다시 여자 하나가 들어섰는데 검은 머리의 동양인 미녀다. 거침없이 다가온 여자가 배해성에게 말했다.

"식사준비가 되었습니다, 주인님."

그러자 자리에서 일어선 배해성이 이준택을 보았다.

"자, 식당으로 내려가실까요?"

"이 소령은 지금 배해성과 저녁 식사를 하고 있습니다."

모니터에서 시선을 뗀 강 상사가 말했다. 의안을 붙인 두 눈이 선명했지만 너무 표시가 난다. 강 상사가 말을 이었다.

"대화 내용을 들려 드릴까요?"

"아니, 됐어."

테이블 모서리에 엉덩이 한 쪽만 걸치고 앉은 최정인이 눈을 가늘게 떴다.

"이 소령은 12A야. 배해성의 집에 장치된 탐지기도 파악했을 거야."

"그정도 입니까?"

놀란 강 상사가 눈을 크게 뜨자 흰 창이 더 커졌다.

"탐지기는 식별장치 없으면 색출이 불가능합니다."

"육감이지."

정색한 최정인이 말을 잇는다.

"12A 유전자의 인간은 육감으로 탐지장치는 물론 상대방의 머릿속을 읽는다는 정보가 있어."

"확인이 된 겁니까?"

"아니."

머리를 젓은 최정인이 쓴웃음을 지었다.

"그게 바로 내 임무 중 하나야."

그때 다시 리시버를 낀 강 상사가 말했다.

"배해성이 다시 기능인을 권하는군요. 침대에서 꼭 필요하다는 겁니다."

강 상사는 돌아보지 않았고 최정인도 입을 다물었다. 지하 사회의 모든 주택은 독립군의 감시 대상인 것이다. 탐지장치가 부착되지 않는 저택이나 공간은 없다. 그것은 배해성도 알고 있을 터였다. 강 상사의 말이 이어졌다.

"이 소령은 사양했습니다."

장비는 자동 원자총 한 정씩과 수류탄 3 발씩. 전투화를 신었고 머리에 쓴 헬멧에는 암시장치와 통신, 전파교란용 장치까지 부착되었다. 옷은 검정색 야간 위장복, 투명장치가 되어있어서 민간인들에게는 보이지 않겠지만 정부군은 모두 밤에 암시장치가 부착된 헬멧을 쓰고 있다. 정부군에게는 발각될 것이다.

"자, 출발."

대원 셋 앞에 선 이준택이 말하자 최정인이 앞장을 섰다. 최정인이 출구로 안내하려는 것이다. 수십 개의 출구가 있었지만 수시로 함정을 만들고 폐쇄, 개통을 반복하는 바람에 그것을 알고 있는 장교는 몇 명뿐이다. 최정인이 그중 하나였다.

"대위, 외부 작전은 몇 번째인가?"

뒤를 따르던 이준택이 묻자 마침 갈라진 동굴로 들어서던 최정인이 앞을 향한 채로 대답했다.

"지금까지 32회 출동했습니다."

"이곳 28구역에서는?"

"17회."

"전과는?"

"적 사살 12명, 부상 25명, 기지 파괴 4회. 그래서 사령관 훈장 4개를 받았습니다."

"정예로군."

"저보다 더 경험 많은 장교, 하사관이 많습니다."

말하는 사이에 그들은 갈라진 동굴을 세 번째로 접어들고 있다. 이준택이 말했다.

"이젠 우주시대야. 지구의 패자 다툼은 끝나가고 있어. 지상의 미국, 중국, 러시아 그리고 유럽연합은 연방제를 협의하고 있어."

다시 새로운 동굴로 꺾어지면서 이준택이 말을 잇는다.

"난 독립군을 모아 우주로 떠나고 싶어. 지구는 싫증이 났다고."

"연락이 왔습니다."

앞에 펼쳐진 박만수의 얼굴이 상기되어있다. 지금 박만수는 7기동군 사령관 김성준에게 영상 통신을 하는 중이다.

"지금 지상에 나와 있다는 것입니다. 예상한 대로 28독립군과 합류 했습니다."

"그럼 어떻게 나왔다는 말인가?"

역시 긴장한 김성준이 묻자 박만수의 얼굴에 웃음이 떠올랐다.

"특공대장이 되어 기습을 하려고 나왔다는군요."

"기습을?"

"목표는 제3공영마켓이라고 합니다."

"으음."

김성준의 얼굴이 굳어졌다. 공영마켓이 폭파되면 엄청난 사회적 혼란이 일어날 것이다. 그것보다 지역 정부군 사령관인 자신의 입장이 곤란해진다. 48년 군 경력에 오물이 튄 꼴이 될 것이다. 그때 박만수의 말이 이어졌다.

"20분 후에 장하연을 3공영마켓의 정문 앞에 데려다 놓으랍니다."

"어쩌겠다는 거야?"

"살아있는 것을 확인하고 특공대원을 표적으로 내놓겠답니다."

"좋아, 준비해."

눈을 치켜뜬 김성준이 입술 끝을 비틀고 웃었다.

"우리가 손해 볼 일 없다. 서둘러."

이준택이 다가오자 최정인은 헬멧의 덮개를 올렸다. 그러자 두 눈이 드러났다.

"왜 통신이 끊겼습니까?"

"정부군의 전파 추적이 있었다."

뱉듯이 말한 이준택이 시간을 보았다. 눈앞에 22시 42분 32초라고 찍혀져 있다. 이곳은 제3공영마켓 건너편의 반려견 제작소 건물 3층이다. 2천 년대 중반에 이르러 기능인과 함께 반려견 제작이 많아졌는데 소비가 폭증했기 때문이다. 기능인보다 반려견을 더 좋아하는 사람이 많았고 나이든 여자일수록 비율이 높았다. 반려견은 말을 다 알아듣고 거의 모든 심부름을 하는 것이다. 한때 인간처럼 말을 하는 반려견을 생산했다가 금방 중지했다. 몇 마리 팔리지 않았기 때문이다. 인간은 개다운 개를 좋아하는 것이다. 이준택이 셋을 둘러보며 말했다.

"14분 후에 근무 교대가 있다. 기다려."

이준택은 혼자서 공영마켓을 정찰하고 돌아온 것이다. 아래쪽에서 개 짖는 소리가 울렸다. 여러 마리다. 모두 인조견이어서 개 짖는 소리도 낮고 울림이 적다. 그렇게 만든 것이다. 이준택이 벽에 등을 붙이고 앉아 최정인을 보았다. 헬멧 덮개를 올려서 눈동자가 번들거리고 있다.

"대위, 내가 먼저 마켓 정문으로 갈 테니까 너희들 셋은 날 주시하고 있도록."

최정인의 시선을 받은 이준택이 한마디씩 차분하게 말을 잇는다.

"그리고 내가 손을 든 순간에 마켓에 고폭탄을 쏘아라. 셋이 각각 5발씩만 쏘면 마켓은 붕괴되겠지."

"아니, 소령님은요?"

놀란 최정인이 묻자 이준택이 쓴웃음을 지었다.

"난 상관하지 마. 대위, 난 살아서 빠져나올 테니까."

"소령님을 마켓 정문에 세우고 일제 사격을 하는 이유가 뭡니까?"

"내가 미끼이기 때문이다."

그때는 옆쪽의 정기복도 이쪽으로 몸을 기울인 채 듣는 중이다. 오철은 반대쪽에서 경계를 하고 있다. 이준택이 말을 이었다.

"내 주위로 정부군 놈들이 몰려와 있을 테니까 너희들한테는 보이지 않을 거야."

"왜 몰려온단 말입니까?"

"내가 마켓 정문으로 다가가면 경계가 시작되겠지."

"미끼가 되는 이유는 뭡니까?"

하고 끈질기게 최정인이 묻자 이준택이 다시 시계를 보았다.

"3분 남았어."

그러고는 최정인과 정기복을 둘러보며 웃었다.

"그렇지. 내가 수상한 행동을 하면 뒤에서 쏘아라, 대위."

밤 23시 15분 정각에 이준택이 건물을 돌아 제3공영마켓의 정면에 나왔다. 도로를 건너야 했지만 정문과의 거리는 1백 미터정도, 거리는 텅 비었다. 마켓도 21시에 문을 닫는 터라 5층짜리 거대한 건물은 불빛만 휘황할 뿐 인적이 없다. 그 순간 이준택은 숨을 들이켰다. 마켓의 닫힌 정문 앞에 검정색 작업복 차림의 인간이 서있는 것이다. 이준택은 거침없이 발을 떼어 그에게로 다가갔다. 이쪽은 전투복장 그대로다. 손에 원자총을 쥐었고 헬멧을 눌러쓴 채 다가가고 있다. 발가락에 조금 힘을 주었더니 보폭이 두 배쯤 넓어지면서 거의 뛰는 듯이 나아간다. 전투화가 달리는 기능과 뛰어오르는 기능을 인간 능력의 10배까지 향상 시켜주고 있기 때문이다. 순식간에 정문 앞으로 다가선 이준택은 인간 앞에서 멈춰 섰다. 그러고는 손을 뻗어 어깨를 쥐었다.

"하연아."

장하연이였던 것이다.

"너 괜찮아?"

그때 장하연이 눈을 가늘게 뜨고 웃었다.

"안녕, 자기야."

"하연아, 널 만나려고 왔어. 널 마지막으로 봐야겠다는 생각이 들었어."

이제는 장하연의 어깨를 두 손으로 움켜쥔 이준택이 절실한 표정으로 말을 잇는다.

"하연아, 미안하다."

"자기야, 나 데리고 가."

장하연이 슬픈 얼굴로 이준택을 보았다. 크게 뜬 눈에서는 금방 눈물이 흘러내릴 것만 같다.

"하연아. 그래, 같이 가자."

이제는 이준택이 장하연의 허리를 당겨 안았다. 그러고는 장하연의 귀에 입술을 붙이고 말했다.

"하연아, 사랑해. 알고 있지?"

"자기야, 나 데리고 가."

그때 이준택이 어깨에 멘 원자총의 손잡이를 쥐더니 총구를 장하연의 관자놀이에 붙였다.

"퍽!"

방아쇠를 당기자 둔탁한 발사음이 울렸다. 그 순간 이준택이 한 걸음 뒤로 물러서자 안고 있던 장하연의 몸이 바닥에 쓰러졌다. 장하연의 몸에는 머리가 증발되어 붙어있지 않았다. 그때 허리를 편 이준택이 번쩍 손을 들었다.

"잡아!"

악을 쓴 박만수가 영상을 노려보았지만 이준택은 사라졌다. 아니, 붕괴되고 있는 마켓 건물에 묻힌 것 같다. 고폭탄 공격을 받은 건물은 이제 쓰레기 더미가 되어서 불길까지 오르고 있다.

"그 지독한 놈."

박만수가 잇사이로 말했지만 상황실 안은 무거운 정적에 덮여 있다. 이준택이 현장에서 장하연을 사살할 줄은 예상하지 못한 것이다. 그리고 다음 순간 사방에서 마켓에 고폭탄을 쏘아 붕괴시켰다. 이쪽은 이준택이 장하연을 데리고 그곳을 떠날 줄만 알았던 것이다. 인조인간이 된 장하연은 뇌만 꺼냈다가 다시 넣었을 뿐 몸은 그대로다. 몸에 총격장치와 자폭장치를 심어 놓았는데 독립군 기술로는 발견해내지 못할 것이었다. 그때 장교 하나가 소리치듯 말했다.

"연대장 동지! 대구시청이 공격을 받고 있습니다! 고폭탄이 폭발해서 본관 건물이 붕괴 되었다고 합니다!"

박만수가 벌떡 일어섰지만 입을 열지는 않았다. 얼굴이 굳어져 있다. 대구시청이 붕괴 되었다면 당 간부들이 들고 일어날 것이었다.

점프를 하면 전투화는 최대 8미터 높이로 뛰어 오른다. 또한 달리는 최대 속력은 20킬로 군장을 메고 1백 미터를 5초에 돌파하며 장애물 15미터를 뛰어 건넌다. 20여 년 전인 2050년대부터 전투병용 비행엔진이 개발되었지만 이번에 특공대는 사용하지 않았다. 넷이 모인 곳은 팔공산 기슭의 바위 옆이다. 밤 0시 24분이 되어 있었다. 공영마켓에서 빠져나와 곧장 대구시청을 폭파한 후에 이곳으로 달려온 것이다. 전투화를 신었지만 8킬로 가까운 거리를 전속력으로 달려온 터라 넷은 모두 가쁜 숨을 뱉는다. 작전은 성공이다. 목표로 삼은 제3공영마켓뿐만 아니라 대구시청까지 폭파했다. 다른 때 같으면 정부군의 감시망에 여러 번 걸렸을 텐데도 이번에는 무사했다. 최정인은 그것이 꺼림칙했다. 그때 숨을 고른 이준택이 말했다.

"궁금할 테니까 말해주지. 마켓 정문에서 내가 만난 여자는 나하고 28구역에서 동거했던 여자야."

셋은 숨을 죽였고 이준택의 말이 이어졌다.

"28구역이 습격을 받았을 때 난 도망쳤지만 그 여자는 잡혔지. 그리고 정부군은 그 여자를 잡고 있다는 것을 퍼뜨리며 나를 찾았어."

이준택의 얼굴에 일그러진 웃음이 떠올랐다.

"내가 28구역에 들어가기 전이었지. 놈들은 나하고 합의를 했어. 장하연을 돌려주는 조건으로
28구역 입구를 알려주기로."

"……."

"그놈들을 믿거나 말거나 손해 볼일이 없는 일이었지. 그래서 난 유랑민

틈에 섞여 헤매다가 독립군 구역에 들어갔고.”

“……”

“특공대가 되어 나와서 놈들한테 연락을 했어.”

“……”

“내가 정찰 나간다면서 혼자 나갔을 때야. 헬멧의 통신장치를 끄고 놈들의 화면에 접촉한 거야.

그래서 대위하고 통신이 끊긴 거지.”

“……”

“놈들한테 장하연을 마켓 정문 앞에 두면 내가 특공대를 인계한다고 했어. 장하연이 나한테 짐이 될 테고 아마 몸에 장치도 부착시켜 놓았을 테니까 놈들은 내 말대로 해주었지.”

“……”

“역시 하연이는 인조인간이 되어 있더군. 뇌를 꺼냈다가 인조뇌를 넣은 것 같았어. 나에게 가장 뼈 아픈 말. 날 데리고 가라는 말을 반복하더군.”

그러고는 이준택이 손등으로 흐르는 눈물을 닦더니 웃었다.

“하연이 뇌에 그 말이 가장 깊게 담겨 있었을 거야. 날 데리고 가라는 말. 난 동굴에 쏟아져 들어온 놈들과 전투를 하느라고 하연이한테 가지 못했어. 그랬더니 숨어있던 하연이가 그 말을 소원처럼 머릿속에 담고 있었던 거야.”

“……”

“난 하연이를 내 손으로 증발 시키려고 갔어. 아니, 놈들과 합의 했을 때부터 그런 결심을 한 것이지.”

“그만요.”

손을 들어 이준택의 말을 막은 최정인이 주위를 둘러보는 시늉을 했다.

"자, 이젠 귀대할 궁리를 합시다. 우린 너무 멀리 나온 것 같네요."

그렇다. 28구역 입구와는 반대 방향이다.

인연

7장

2078년의 대구시는 인구 3백만의 대도시로 우주산업의 중심지였다. 2030년 이후로 우주를 본격적으로 개척한 인류는 2050년 광속 우주선을 개발했고 2060년부터 우주 이민을 시작하여 2078년 현재 태양계 밖의 17개 행성에 이주민이 거주하는 상황이다. 그런데 그것도 미·중·러·유럽연합의 경쟁구도가 되어서 미국은 10개, 중국이 3개, 유럽과 러시아가 각각 2개씩의 행성을 차지했다. 대구시는 중국의 우주선 부품 공장이 6개나 있는 것이다. 또한 포항과 울산은 중국해군 8함대 기지가 되어 일본을 압박하고 있었는데 20세기의 대국 일본은 곧 중국령 일본성(日本省)이 될 운명이었다. 올해 말로 예정된 국민투표에서 중국령에 찬성하는 유권자가 과반수를 넘으면 미나미 내각은 미국의 반대를 무릅쓰고 중국과의 연합을 선언할 것이었다.

"저기야."

이윽고 걸음을 멈춘 이준택이 눈으로 앞쪽을 가리켰다. 머리를 든 최정인이 그쪽을 보았다. 거대한 공장 건물이 늘어서 있다. 둥근 지붕이 끝없이 이어졌고 새벽 3시여서 아직 주위는 칠흑처럼 어두웠지만 은빛 지붕은 환하게 드러났다. 우주선 엔진을 생산하는 공장이다.

"이곳에 내 조력자가 있어. 나는 그 사람을 만나려다 놈들의 유인 전술에 끌려들었지. 아니, 끌려든 시늉을 한 셈인가?"

"그 사람이 누군데요?"

놀란 최정인이 묻자 이준택이 바위 밑에 앉았다. 이곳은 대구시 서북방의 습지대다. 옛날에는 논밭이 있었지만 이젠 유전자 배양으로 식량을 생산하기 때문에 논밭은 습지대로 조성되었다.

"나처럼 현 체제에 불만을 품은 정부 고위층. 그리고 우리들의 미래를 안내 해줄 사람이지."

쓴웃음을 지은 이준택이 최정인과 정기복, 오철을 차례로 보았다. 이준택이 그들 셋을 이곳으로 데려온 것이다. 앞장서서 정부군의 포위망을 뚫고 나오는 이준택을 따르다보니 이곳에 도착했다는 표현이 맞을 것이다. 세 쌍의 시선을 받은 이준택이 말을 이었다.

"저 공장에서 일 년에 두 번씩 중국령 행성으로 떠나는 우주선이 발사된다."

"……"

"화물선이지. 장비와 부품을 싣고 가는 거야. 때로는 기술자들을 싣고 갈 때도 있는데 경비원은 5명이야."

"……"

"항해기간은 275일. 그러나 140일 후에 유럽연합의 행성인 갈릴레오 행성과 5일 거리 기지에서 연료를 공급받는다."

"잠깐."

최정인이 이준택의 말을 막았다. 정색한 최정인이 물었다.

"지금 무슨 말씀을 하시려는 겁니까?"

"난 그 우주선을 탈취해서 떠날 거다."

이준택이 말하자 셋은 서로의 얼굴을 보았다. 이준택의 말이 이어졌다.

"의외로 방비가 허술했어. 등잔 밑이 어둡다는 옛날 속담처럼 발사대 입구에 초소 한 곳뿐이었다."

"……."

"우주선의 탑승원을 인질로 잡고 갈릴레오 행성까지 가는 거야. 그곳에서는 망명자를 받아준다. 제2의 방법은 185일이 걸리는 미국의 행성 워싱턴 행성으로 가는 것이지."

"……."

"우주선을 가져가면 유럽연합은 5천만 달러는 줄 거야. 워싱턴 행성으로 가져가면 아마 1억 불은 넘을 것이고."

"……."

"그 보상금을 나눠 가질 수 있어."

"미쳤어요?"

마침내 최정인이 눈을 치켜뜨고 말했다. 어깨를 부풀린 최정인이 말을 잇는다.

"독립군을 배신하고 도망자가 되겠단 말인가요? 소령."

최정인이 시선을 준 채 한마디씩 힘주어 말했다.

"난 당신을 즉결 처분할 권한이 있습니다. 알고 계시지요?"

"알고 있어, 대위."

쓴웃음을 지은 이준택의 시선이 정기복과 오철을 훑고 지나갔다.

"우리가 28구역으로 돌아갈 수 없을 경우에 대한 대책이 있나?"

이준택이 묻자 최정인이 바로 대답했다.

"돌아가다가 죽는 경우가 있더라도 돌아가는 겁니다. 다른 방법은 있을 수가 없어요, 소령."

"난 내 대원의 생사를 책임진 사람이야. 지금 28구역은 정부군에게 빈틈없이 포위 당해있어. 우리가 돌아가면 놈들한테 독립군 위치를 알려주게 돼."

정색한 이준택이 최정인을 보았다.

"우리 특공작전은 성공했어. 중국 국민이 다 되어가던 조선성의 조선인들이 독립군에 대해서 감동을 먹었을 거야. 그것으로 되었지 않나?"

그러고는 이준택이 자리에서 일어섰다.

"셋이 결정을 해. 난 우주선을 탈 테니까. 나를 따르든지, 독립군과 같이 죽을 것인지 선택을 하라고."

10분쯤 후에 이준택이 돌아왔을 때 정기복이 다가와 섰다. 최정인은 바지 주머니에 두 손을 찌른 채 옆모습을 보이고 서있다.

"저희 둘은 소령님을 따르기로 했습니다만 대위님은……."

"돌아간다던가?"

바로 옆에 서있는 최정인의 옆모습을 향하고 묻자 정기복이 대답했다.

"에, 소령님."

"그럼 삼 대 일이군. 대위가 당연히 우리하고 같이 행동해야겠지만."

머리를 돌린 이준택이 최정인에게 말했다.

"대위, 그대는 돌아가도 돼. 대위 때문에 독립군 기지가 발견되어 멸망하게 될지 모르지만 그대는 옵서버야. 내가 강제로 합류 시키지는 않겠다."

"대위는 동거하는 장교가 있습니다. 그래서 그런 것 같습니다."

잠자코 있던 오철이 말하자 최정인이 머리를 들었다.

"그것 때문이 아냐!"

버럭 소리친 최정인이 어깨를 부풀렸다가 내렸다.

"소령한테 농락당한 기분이 들어서 그러는 거야! 이 작자는 처음부터 이렇게 할 계획 이었다고!"

"사령관도 예상하고 있었어."

최정인의 말을 이준택이 잘랐다. 차가운 표정이 된 이준택이 말을 잇는다.

"작전이 끝난 후에는 나한테 일임 하겠다고 했어. 그것이 귀환만을 의미하는 것이 아냐."

다가선 경비병이 물었다.

"무슨 일이십니까?"

그 순간 이준택이 손을 들었다. 제복 소매 안에 넣었던 원자총이 발사되면서 경비병의 심장에 1만 볼트 전류가 흘렀고 순식간에 심장이 녹아버렸다. 이준택이 주저앉은 경비병을 건물 구석으로 끌고 갔을 때 오철과 정기복이 달려왔다. 정기복은 경비병 차림이었지만 오철은 아직 갈아입지 못했다. 오철이 서둘러 경비병의 옷을 갈아입는다. 갈아입고 나면 다시 원자총을 쏘아 시체를 원소로 분해시킬 것이다. 강력한 원자총을 맞으면 몸은 뼛가루 하나 남지 않고 원소가 된다. 건물 벽에 등을 붙이고 선 이준택이 잇사이로 말했다.

"너희 둘은 내가 나올 때까지 기다려!"

우주선 통제소는 광대한 설비 공장 기지의 위쪽에 위치해 있었는데 4킬로쯤 떨어진 곳에 우주선 발사대가 있다. 통제소는 지하2층 지상12층의 건물로 12층 상황실에서는 좌측의 우주선 발사대가 한눈에 보인다.

"하물은 다 실었습니다, 소장님."

우주선을 바라보며 관제장교가 말했다.

"연료도 다 채운 상태라 이제 탑승원만 태우면 됩니다."

"현재 인원이 얼마야?"

머리를 든 한기석이 묻자 관제장교는 눈앞에 뜬 영상 자료를 보았다.

"47명인데 현재 32명이 도착해 있습니다. 15명은 내일 헤이룽장성(省)에서 도착합니다."

"그럼 면역을 시키고 나서 4일후에는 출발할 수 있겠군."

"예, 소장님."

"그럼 계획대로 출발할 수 있는 거야."

심호흡을 한 한기석이 눈을 가늘게 뜨고 하늘을 보았다. 22시 40분이 되었다. 맑은 밤하늘에 별들이 반짝이고 있다. 그중 몇 개는 거대한 우주정거장일 것이다.

정부군 대위 차림의 이준택이 역시 중위 복장의 최정인과 함께 건물 로비를 걷는다. 넓은 로비에는 드문드문 근무자들이 오갈 뿐 한산하다. 에스컬레이터에 오른 이준택이 힐끗 옆쪽에 선 최정인에게 시선을 주었다. 최정인이 시선을 받았지만 곧 외면했다. 에스컬레이터는 곡선을 그으며 빠르게 상승한다. 옆쪽 바닥을 발로 누르거나 시선을 2초만 보내도 에스컬레이터가 정지하는 것이다. 그러나 층마다 보안 검색기가 위쪽에 붙어 있어서 순식간에 얼굴과 체격, 체온, 몸에 부착한 식별기로 신분을 확인한다. 둘이 식별기를 지날 때마다 검색기가 겨누어졌지만 경고음은 울리지 않았다. 그러나 최정인은 무섭게 긴장하고 있다. 이윽고 12층 앞에서 에스컬레이터가 멈췄을 때 경비병 두 명이 그들을 가로막고 섰다.

"배기성 대위, 오연수 중위. 통제소장님의 연락을 받았습니다."

경비병 하나가 말하더니 옆쪽을 가리켰다.

"소장실에서 기다리고 계십니다."

머리를 끄덕인 이준택이 다시 발을 떼었고 반 걸음쯤 좌측 뒤에서 최정인이 따른다.

"어, 왔나?"

이준택의 경례를 받은 한기석이 자리에서 일어섰다. 이곳은 상황실 옆방인 통제 소장실이다. 한기석의 시선이 최정인에게로 옮겨졌다. 그러자 이준택이 말했다.

"숙소에서 잠이든 당직자 신분을 위조한 터라 한동안은 발각되지 않을 것입니다."

"대구가 비상상황이 되어있어."

목소리를 낮춘 한기석이 테이블에 엉덩이를 붙이고 서서 앞에 선 둘을 번갈아 보았다. 얼굴에 쓴웃음이 떠올라 있다.

"마켓에 이어서 시청 건물까지 폭파하다니. 27연대장 박만수는 물론이고 기동군 사령관 김성준도 목이 위험하게 되었다."

"지금 제가 데려온 특공대원 둘이 경비병으로 위장하고 건물 밖에서 저를 기다리고 있습니다. 경비병 둘은 원소로 만들었지만 곧 발각될 것 같습니다."

이준택이 말하자 한기석은 머리를 끄덕였다.

"CO-27호는 연료까지 다 채워놓았어. 조종실 멤버만 모으면 된다."

그때 지금까지 듣기만 하던 최정인이 이준택에게 물었다.

"소령, 이젠 어떻게 된 일인지 설명을 해요."

눈을 치켜뜬 최정인의 시선은 떼어지지 않는다. 그때 한기석이 말했다.

"자, 가면서 이야기를 하지."

발을 떼면서 한기석이 말을 잇는다.

"아직 대원들에게 사연을 설명해주지 않은 것 같군."

한기석이 앞장서 통제 소장실을 나왔고 둘은 뒤를 따른다.

다시 상황실로 들어선 한기석이 장교에게 지시했다.

"우주선 상황 장교 전원을 10분 내로 우주선 조종실에 소집시키도록. 마지막 점검을 한다."

"예, 소장님."

"나도 조종실로 가겠다."

그러고는 한기석이 몸을 돌렸다. 뒤를 이준택과 최정인이 따르고 있었지만 아무도 시선을 길게 주지 않았다. 건물에서 나왔을 때 정기복과 오철이 따라 붙는다. 한기석이 손을 들자 통제소장 전용 에어카가 소리 없이 다가와 앞에 멈춰 섰다. 바퀴가 없는 에어카는 지면에서 30센티미터의 높이로 떠서 무인 조종으로 운행된다. 조종 장치가 한기석의 지시에만 따르는 것이다. 에어카에 오르기 전에 한기석이 뒤를 돌아보며 말했다.

"입들 닥치고 있어."

218

그것은 꾸짖는 것처럼 들렸지만 말조심하라는 의미다. 뒤쪽에 섰던 정기복과 오철도 알아들었다. 에어카는 다섯을 태우고 4km 떨어진 우주선까지 2분 만에 도착했다. 진동도 소음도 전혀 없는 에어카가 우주선 앞 검문소에 멈춰 섰을 때 한기석이 심호흡을 했다. 이것이 마지막 관문인 것이다.

"비상소집 연락을 받았습니다, 소장님."

경례를 올려붙인 검문소장이 에어카에 앉아있는 한기석의 옆으로 다가왔다. 손에 검색기를 들고 있다.

"죄송합니다. 제가 검색을 하겠습니다."

검문소장은 대위 계급장을 붙이고 있다.

"이봐, 내가 위장한 소장 같나?"

쓴웃음을 지은 한기석이 말하더니 팔을 내밀었다. 팔의 피부에는 인식칩이 심어져있는 것이다.

"아닙니다. 하지만 규정 때문에⋯⋯."

팔에 댄 검색기에 푸른등이 켜졌다. 대위의 시선이 옮겨져 왔으므로 이준택도 팔을 내밀었다. 뒷좌석에 앉은 최정인과 두 상사는 숨을 죽였다. 다시 푸른등이 켜졌을 때 한기석이 말했다.

"이봐, 대위. 비상소집이야. 이러고 있을 시간이 없어!"

"예, 소장님."

상체를 세운 대위가 뒷좌석을 휘둘러보더니 경비병에게 소리쳤다.

"통과!"

그 순간 에어카가 앞으로 미끄러져 나갔다. 에어카가 움직일 수 없도록 고정되어 있던 것이다. 에어카가 우주선 앞에 도착한 것은 15초쯤 후였다. 그 동안 에어카 안에서는 아무도 입을 열지 않았다. 최정인과 두 상사는 변장을 했지만 검색기에는 틀림없이 적발될 것이었다. 에어카에서 내릴 적에 한기석이 혼잣소리처럼 말했다.

"하마터면 총을 뽑을 뻔 했어."

그것은 이준택도 마찬가지였다. 우주선 앞에도 경비병이 서있었지만 한기석을 보더니 경례를 하고는 일행을 통과시켰다. 우주선은 먼 곳에서 봤을 때와는 달리 거대했다. 수십 년 동안 우주를 왕래한 터라 군데군데 그을린 자국도 있는 것이 더 믿음직하게 느껴졌다. 우주선은 총알처럼 미끈한 몸체였지만 길이는 470미터가 넘었고 직경이 38미터 정도가 된다. 대기권에서 떨어져나갈 연료통을 빼더라도 몸체는 350미터가 넘는 것이었다. 우주선 안으로 들어선 한기석이 다시 경비병을 지나 엘리베이터에 올랐고 넷은 뒤를 따른다. 엘리베이터가 최상층인 조종실로 올라갈 때 한기석이 길게 숨을 뱉었다.

"심장박동이 이렇게 세차게 뛰기는 처음이로군."

그러고는 얼굴을 펴고 웃었지만 아무도 따라 웃지 않았다.

우주기지의 경비는 제7 기동군 산하 18연대가 맡고 있었는데 연대본부는 기지 남쪽 10km 지점의 7층 건물이다. 연대장 후연중 대령은 우주기지 통제소장 한기석의 지휘를 받지만 경비 최고 책임자다. 우주선이 발사준비 태세가 되어 카운트다운 5일 전부터 경비대는 1급 경계령이 발효되고 우주선의 출입이 엄격하게 통제된다.

"통제소장 각하가 우주선에 상황 장교 전원을 비상소집 시키셨습니다."

본부 당직 장교가 보고했을 때 시큰둥한 표정을 지은 후연중이 창밖을 보았다. 조명을 받은 우주선의 거대한 동체가 밤하늘에 환하게 드러났다. 스피커에서 당직 장교의 말이 이어졌다.

"조종실에 상황 장교들이 모이고 있습니다."

"조선 놈들이란."

후연중이 낮게 말했지만 당직 장교는 들었을 것이었다. 의자에 등을 묻은 후연중이 말을 잇는다.

"외곽 경계나 철저히 해."

"알겠습니다, 연대장님."

그때 후연중이 문득 머리를 들고 우주선을 보았다.

"잠깐만. 내가 소장께 여쭤볼 말이 있으니까 통신 연결해."

"네, 연대장님."

당직 장교가 대답하더니 잠깐 정적이 흐른다.

"경비 연대장입니다."

하고 스피커에서 후연중의 목소리가 울렸을 때 한기석은 조종실을 둘러보았다. 의무 장교 한 명만 빼고 조종실 요원은 다 모였다. 12명. 의무 장교는 항생제를 인수하려고 기동군 본부로 가 있었기 때문에 비상소집에 참석하지 못했다.

"무슨 일인가?"

한기석이 묻자 곧 후연중의 목소리가 울렸다.

"우주선의 경비를 3중으로 강화시켜야 될 것 같습니다."

"그렇게 하도록."

즉각 동의한 한기석이 힐끗 조종실을 둘러보았다. 구석에 서 있던 이준택과 시선이 마주쳤지만 스치고 지나갔다. 그때 후연중이 묻는다.

"소장 각하, 우주선의 비상소집은 언제 끝납니까? 테러 예방을 위해 전원을 차단시키려고 합니다."

"내가 알려주겠네."

"알겠습니다, 각하."

그러고는 통신이 끊겼으므로 한기석이 심호흡을 했다. 다시 조종실 장교들의 시선이 모여졌다. 조선인 3명, 한인 9명의 비율인 조종실 멤버다. 그중 가장 중요한 요원이 함장과 부함장, 항해사, 통신, 기관장이다. 한기석이 입을 열었다.

"함장, 마지막 점검을 한다. 출구를 폐쇄하고 항해준비."

"항해준비!"

복창한 함장이 부함장에게 지시했고 곧 조종실 안이 부산해졌다. 그때 한기석이 눈짓을 받은 이준택이 옆으로 다가가 섰다. 한기석이 조종석을 둘러보면서 낮게 말했다.

"함장을 먼저 처치하고 발진시킨다."

이준택의 시선을 받은 한기석이 말을 잇는다.

"최소한의 인원은 부함장과 항해사 중 하나. 그리고 기관장과 부기관장 중 하나다. 중령 계급장을 붙인 셋이 부함장, 항해사, 기관장이고 소령 급 둘이 부항해사 부기관장인데 그중 내 동조세력이 있다."

그러고는 얼굴을 일그러뜨리며 웃었다.

"최악의 경우, 우주선이 발진만 되면 내가 끌고 가는 수밖에 없다."

거대한 우주선은 출발 준비만 하는데도 15분이 걸린다. 지금 우주선은 출구를 모두 봉쇄한 채 엔진을 점화시킨 상태다. 엔진이 가열되기를 기다리는 상태인 것이다. 현재 32% 가열상태. 전자, 전기 장치는 100% 가동되었으니 엔진이 100% 가열되려면 7분15초가 남았다. 함장 동수안 대령이 머리를 돌려 한기석에게 보고했다.

"엔진 이상무. 전자, 전기 장치 이상무. 지지대 이상무."

"좋아. 끝까지 간다."

한기석이 말하자 동수안이 묻는다.

"100%까지 갑니까?"

"지지대 탈착 직전까지."

"예, 소장 각하."

했지만 동수안의 얼굴에 불안한 기색이 떠올랐다. 그때 기관장 모라크스 중령이 함장에게 보고했다. 모라크스는 인도계다.

"함장, 동체가 조금 흔들립니다. 기준치의 15%가 되었습니다."

함장이 대답 대신 한기석을 보았으므로 한기석은 명령했다.

"계속해."

"엔진 45%"

모라크스가 보고했다. 그때 한기석의 앞쪽 상황 스크린에도 동체 진동이 22%로 부쩍 상승 되었다. 조종실에서도 진동을 느낄 수 있다. 동체 진동이 35%를 넘으면 엔진을 정지시켜야 한다.

"엔진 55%"

모라크스가 말했을 때 함장 동수안이 한기석에게 말했다.

"동체 진동이 조금 심한 편입니다. 엔진을 끌까요?"

"진행해!"

눈을 치켜뜬 한기석이 목소리를 높였다.

"100%까지 간다. 진동 조사하려고 시간 보낼 수는 없어!"

"진동 24%"

모라크스가 보고했을 때 한기석의 눈짓을 받은 이준택이 심호흡을 했다. 이준택의 시선이 최정인과 정기복, 오철을 스치고 지나갔다. 그들은 조종실의 구석에 제각기 배치되었는데 모두 긴장으로 굳어진 표정이다.

"엔진 72%!"

모라크스가 소리쳤을 때 진동율은 31%다.

"소장 각하."

다시 함장 동수안이 한기석을 부른다.

"경비 대장한테서 통신이 왔습니다. 연결시켜 드리겠습니다."

그러더니 곧 눈앞에 경비대장 후연중 대령의 영상이 나타났다. 굳어진 표정의 후연중이 묻는다.

"소장 각하, 우주선 엔진점검은 매뉴얼에 없습니다. 우주국 승인을 받아야 되지 않습니까?"

"CO-27 발사는 내 책임이다. 최종 점검을 하는 것이니까 사후 보고도 무방하다."

뱉듯이 한기석이 말했지만 후연중이 머리를 저었다.

"전례도 없는 일입니다. 즉시 엔진을 꺼주십시오. 경비 대장 직권으로 권고합니다."

"건방진 자식."

한기석이 눈을 치켜떴다.

"엔진 이상 때문에 우주선 발사가 늦춰지면 넌 사형이야."

"소장께선 월권하고 계시오! 나는……."

그때 한기석이 영상통신 중단 버튼을 누르고는 조종실을 둘러보았다. 그때 모라크스가 소리쳤다.

"엔진 89%!"

그 순간 한기석이 번쩍 머리를 들고는 이준택을 보았다. 그러고는 머리를 끄덕였다. 한기석이 머리를 끄덕인 순간이다. 허리에 찬 원자총을 빼든 이준택이 먼저 함장 동수안을 겨눴다.

"퍽!"

조종실 안에서의 발사음은 그렇게 울렸다. 그 순간 총탄을 맞은 동수안의 머리가 분해되더니 주르르 옷가지가 바닥으로 떨어졌다. 몸이 분해되고 옷만 남은 것이다. 거의 동시에 조종실 안에서 발사음이 울렸다.

"퍽! 퍽! 퍽! 퍽! 퍽!"

최정인과 정기복, 오철이 겨누고 쏜 발사음이다.

"아앗!"

이곳저곳에서 놀란 외침이 터졌지만 이제 조종실에 서있는 요원은 다섯뿐이다. 11명 중 여섯이 순식간에 원소가 된 것이다.

"엔진은?"

하고 한기석이 물었지만 이미 영상에 떠있었다. 100%다. 기체가 심하게 흔들리고 있었다. 진동은 38%. 위험하다. 그때 한기석이 소리쳤다.

"반항하면 즉시 제거한다!"

그러고는 원자총을 살아남은 승무원에게 겨눴다.

"내 지시를 따르면 살려준다!"

승무원들이 몸을 굳혔고 조종석에 다가간 한기석이 버튼을 거칠게 눌렀다. 그 순간 카운트다운이 시작되었다.

"15, 14, 13……."

"모두 착석!"

원자총을 휘두르며 한기석이 소리쳤으므로 이준택은 서둘러 빈 의자를 찾아 앉는다. 그러나 남은 조종실 요원들을 향해 원자총을 겨누고 있다.

"12, 11, 10, 9……."

여자 목소리의 카운트는 침착했다. 그때 한기석이 소리쳤다.

"우리는 지금 우주로 출발한다! 그대로 제 위치를 지키도록!"

"8, 7, 6, 5……."

"소장, 받침대를 떼어야 합니다!"

그때 부함장이 소리치더니 버튼을 힘차게 눌렀다.

"4, 3, 2……."

그때 받침대 떼어지는 소음이 울렸다.

"1, 0"

그 순간 이준택은 동체가 더 거칠게 흔들리는 느낌을 받는다. 그러더니 거대한 동체가 들썩이면서 천천히 상승하기 시작했다. 이제 조종실 안은 조용해졌다. 한기석이 머리를 돌려 부함장을 보았다.

"고맙네."

"천만에요."

부함장이 대답했을 때 이준택은 가슴에 전해오는 압박감을 느꼈다. 이제 가속이 붙은 동체가 치솟아 오르고 있는 것이다. 성공했다는 인식은 아직 전해지지 않았지만 이준택의 가슴이 세차게 박동했다. 그러나 조종실의 남은 요원들에게서 아직 시선을 떼지 않는다. 부함장이 한기석과 동조하고 있다는 것은 확인되었다. 그때 스피커에서 컴퓨터로 작동되는 소리가 울렸다.

"대기권 진입."

빠르다. 45초 만에 대기권으로 진입하는 것이다. 이준택의 시선이 조종실 바닥에 흩어진 채 뒹굴고 있는 옷가지와 장비들을 보았다. 함장과 항해사 등 6명이 사살되었다. 남은 조종실 요원은 5명. 그때 우주선 밖 소음이 뚝 그치더니 몸에 받는 압력이 가셔졌다. 지구 대기권 밖으로 튀어나온 것이다. 우주다. 그때 한기석의 목소리가 조종실을 울렸다.

"자, 난 CO-27을 탈취했다."

한기석이 조종실 요원들을 훑어보았다. 어느덧 자리에서 일어선 한기석이 원자총을 쥔 채 말을 잇는다.

"나하고 합류할 것인지를 지금 결정해라. 합류한다면 갈릴레오 행성에서 돌려보내줄 것이다."

이준택이 다섯 명을 하나씩 둘러보았다. 부함장과 부항해사, 부기관장, 통신장과 관리장이다. 그때 부함장이 말했다.

"저하고 부항해사, 통신장은 이미 합의를 했습니다."

이준택은 부함장과 부항해사, 통신장의 얼굴을 차례로 보았다. 조선족 같다. 조선족은 DNA상 얼굴 면적이 한족에 비해 넓고 광대뼈가 두드러졌다. 다시 부함장의 말이 이어졌다.

"부기관장과 관리장은 제가 설득 하겠습니다."

"좋아 맡기겠다."

머리를 끄덕인 한기석이 이준택에게 말했다.

"이 소령, 너한테 감시를 맡긴다."

우주선은 이제 검은 우주공간을 향해 돌진하고 있다. 외부 통신을 차단시켜 놓았지만 지구에서는 대소동이 일어났을 것이다. 중국군 우주사령부가 우주 공간에 배치된 전투함을 출동시키는 것은 시간 문제였다. 한기석이 부함장 양문호에게 지시했다.

"이제 문제는 중국 전투함이다. 어디에 있는지 우리가 먼저 탐색해야 한다."

"전방 17분 거리. 블랙홀 발견!"

컴퓨터가 보고 했을 때는 발진한 지 45분이 되었을 때다. 이미 CO-27은 4분지3 광년의 속력으로 태양계 서쪽을 향해 항진 중이었는데 레이더 화면에 세 개의 홀이 나타났다. 홀이 흔들리고 있는 것이 검은 바닥에 금방 빗방울이 떨어진 것 같다. 모두 정면에 펼쳐진 영상 화면을 응시했다. 블랙홀의 지름은 5km 정도. 다시 컴퓨터가 보고했다.

"그 뒤쪽으로 블랙홀이 펼쳐져 있습니다."

화면에는 나타나지 않았지만 파장이 체크 된다는 뜻이다. 이른바 지뢰밭이다. 한기석이 부함장 양문호에게 지시했다.

"우회하자."

"예, 우회 하겠습니다."

복창한 양문호가 지시하자 CO-27은 동체를 천천히 우측으로 꺾는다. 진동이 울리면서 우주를 날고 있다는 느낌이 그때서야 전해져온다.

우주항진 2시간 15분 경과, 이준택의 옆으로 최정인이 다가와 섰다.

"식사 안 해요?"

머리를 든 이준택이 최정인의 무표정한 얼굴을 보았다. 3초쯤 시선이 마주쳤을 때 최정인의 시선이 먼저 떼어졌다.

"난 아직 정하지 않았어."

혼잣소리처럼 이준택이 말하자 최정인의 이맛살이 찌푸려졌다.

"무슨 말이예요? 식사 안하냐고 했더니?"

"난 대위의 마음속 의문에 대답한 것이라고."

최정인의 얼굴이 굳어졌고 이준택이 말을 잇는다.

"갈릴레오에서 정착할지 아니면 워싱턴 행성으로 갈지 또는 중국과 미국이 행성 쟁탈전을 벌이고 있는 시은 행성으로 갈지…….''

시은 행성이란 광속우주선으로 3년 정도의 거리에 있는 신(新) 행성이다. 발견한 사람이 한국인 이시은 박사여서 시은 행성이라고 불린다. 창밖의 검은 우주를 향하고 선 이준택이 말을 잇는다.

"또는 전투함 하나를 구해서 우주를 떠도는 무국적 해적선이 되든지."

"어때요?"

최정인이 검은 우주를 향하고 선 채 물었다.

"새로운 행성 하나를 찾아서 새 한국을 세우는 것 말예요."

그때 머리를 돌린 이준택이 최정인을 보았다. 놀란 듯 두 눈이 크게 떠졌다.

"새 한국?"

"그래요."

이준택의 시선을 받은 최정인이 말을 잇는다.

"제9 은하계 쪽으로 가면 지구와 비슷한 환경의 행성이 여러 개 있다고 들었어요. 물론 소문이지만 말예요."

"……."

"전투함 편대를 만든 후에 한국인을 모으는 거죠. 다른 종족도 좋아요. 나중에 지구에서 한국인을 데려와도 될 테니까."

"……."

"우주선으로 8년 거리라지만 지름길이 있을지 몰라요. 화이트홀에 빠지면 10분 만에 도착할 수도 있겠죠."

"잠깐."

최정인의 말을 막은 이준택이 시선을 떼지 않은 채 묻는다.

"지금 나하고 같이 행동하겠다는 뜻인가?"

그러자 최정인이 잠자코 이준택을 보았다. 5초쯤 그렇게 시선을 주고 나서 최정인이 다시 입을 열었다.

"자, 12A. 내 머릿속을 읽었죠?"

이준택은 최정인의 눈 주위가 붉어져 있는 것을 보았다. 눈동자가 번들거리고 있다. 최정인이 붉은 입술을 달싹여 말을 잇는다.

"당신이 싫어요. 이렇게 끌려드는 내 자신은 더 싫고."

"비상!"

컴퓨터에 녹음된 목소리가 울렸을 때는 발사된 지 4시간25분이 되었을 때다. CO-27호는 시속 1광년의 속력으로 갈릴레오 행성을 향해 항진 중이었다. 스피커에서 다시 목소리가 이어졌다.

"좌표 715-423 지점에서 시속 1.5광년의 속력으로 접근하고 있음."

이준택이 정면에 펼쳐진 레이더 영상 화면을 보았다. 서북방에서 붉은 점하나가 다가온다. 시속 1.5광년이면 빠르다. CO-27호는 최고 속력이 1.2광년밖에 되지 않는다

"전투함이다."

옆쪽에 서 있던 한기석이 화면을 응시한 채 말했다.

"항로를 바꾼다. 좌표 434, 529. 전속력!"

복창한 부항해사가 우주선의 방향을 틀었다. 이제 살아남은 조종실 요원은 모두 투항했다. 그때 부함장 양문호가 말했다.

"소장 각하! 중국 전투함입니다!"

예상하고 있었으므로 한기석이 머리만 끄덕였고 양문호의 말이 이어졌다.

"통신을 요구하고 있습니다."

동체에 진동이 느껴졌다. 방향을 꺾은 우주선이 접근하는 전투함의 반대 방향으로 달아나고 있다. 전투함과의 거리는 135만km. 속력이 떨어지는 터라 달아나도 언젠가는 잡힌다. 더구나 전투함은 사정거리 10만km의 20인치 대구경 원자포를 탑재하고 있다. CO-27은 사정거리 2만km인 10인치 구형 원자포가 있을 뿐이다. 조종실의 시선을 받은 한기석이 머리를 끄덕였다.

"좋다. 통신을 개방해라."

지금까지 통신을 차단시키고 있었던 것이다. 양문호가 지시하자 통신장이 스위치를 켰다. 그러자 3초쯤 지났을 때 정면에 대령 군복 차림의 동양인 영상이 나타났다. 전투함 함장이다.

"난 태양계 제2함대 소속 순양함 CA-7호 함장 왕산이다."

사내의 목소리가 조종실을 울렸다. 붉은 얼굴로 눈은 치켜뜨고 있었는데 위압적인 분위기다. 사내가 말을 잇는다.

"즉시 멈춰 서지 않으면 발포하겠다. 알겠나? 나는 CO-27이 명령에 불응하면 격침 시키라는 명령을 받았단 말이다."

"난 한기석 대구 우주기지 소장이다."

이맛살을 찌푸린 한기석이 소리쳤다.

"난 총통의 지시를 받고 출항했다. 총통께 문의해라!"

"무슨 소리!"

왕산이 버럭 화를 냈지만 눈동자가 흔들렸다.

"거짓말하지 마! 이 조선인 놈아!"

"이런 개자식. 너 종족차별로 명령을 무시하는 것이로군."

한기석이 잇사이로 으르렁거리며 말한다.

"총통의 비밀지시 127번이다. 총통실에 확인해 보도록! 그렇지 않으면 네 놈 사령관까지 목이 잘리게 될 테니까."

"무엇이?"

이준택은 눈을 치켜뜬 왕산의 눈동자가 흔들리는 것을 보았다. 갈등, 당황, 의심의 표정을 본 이준택의 12A 유전자가 그렇게 왕산의 머릿속을 읽었다. 그때 한기석의 목소리가 이어졌다.

"총통실 코드 넘버는 2K3Q5PT다. 기억해두도록!"

그러고는 한기석이 손을 뻗어 통신을 차단시켰다. 한기석이 머리를 돌려 조종실 안을 둘러보았다. 얼굴에 쓴웃음이 내려져 있다.

"코드 넘버는 맞아. 우주기지와 총통실 간의 특급 기밀을 취급하는 코드야. 이걸 확인하려면 총통과 비서실장 그리고 우주 총국장 셋의 비밀번호를 맞춰야 돼."

창밖의 우주로 시선을 돌린 한기석이 말을 잇는다.

"내가 꾸민 트릭은 여기까지야. 그 다음부터는 운에 맡겨야 돼."

"이 속도로는 117분 후에 순양함의 미사일 사거리에 닿습니다."

부항해사가 소리쳐 보고했으므로 조종실의 가라앉은 분위기가 깨졌다.

이준택이 한기석 대신 묻는다.

"미사일이 닿을 거리까지 계산하면?"

"142분."

부항해사가 바로 대답했다.

"미사일 요격 장치가 없어서 대공포 5정으로 맞춰야하는데 확률은 3% 정도입니다."

그러고는 덧붙인다.

"미사일 1기에 대한 확률입니다. 2기가 날아오면 0.02%. 3기면······."

그때 상황 컴퓨터가 보고했다.

"전방 24분 거리에 블랙홀 발견!"

모두의 시선이 영상 화면으로 옮겨졌다. 블랙홀이 레이더에 물결치는 소용돌이로 나타나있다.

"방향을 바꿔야 합니다."

양문호가 말했을 때 컴퓨터의 보고가 이어졌다.

"5분 후에 블랙홀의 영향권 안에 들어가게 됩니다."

이제 블랙홀은 우주의 태풍 정도로 인식되어 있어서 일찍 피하기만 하면 된다. 오히려 지구의 태풍보다 위험도가 낮을 수도 있는 것이다. 그때 한기석이 이준택을 보았다.

"들어가자."

"네?"

되물었던 이준택이 한기석의 눈을 잠깐 보더니 심호흡을 했다.

"알겠습니다."

한기석의 의도를 안 것이다.

"아앗!"

놀란 최정인이 책상 귀퉁이를 잡았지만 몸이 한쪽으로 기울었다. 그도 그럴 것이 CO-27호는 왼쪽으로 기울어진 채 블랙홀로 끌려 들어가고 있다. 엔진을 정지시켜 놓은 터라 만년필처럼 생긴 동체가 천천히 회전하면서 빨려 간다. 그때 이준택이 최정인의 허리를 한 팔로 감아 당겼다. 그러자 중심을 잡은 최정인이 발로 바닥을 밟고 몸을 세웠다.

"됐어요."

하고 최정인이 이준택을 본 것은 허리를 감은 팔을 떼라는 표시였다. 그때 이준택이 다른 한 손으로 최정인의 허리를 함께 감더니 끌어당겼다. 그때 다시 우주선이 회전하면서 둘의 몸이 반대쪽으로 기울었다. 이번에는 각도가 컸기 때문에 둘은 미끄러져 이준택의 등이 벽에 붙었다. 그러자 최정인의 몸은 빈틈없이 이준석의 품안에 안긴 꼴이 되었다.

"놔요."

얼굴이 새빨개진 최정인이 말했다가 이준택의 시선과 부딪쳤다. 그리고 2초쯤 지났을 때 최정인이 눈을 감았다. 이준택은 머리를 숙여 최정인의 입술에 키스했다. 최정인은 잠자코 이준택의 입술을 받는다. 그때 우주선이 다시 천천히 기울기 시작했다. 밖의 우주공간은 온갖 색채로 뒤엉켜진 소용돌이 속이다. 그러나 조용하다. 이제는 우주선이 왼쪽으로 눕혀졌으므로 둘은 부둥켜 안은 채 옆으로 뒹굴었다. 그러나 둘의 입술은 떼어지지 않았다. 블랙홀로 빠져든 지 10여분, 조종실 아래층의 대기실에 들어가 있던 최정인은 갑자기 방안으로 들어선 이준택을 맞아 놀라고 자시고 할 여유가 없었다. 우주선이 뒤집힌 채 빨려드는 상황이었는데 그 와중에도 이준택이 찾아온 것이다. 그때 입술을 뗀 이준택이 최정인의 바지 지퍼를 내리면서 말했다.

"대위, 널 갖고 싶다."

그러자 최정인이 이준택의 손목을 움켜쥐며 말했다.

"내 이름을 부르고 말해요."

최정인이 두 눈을 치켜떴고 가쁜 숨이 이준택의 턱에 닿았다. 이준택이 다시 지퍼를 내리면서 말했다.

"정인이 널 갖고 싶다."

그러자 최정인이 이준택의 손목을 쥔 손을 놓더니 허리를 들었다. 바지가 벗겨지는 것을 돕는 것이다. 금방 하체가 알몸이 된 최정인이 두 손으로 이준택의 몸을 감싸 안으면서 말했다.

"빨리."

그때 우주선이 한 바퀴 뒤집히면서 이제는 빙글빙글 돌았다. 창밖으로 휘황찬란한 색깔의 소용돌이가 휘몰아치고 있다.

"아앗."

최정인의 입에서 신음이 터졌다. 바지를 벗은 이준택의 남성이 최정인의 몸과 합쳐졌기 때문이다.

"아아아."

두 다리를 치켜든 최정인이 탄성을 뱉었고 방안에는 열기가 휘몰아치기 시작했다. 이준택이 거칠게 허리를 움직이자 최정인이 소리쳤다.

"아, 좋아요. 준택 씨."

"아아아앗."

절정에 오른 최정인이 온몸으로 이준택을 부둥켜안았다. 방안은 뜨거운 열기와 정액 냄새로 가득 차 있다. 그 순간 이준택도 폭발했으므로 둘의 몸은 그 자세 그대로 돌덩이처럼 굳어졌다.

"아아아."

다시 최정인의 입에서 긴 탄성이 터졌을 때 이준택이 입술로 막았다. 이준택은 최정인이 만족한 섹스를 했다는 것을 안다. 입술을 떼었을 때 최정인이 가쁜 숨을 뱉으면서 말했다.

"너무 좋았어요, 준택 씨."

"나도 그래."

이준택이 땀에 젖은 최정인의 이마와 콧등에 입술을 붙였다.

"정인아."

그러자 최정인이 이준택의 볼에 입술을 붙였다 떼었다.

"우린 이렇게 될 운명 같았어요."

"그걸 이제야 느낀 거야?"

쓴웃음을 지은 이준택이 최정인의 몸을 다시 한 번 부둥켜안았다.

"난 너를 처음 본 순간에 느꼈어."

그 순간 머리를 든 이준택이 창밖을 보았다. 소용돌이가 멈춰 있다. 그러고 보니 우주선의 떨어지는 속도도 느려져있다. 블랙홀의 끝부분에 닿은 것이다.

지구에서의 태평양은 망망대해다. 끝없이 이어지는 바다 그리고 수평선. 최정인은 태평양을 시속 1500km의 전투헬기로 횡단한 적이 있다. 그때도 번개처럼 지나는 전투헬기의 창밖을 보면서 광대한 태평양을 실감했었다. 그런데 보라, 이 우주를. 대평양을 안고 있는 지구가 그야말로 먼지 한 점보다도 작은 존재라는 것을 또 실감한다.

"여긴 아무래도 새 행성군 같다."

마침내 우주 전체도와 비교를 끝낸 한기석이 체념한 얼굴로 말한다. 둘러선 항해자들은 반론을 내지 못한다. 최정인도 창에서 시선을 떼고는 시선을 준다. 한기석의 말이 이어졌다.

"가자, 앞으로."

블랙홀에서 빠져나온 지 15분, CO-27 우주선은 막막한 우주에 떠있는 상태다. 그들을 뱉어놓은 블랙홀은 우주의 또 다른 심연으로 사라져버렸으므로 주위는 검은 심연이다. 위쪽, 아래쪽 그리고 좌측에 은하계가 떠있었지만 우주 전체도에 그 어느 한 점도 맞지 않는다. 수억 개의 별 중 단 하나만 일치되었다고 해도 컴퓨터는 금방 좌표를 잡아내었을 것이다. 따라서 그들은 전혀 새로운 공간, 전인미답의 우주에 뱉어진 것이다. 엔진 음이 울리더니 CO-27이 움직이기 시작했다. 양문호의 시선을 받은 한기석이 말했다.

"그래, 이 우주는 '코리아'로 부른다."

그것으로 '코리아' 우주는 지금까지 발견된 47번째 우주가 되었다. 그리고 '코리아' 우주의 첫 시민은 11명, 그중 여자는 최정인 하나뿐이다.

코리아 우주 항해 123일째, 우주선 CO-27호는 본래 이민용으로 제작된 대형 우주선으로 길이는 357km, 폭이 38m의 원통형으로 발사대에 세워 놓았을 때는 분리될 연료통까지 포함한 길이가 470m에 이르렀다. 우주선 안에는 장거리 항해를 위한 각종 시설이 갖춰졌고 순시정 2척에 구명정 15척까지 탑재되어 있는 것이다. 본래 승객 250명을 태우고 2천 톤의 하물을 실을 수 있도록 설계된 우주선이다. 5년간 항해에 충분한 생필품이 실려 있는 터라 보급품 걱정을 할 필요는 없다.

"분위기가 이상해지고 있어."

이준택이 말하자 최정인이 머리를 끄덕였다. 우주선 하물 창고 앞이다. 둘은 감시 카메라 사각지역인 통로 끝 쪽의 하물 상자 뒤에 마주보고 서있다.

"날 보는 시선이 싫어요. 신경이 곤두서."

이맛살을 찌푸린 최정인이 말을 잇는다.

"모두 그래. 이젠 두 상사까지."

두 상사란 그들의 부하인 정기복과 오철을 말한다. 이준택의 시선을 받은 최정인이 얼굴을 일그러뜨리며 웃었다.

"당연한 일이죠. 여자는 나 하나뿐이니까. 더구나 목표도 없이 떠도는 우주선 안이니까요. 아무리 규율을 잡아도 본능은 억제시키지 못해요."

"……."

"이러다 무슨 일이 일어날까 걱정이 돼요."

"한 소장은 내 외삼촌이야."

불쑥 말한 이준택이 최정인의 표정을 보고 쓴웃음을 지었다.

"내 하나뿐인 혈연이지."

"어, 어떻게……."

"기록으로는 남아있지 않아. 날 낳자마자 어머니가 죽었기 때문에 외삼촌이 날 입양시키고 나서 기록을 지웠으니까……."

"……."

"하지만 외삼촌은 날 주시하고 있었어. 난 17구역에 있을 때 외삼촌의 연락을 받고 처음 그 사실을 알게 되었던 거야."

"그랬군요."

"외삼촌은 가족이 없어. 그도 내가 유일한 혈육이야."

그러고는 이준택이 최정인을 보았다.

"같이 행동해야 돼. 우리 셋만은."

이준택이 '셋'이라는 단어를 강조했다.

항해 131일째, 우주선은 시속 5분지1 광년의 속도로 진행하고 있었지만 아무 일도 일어나지 않았다. 은하계 두 곳이 더 늘어났지만 너무 멀어서 우주선으로 10만 년이 걸리는 거리다. 좌표상 그 어느 곳에도 일치되지 않는 위치. '코리아 우주'의 넓이는 무한대다. 컴퓨터는 1천억 광년 이상을 무한대로 표시하는 것이다. 우주선 안은 음울한 분위기로 덮여져 있다. 온갖 오락시설과 운동시설 그리고 성적 욕구 해소를 위한 인조인간까지 구비되어 있었지만 사내들의 불만은 채워지지 않는 것 같다. 사내들이란 한기석과 이준택을 제외한 8명을 말한다. 그 8명중에 이제 정기복과 오철 두 상사도 끼어 있다.

"위기관리 시스템을 작동시켜 탑승원 생체 분석을 했다."

131일째 되는 날 저녁, 식사를 마치고 셋이 남았을 때 한기석이 말했다. 그 셋이란 이준석과 최정인을 포함한 셋이다. 이제 셋은 자주 모인다. 지휘관 급이어서 이상하게 보지는 않지만 셋은 나머지 8명으로부터 자연스럽게 소외되었다. 둘의 시선을 받은 한기석이 쓴웃음을 지었다.

"현 상황을 그대로 분석시켰더니 결과가 어떻게 나온지 아나?"

"……."

"17일 후에 반란이 일어난다."

한기석이 손목에 찬 팔고리를 탁자위로 기울였다. 그러자 탁자위에 손바닥만 한 화면이 떴고 그 화면에 사람 이름이 순서대로 나열되었다.

"이게 반란을 일으킬 놈들의 순서다."

명단을 본 이준택이 입맛을 다셨다. 정기복과 오철이 1,2위였기 때문이다. 그 다음이 부기관장, 부항해사의 순서다. 한기석이 말을 잇는다.

"목적 없이 방황하는 터라 어쩔 수가 없다. 빨리 손을 쓰는 것이 최상의 방법이야."

"어떻게 말입니까?"

이준택이 묻자 한기석은 심호흡을 하고나서 대답했다.

"순시정 1척, 구명정 5척을 내줄테다."

한기석이 번들거리는 눈으로 둘을 보았다.

"둘씩 또는 셋씩 또는 혼자 있고 싶다는 놈은 혼자서. 그렇게 각자 흩어지는 거다."

둘의 시선을 받은 한기석이 얼굴을 일그러뜨리며 웃었다.

"이제 우리는 이 광대한 우주에 뿌려진 씨앗이나 같다. 암수 균형이 맞지 않은 채 뭉쳐 있으면 안 된다."

"외삼촌."

마침내 이준택이 한기석을 외삼촌으로 불렀다. 이준택이 상기된 얼굴로 한기석에게 말한다.

"그럼 순시정 한 척, 구명정 5척에 8명을 나눠 싣고 떠나보낸단 말입니까?"

"그렇다."

정색한 한기석이 이준택을 보았다.

"그 전에 정기복과 오철. 두 상사를 무장해제 시켜야겠지."

"꼭 그래야만 합니까?"

"위험하다. 우리가 선수를 치지 않으면 당하게 되어 있어."

"그렇다고 구명정에……."

"구명정이라고 하지만 크다. 15인이 생활할 공간이 충분하고 식량과 물자를 3년 분 실을 수 있어. 그곳에서 한두 명이 사는 건 오히려 이곳보다 낫다."

"……."

"순시정은 50인 용이지. 그것까지 내준다는 거야. 그래서 뿔뿔이 흩어지는 거야. 그래야 씨가 뿌려질 가능성이 많아지는 거다."

"외삼촌, 그러면 우리들 셋이 이 우주선에 남는 겁니까?"

그러자 한기석이 머리를 들고 둘을 번갈아 보았다.

"아니, 너희들 둘이다."

이준택과 최정인은 숨을 죽였고 한기석이 말을 잇는다.

"너희들 둘이 남는다. 그래서 이곳에다 씨를 뿌려라."

항해 143일째, 저녁식사가 끝났을 때 작전은 순식간에 집행되었다.

"왜 이러십니까?"

이준택이 겨눈 총구를 바라보며 정기복이 쓴웃음을 지은 것은 이럴 줄 알았다는 표정 같았다.

"미안하다."

따라 웃으며 이준택이 말을 잇는다.

"이렇게 내가 먼저 수습하는 수밖에 없었다."

"우릴 모두 없애실 겁니까?"

오철이 묻자 이준택이 머리를 젓는다.

"배와 보급품을 나눠 줄 테니까 떠나라. 그것이 모두를 위해서 낫다."

"그렇군요."

길게 숨을 뱉은 정기복의 시선이 최정인을 스치고 지나갔다. 끈적이는 시선이다.

"그럼 소령님은 대위님하고 이곳에 남으시겠군요."

"그렇다."

"저는 소령님을 순시정에 실어 보내려고 했습니다."

정기복이 말했을 때 오철이 잇사이로 말했다.

"시체를 말입니다."

이준택이 쓴웃음을 지은 순간이다. 정기복이 바지 주머니에서 전투용 대검을 꺼내자마자 이준택을 향해 던졌다. 대검은 초소형 미사일이나 같다. 겨냥하고 던지면 인체의 열을 찾아 정확히 꽂히면서 폭발한다. 그러나 대검은 이준택의 가슴에 맞고 나서 튕겨났다. 대검 끝부분의 전자장치가 부서져 있었기 때문이다. 그때 최정인이 쏜 원자총이 정기복에게 맞았다.

"앗."

외침은 오철의 입에서 터졌다. 정기복의 몸이 원자총에 맞는 순간 분해되고 있었기 때문이다. 이준택이 오철을 향해 원자총을 겨누면서 말했다.

"난 이러지 않고 보내려고 했는데 왜 그런 거냐? 내가 미리 전자장치를 제거했다."

"희망을 잃었기 때문이요."

똑바로 이준택을 응시한 채 오철이 말을 잇는다.

"이건 소령 책임도 아니니까 죄책감 느낄 것 없습니다."

"떠나갈 테냐?"

"혼자 떠날 수 있습니까?"

"구명정 하나를 주마."

"좋습니다."

그렇게 오철의 신변은 정리되었다.

승무원 중에서 부함장 양문호와 또 한명의 한국인 승무원 통신장 박상호가 한기석과 행동을 같이 하기로 해서 셋이 순시정을 차지했다. 나머지 넷은 둘씩 짝을 지었기 때문에 구명정 두 대가 나눠졌고 먼저 구명정 세 대가 우주선을 떠났다. 제각기 엔진이 부착된 구명정이 우주를 향해 흩어진다. 승무원 둘씩은 이쪽에 시선도 주지 않았지만 오철은 창가에 서서 손을 흔들어 주었다. 검은 우주 속으로 회색 구명정이 점점 멀어져 가더니 이윽고 보이지 않았다.

항해 148일째, 한기석이 떠난다. CO-27은 속도를 뚝 떨어뜨린 채 검은 우주를 순항하는 중이다. 우주는 검다. 그저 검은 공간. 48일 동안 쉬지 않고 거의 3,000광년 거리를 전진했지만 '코리아 우주'는 그저 그대로, 공간일 뿐이다. 멀리 떠있는 은하계는 넷. 이름 짓기 좋아하는 한기석도 그저 좌에서 우로 1,2,3,4번 은하계로 부를 뿐이다.

"자, 난 간다."

양문호와 박상호를 먼저 보낸 한기석이 이준택에게 손을 내밀며 웃었다. 눈에 물기가 떠있는 웃음이다.

"네 씨가 우주에 번져 새로운 세계를 창조해내기 바란다."

"외삼촌."

한기석의 손을 움켜쥔 이준택이 마침내 눈물을 쏟았다.

"외삼촌, 이러시지 않아도 되는데요."

"인간이 짐승으로 되돌아가 번성하면 안 된다."

한기석의 시선이 최정인에게로 옮겨졌다.

"난 마지막까지 인간의 존엄, 도덕을 지키려는 거야."

"알겠습니다, 외삼촌."

최정인도 눈물을 쏟으며 말한다. 한기석이 내민 손을 잡은 최정인이 울먹였다.

"새롭고 반듯한 인간을 만들어 번성시킬게요."

한기석이 최정인을 포옹하고 나서 다시 이준택을 힘 있게 껴안는다.

"잘 살 거라, 내 혈육. 코리안 이여."

"외삼촌."

그때 몸을 돌린 한기석이 출구로 들어선다. 통로를 걸어간 한기석이 순시정과 연결된 비상구를 열더니 안으로 사라졌다. 이준택과 최정인은 창으로 옮겨가 옆쪽에 붙여진 순시정을 본다. 길이 45미터, 넓이 7미터의 흰색 순시정이 우주선의 동체에 새끼 고래처럼 매달려 있다. 이윽고 순시정 꼬리에서 불빛이 번쩍이더니 선체가 움직이기 시작했다. 이쪽에서는 순시정의 창이 보이지 않았지만 이준택이 손을 흔들었다. 최정인도 따라 손을 흔든다. 순시정의 선체가 우주선에서 떼어지더니 아래로 하강했다. 그러더니 서서히 좌측으로 전진하기 시작했다. 그리고 다음 순간 뒤쪽 분사구에서 두 줄기 불빛이 번쩍이면서 순시정은 검은 공간 속으로 빨려들듯이 사라졌다.

"외삼촌."

이준택이 입술을 달싹이며 한기석을 부른다. 최정인도 창밖을 응시한 채 입을 열지 않았다. 그때였다.

"박동수."

하고 부르는 소리에 둘은 번쩍 머리를 들었다. 맑은 목소리다. 머리를 돌린 둘은 뒤쪽의 천장에 떠있는 둥근 구체를 보았다. 그때 구체가 다시 부른다.

"서지연."

"누구야?"

이준택이 구체를 노려보며 소리쳐 물었다. 그러나 왠지 반감은 일어나지 않는다. 그때 구체가 말을 잇는다.

"너희들 둘은 박동수와 서지연으로 인연을 맺었다가 다시 이준택과 최정인이 되어서 이곳에 떨어졌다."

구체의 목소리는 남자도 여자도 아니다. 그러나 신비스럽게 느껴졌고 가슴이 따뜻해졌다. 다시 구체의 말이 이어졌다.

"내가 너희들의 간절한 소원을 들어준 거야. 이제 너희들은 이곳에서 다시 시작하게 된다."

"당신은 신입니까?"

불쑥 최정인이 묻자 맑은 웃음소리가 울렸다.

"아니야. 난 우주를 떠도는 원소일 뿐이야. 그래, 날 신이라고 부르더군."

"우리는 이제 어떻게 됩니까?"

이제는 이준택이 묻자 구체가 잠깐 침묵하더니 말한다.

"이곳에서는 지구가 아직 생성되지도 않았어."

둘은 숨을 죽였고 다시 구체의 목소리가 울린다.

"너희들은 50억 년쯤 후에 지구의 한국이라는 곳에서 박동수와 서지연으로 또다시 만날 거다."

그러더니 낮게 웃었다.

"그리고 이준택과 최정인으로 이어지지 않는다면 다른 이름, 다른 환경으로 만나겠지. 그 변수는 나도 헤아릴 수가 없구나."

그 순간 구체가 사라졌으므로 이준택과 최정인이 서로의 얼굴을 보았다.

"이어지는 거야."

입술만 달싹이며 이준택이 말했을 때 최정인이 머리를 끄덕였다.

"사랑이, 인연이."

이제 둘은 창밖의 우주를 본다. 검은 우주는 그대로였지만 그것을 응시하는 둘의 표정은 편안하다.

기적

1장

"다 도둑놈이야."

최준성이 단언하듯 말하더니 가늘게 뜬 눈으로 김기용을 본다. 형광등 빛에 대머리가 번들거리고 있다. 꼭 계산대 앞쪽에 놓인 삶은 계란 같은 머리, 우유팩을 정리하는 김기용의 옆모습에 대고 최준성이 말을 잇는다.

"방심하면 안 돼. 눈 깜박하는 사이에 사기 당하는 세상이란 말이다."

최준성은 7년간 인테리어 사업을 했는데 동업자가 사기를 치고 도망가는 바람에 거지가 되었다고 했다. 김기용보다 다섯 달쯤 먼저 들어온 순미 누나의 말은 또 다르다. 순미 누나한테는 5년간 여행사를 운영하다가 비행기 추락 사고로 엄청난 보상금을 물었기 때문에 이따위 편의점 사장 신세가 되었다고 말했다는 것이다. 우유팩 정리를 마친 김기용이 다가서자 최준성이 돈을 내밀었다. 세어볼 필요도 없다. 석장, 만 원 권 두 장에 오천 원 권 한 장, 이만 오천 원. 10시간 노동의 대가다. 아니 지금이 8시 반이니까 10시간 반 일했지만 열 시간 보수를 준다. 꼭 10시간 일 끝내고 제품 정리를 시키는 바람에 3, 40분을 더 일하게 만드는 것이다. 시간당 2천5백 원. 한 달 꼬박 일해도 75만 원이다. 돈을 받아든 김기용이 머리를 끄덕하고 인사를 하고는 몸을 돌렸다. 그때 최준성이 등에 대고 소리쳤다.

"야, 소매치기 조심해."

편의점을 나오면서 김기용은 쓴웃음을 짓는다. 지갑에는 지금 받은 2만5천 원하고 백 원짜리 동전 몇 개밖에 없는 것이다. 순미 누나는 점장 최준성이 미쳤다고 했다. 최준성이 만난 군상들은 다 사기꾼, 도둑놈, 강도였다. 앞에 대고는 고분고분 했지만 눈에 보이지 않을 때는 입에 게거품을 물었다. 하기는 김기용 앞에서 순미 누나가 도둑질을 하는 것 같다고 했다. 둘이 있을 때 말을 맞춰본 결과 점장이 순미 누나한테는 김기용이 생수 한 박스를 가져간 것 같다고 한 것도 알게 되었다. 밤 10시부터 다음날 오전 8시까지가 근무 시간이어서 밤을 꼬박 새워야만 한다. 한 달 동안 야근이라 보름이 지난 요즘은 익숙해졌지만 아침에 걸을 때는 다리가 휘청거렸고 몸이 흔들렸다. 지하도 입구로 들어서던 김기용은 바지에 넣은 핸드폰의 진동음을 느끼고는 멈춰 섰다. 핸드폰을 꺼낸 김기용이 발신자 번호부터 보았다. 예상했던 대로 서윤아다. 김기용이 핸드폰을 귀에 붙인다.

"응, 출근했어?"

"응, 넌 퇴근했겠다."

나긋한 서윤아 목소리를 들은 순간 김기용은 어깨를 늘어뜨린다. 지하도 계단의 벽에 어깨를 붙였을 때 서윤아가 묻는다.

"오늘 저녁에 부대찌개 먹을래?"

"그래."

그러자 서윤아가 목소리를 낮췄다.

"그럼 7시 반에 그 집에서 봐, 안녕."

"그래."

휴대폰의 덮개를 닫은 김기용이 다시 지하도 계단을 내려간다. 오후 10시부터 근무니가 같이 있는 시간은 2시간 정도. 그 집이란 편의점에서 도보로 10분 거리에 있는 '포천 부대찌개 집'을 말한다. 하지만 서윤아가 일하는 당산동의 마트에서는 지하철로 한 시간이 걸린다. 스무 살 동갑내기지만 서윤아의 마음 씀씀이가 고맙다.

상계동 15평형 임대아파트는 지은 지 10년이 지나 아파트 벽에 금이 갔고 비상계단 쇠 난간이 군데군데 떼어져 있다. 주위는 재개발단지로 지정되어 철거중이어서 분위기는 더 황량하다. 아파트 문을 열고 들어선 김기용이 놀라 눈을 크게 떴다. 소파에 어머니가 앉아 있었기 때문이다.

"어? 오늘 수원 간다면서?"

엉겁결에 그렇게 물었던 김기용이 집안을 둘러보고는 숨을 삼켰다. 집안은 수라장이 되어있다. 쓰레기통이 뒤집어졌고 TV는 바닥으로 내동댕이쳐졌다. 깨진 그릇이 좁은 주방 바닥에 깔려 있다. 어머니 유선옥이 외면한 채 대답하지 않으므로 김기용은 잠자코 집안 청소를 하기 시작했다. 이혼한 아버지가 다녀간 것이다. 5년 전에 이혼한 아버지 김동균은 2년쯤 전부터 찾아와 어머니를 괴롭혔다. 대낮에도 술 냄새를 풍기고 들어와 돈을 안 주면 행패를 부리는 것이다. 그 동안 어머니나 동네 사람들의 신고로 수십 번 경찰에 잡혀갔고 실형도 세 번이나 살고 나왔지만 악착같았다. 알코올중독이어서 몇달간 요양원에 잡혀 있다가 도망쳐 나오기를 반복했다. 그러고는 집을 옮겨도 귀신같이 찾아오는 것이다. 깨진 그릇을 치우다 발이 찔렸으므로 김기용은 바닥에 주저앉았다.

"다쳤냐?"

그 동안 외면한 채 동상처럼 앉아있던 어머니가 물었으므로 김기용은 그때서야 얼굴을 본다. 아버지한테 맞아서 입술이 터졌고 눈 한쪽은 멍이 들었다.

"내가 죽여 버릴 거야."

시선을 내린 김기용이 잇사이로 말한다. 그러나 어렸을 때부터 맞고 자랐기 때문인지 아버지와 시선만 마주쳐도 온몸이 굳어진다. 실현될 수 없는 일이었다.

"내가 수원에 가야 되는데."

자리에서 일어나려다가 다시 앉은 어머니가 앓는 소리를 내면서 말했다. 손으로 허리를 움켜쥐고 있다.

"응? 다쳤어?"

이번에는 김기용이 묻는다. 발바닥 상처는 피만 조금 나왔다.

"아! 야야야."

어머니가 상반신을 펴면서 다시 신음했다. 아버지한테 맞아 허리를 다친 것이다. 김기용이 어머니의 어깨를 잡아 소파에 조심스럽게 밀어 눕힌다.

"내가 파스 사와?"

"응."

어머니가 눈물이 가득 고인 눈으로 김기용을 올려다보았다.

"기용아."

"왜?"

"내가 허리를 다쳐서 수원을 못가겠는데, 네가 대신 가줄래?"

"그러지 뭐, 먼저 파스 사오고."

"미안해."

"천만에."

가볍게 대답했지만 다시 김기용의 가슴에서 뜨거운 기운이 솟아오른다. 수원에 다녀오면 잠을 잘 시간이 없을 것이다. 그러나 어머니가 일 때문에 몇 번이나 미룬 일이어서 오늘은 가봐야만 한다. 계단을 내려오면서 김기용은 길게 숨을 뱉는다. 수원역 앞 '굿 타임' PC방에서 동생 김수진하고 비슷한 여자애를 본 것 같다는 연락을 받았기 때문이다. 여고 1학년을 다니던 동생 김수진이 가출한 것은 6개월 전이다. 아버지만 오면 깜짝깜짝 놀라기만 하던 수진이 어느 날 달라졌다. 어머니를 패는 아버지 등을 식칼로 찌른 것이다. 상처는 크게 나지 않았지만 더욱 흉포해진 아버지는 모녀를 같이 팼고 다음날 아침에 수진은 가출한 것이다. 떠나기 전날 밤, 그때는 주유소 알바를 하고 밤늦게 들어온 김기용에게 수진이 말했었다.

"병신아, 엄마 잘 지켜."

그때는 무슨 일이 일어났는지 김기용은 몰랐다. 나중에야 자신이 일 나간 동안에 벌어진 소동을 옆집 아줌마한테서 들은 것이다. 병신이라고 한 말도 맞다. 수진의 결단력이라든가 당돌한 성품이 오빠인 자신보다 낫다고 생각했으니까. 아버지가 어머니를 패는 것을 지켜보면서도 김기용은 말 한마디 제대로 못했으니까.

찾아다니는 것도 오래 지나면 지친다. 어머니는 수진이 가출하자 즉시 실종신고를 내었고 처음 며칠간은 만사를 불구하고 경찰서에 가서 살았다. 그러다가 직접 찾아다니기 시작했는데 부산까지 다녀왔다. 동네방네 실종된 여학생을 찾는다는 포스터를 붙였더니 부산에서 장난 전화가 걸려왔기 때문이다. 경찰은 지금도 가출이라고 주장했고 실종이라는 표현을 싫어했다. 석 달쯤 지나면서부터는 하루 일 나가고 하루 찾아다니더니 6개월이 지난 지금은 일주일에 한 번 꼴로 지방을 다닌다. 어머니는 수진이 서울을 떠난 것으로 믿는 것 같았다. 그것은 아버지가 서울에 있기 때문이라는 것이다. 김기용도 꽤 많이 수진을 찾으러 돌아다닌 통에 서울 지리가 훤해졌다. 그래서 나중에 택시 운전사를 하는데 도움이 될 것이라는 생각이 든다.

"못 봤는데."

예상했던 대로 수원역 앞 '굿타임' PC방 주인이 힐끗 포스터 사진을 보더니 뱉듯이 말한다. 그러고는 눈을 가늘게 뜨고 김기용을 보았다.

"동생이야?"

"네."

시선을 내린 김기용이 낮게 대답했다. 키는 1미터 80센티미터를 넘었지만 내성적인데다 겁이 많아서 남과 눈을 오래 마주치지 못한다. 중고등학교 때 원체 말이 없고 티가 나지 않게 다녀서 다행히 왕따나 이지메 따위는 당하지 않았지만 친한 친구도 없다. 중간 성적에 겨우 전문대 전자학과에 입학했다가 1학년 한학기만 마치고 휴학했다. 등록금을 낼 형편이 못되었기 때문이다.

"언제 나갔는데?"

PC방에는 손님이 딱 두 명, 중년 사내 둘뿐이었다. 심심했는지 40대쯤의 주인이 포스터를 부채처럼 얼굴 앞으로 흔들면서 물었다.

"예, 6개월이 지났는데."

"허어."

입맛을 다신 주인이 다시 수진의 포스터 사진을 보았다. 중학교 때 찍은 사진으로 수진이 흰 이를 드러내고 웃는다. 귀여운 표정이다. 주인이 물었다.

"요즘 애들 어떻게 노는지 알지?"

"예."

"누가 여기서 애를 봤대?"

"예. 친구 하나가."

그러고는 김기용이 서둘러 덧붙인다.

"비슷한 얼굴을 봤다고……."

"언제?"

"한 달쯤 전에……."

"지나다가 들렀을 수도 있지."

그러더니 다시 눈을 가늘게 뜨고 포스터 사진을 본다.

"손님 잡으려고 말이야."

"……."

"원조교제는 요즘 하도 흔해서."

그때 김기용이 사내에게 손을 내민다.

"저, 그, 사진 주세요."

왠지 수진의 사진이 사내의 손에 들려 있는 것이 싫었기 때문이다.

"눈이 빨개."

김기용을 보자마자 서윤아가 말한다. 둘은 지금 '포천 부대찌개 집' 앞에 서 있다. 오후 7시 25분. 잠을 세 시간밖에 자지 못했다. 서윤아가 가방에서 손수건을 꺼내더니 내밀었다.

"눈 닦아."

김기용이 손수건으로 눈을 닦고는 제 주머니에 넣는다.

"빨아서 줄게."

"너 가져."

그러더니 서윤아가 앞장서 식당 안으로 들어선다. 식당 안은 손님이 많았는데 대부분이 젊은 층이다. 싸고 양이 많은데다 맛도 꽤 좋았기 때문이다. 구석자리를 겨우 찾아 부대찌개를 시킨 서윤아가 묻는다.

"술 마실래?"

"안 돼."

"점장하고 교대하는 게 아니잖아?"

"술 마시면 졸려서 안 돼."

"그럼 나만 마실게."

하더니 서윤아가 손을 들고 소리쳐 소주를 시켰다. 서윤아하고 사귄 지 4개월째가 되어가고 있었지만 항상 이렇다. 주도권을 서윤아가 쥔다. 만나자는 약속도, 시간도, 장소도, 그리고 헤어질 때도 서윤아가 정한다. 김기용은 그냥 따르는 편이다. 서윤아를 만나게 된 것은 수진의 포스터를 슈퍼마켓의 벽에 붙였기 때문이다. 꽤 큰 슈퍼마켓이었는데 주인이 쫓아 나와서는 당장 떼라고 소리를 질러서 김기용은 말없이 떼어주었다. 그랬더니 주인이 미안했는지 사연을 묻기에 김기용은 더듬거리며 털어놓았다. 그 사연을 주인과 경리를 보던 서윤아, 주인마누라까지 셋이 나란히 서서 듣더니만 슈퍼마켓의 벽에 다시 포스터가 5장이나 붙었다. 주인이 도와주라고 해서 서윤아는 포스터 붙이는 것을 거들었다. 그리고 다음날 오후에 전화를

해온 것이다. 물론

'네 전번 알려줘.'

하고 풀 묻은 손을 내민 것도 서윤아였다. 서윤아는 소주 한 병을 부대찌개 안주로 다 마셨다.

"난 널 좋아해."

서윤아가 붉어진 얼굴로 김기용을 쏘아보며 말했다. 시선을 내린 김기용에게 서윤아가 말을 잇는다.

"근데 좀 박력이 있었으면 좋겠어."

"……."

"이게 뭐니?"

그러더니 서윤아가 상체를 숙이고 김기용과의 거리를 좁혔다.

"너, 뭘 기다려?"

김기용은 숨을 죽인다. 넉 달이 되도록 키스도 못했다. 손만 몇 번 잡았을 뿐이다. 그렇다, 안 한 것이 아니라 못했다.

편의점에 들어섰을 때는 정확히 9시 50분. 무료한 표정으로 서 있던 순미누나가 활짝 웃는다. 가지런한 이가 드러났고 맑은 눈이 반짝였다. 미인이다. 긴 생머리를 뒤에서 묶어 말꼬리처럼 만든 것도 마음에 든다.

"조금 전에 아줌마가 다녀갔어."

계산대에서 나온 순미누나가 탈의실로 다가가며 말했다. 아줌마란 점장최준성의 부인을 말한다. 교대시간 전에 와서 그 동안의 판매 대금을 잔돈만남겨두고 가져가는 것이다. 옷을 갈아입고 나온 순미 누나가 계산대 앞에 서더니 눈을 크게 뜨고 김기용을 본다.

"너, 잠은 제대로 잤니?"

"응."

시선을 내린 김기용이 대답하자 순미 누나가 길게 숨을 뱉는다.

"얼굴이 안됐다. 잠이나 잘 자."

그러고는 몸을 돌리는 순미 누나의 등을 향해 김기용이 말한다.

"누나, 잘 가."

"그래."

손만 들어 보인 순미 누나가 밖으로 나갔을 때 김기용은 어금니를 문다. 뭔가 할 말이 있는 것 같았지만 항상 순미 누나 앞에서는 말이 막힌다. 그것이 혹시 순미 누나의 알몸을 떠올리며 자주 자위를 하기 때문이 아닐까? 여자 친구인 서윤아를 대상으로 삼는 경우는 열 번에 한두 번 정도일 뿐이다. 순미 누나도 역시 휴학생이다. 그러나 일류 여대인 대한여대 3학년 1학기를 마치고 휴학했다. 그것도 경쟁률이 높은 영문과. 이순미는 김기용에게 유일한 희망을 주는 대상이다. 이순미만 떠올리면 가슴이 뛰고 기운이 솟기 때문이다. 그 외에는 아무것도 없다.

핸드폰의 발신자 번호가 생소했으므로 김기용은 한동안 망설였다. 예감이 수상했기 때문이다. 그러나 결국 자신이 받고야 말리라는 예상 또한 들었으므로 김기용은 울고 싶어졌다. 편의점의 벽에 걸린 소주회사 시계가 오전 2시 10분을 가리키고 있다. 김기용은 마침내 핸드폰을 귀에 붙인다.

"여보세요."

"이 새끼, 왜 전화를 지금 받아!"

버럭 외치는 목소리. 아버지다.

김기용은 이를 악물었지만 끊지는 못한다. 그것을 아버지가 알고 있다고 생각하자 가슴이 답답해졌고 목까지 메었다. 이러다간 눈물이 쏟아질 것이었다. 그때 아버지가 소리쳤다.

"너, 인마. 어디야!"

"왜요."

목이 잠겨서 목소리가 겨우 나왔지만 아버지는 알아듣는다.

"왜긴 왜야? 이 상놈의 새끼. 너, 지금 어디 있느냔 말이야!"

아버지의 목소리는 취했다. 전화번호가 일반 번호로 나온 것은 공중전화였다. 99% 예상했다. 나머지 1%가 집나간 동생 수진이가 한 전화. 김기용은 가만있었으므로 아버지 김동균은 더 악을 썼다.

"너, 나한테 죽을래? 이 시발 놈. 너, 내가 집에 찾아가서 아주 죽일 테여. 야, 너, 돈 있지? 돈 10만 원, 아니 5만 원만 가져와. 내가 지금, 여보세요, 아, 시발!"

하면서 통화가 끊겼다. 동전이 다 떨어진 것 같다. 핸드폰을 귀에서 뗀 김기용이 서둘러 배터리를 분리시켰다. 그래놓고 가슴이 벌렁벌렁 뛰었으므로 숨까지 헐떡였다. 그때 술 취한 손님 둘이 들어섰으므로 김기용은 깜짝 놀란다.

오전 3시 40분. 휴대폰에 다시 배터리를 넣은 지 10분도 안되어서 벨이 울렸다. 발신자는 어머니. 어머니의 휴대폰 번호가 찍혀 있다.

"어머니."

김기용이 부르자 어머니는 가만있었다.

"어머니, 왜?"

"나, 아파."

어머니가 목소리는 가늘어서 겨우 알아들었다. 와락 겁이 난 김기용이 편의점 안을 둘러보았다. 이 시간에 손님은 드물다. 한 시간에 서너 명. 대개 술 취한 젊은 남녀. 편의점 안은 텅 비었다.

"어, 어디가 아파?"

김기용이 묻자 어머니의 숨소리가 들렸다. 가쁘다.

"네 애비가……."

"맞았어? 어디?"

소리치듯 묻자 어머니가 가쁜 숨을 뱉으며 말했다.

"배가."

"119 불러!"

"네가 올 수 없어?"

그러고는 어머니가 짧게 흐느꼈다.

"무서워서 그래."

"기다려."

휴대폰의 덮개를 덮은 김기용이 멀거니 앞쪽의 진열대를 보았다. 그때 안으로 남녀 한 쌍의 손님이 들어온다. 김기용 또래의 남녀. 둘 다 술에 취했다. 둘은 삼각 김밥과 우유, 핫도그에다 캔 커피까지 고르더니 계산하는 도중에 계집애가 초콜릿도 집어 와서 시간이 더 걸렸다. 계집애는 쉴 새 없이 재잘대었고 사내는 자꾸 웃었다. 둘이 나갔을 때 김기용은 아직도 손에 쥐고 있던 휴대폰을 본다. 손바닥이 땀으로 젖었다. 한동안 휴대폰을 내려다보던 김기용이 덮개를 열고 버튼을 눌렀다. 그러고는 귀에서 5센티쯤 떼고 기다린다.

"여보세요."

순미 누나의 목소리가 들린 것은 신호음이 세 번 울렸을 때.

"기용이니? 웬일이야?"

걱정스런 순미 누나의 목소리를 듣더니 김기용은 흐느끼듯 호흡했다. 그러고는 마른 목소리로 말한다.

"누나. 엄마가 아파서 그러는데, 내가……."

"알았어, 내가 갈게."

순미 누나가 금방 대답한다. 그러고는 서두르듯 말을 잇는다.

"택시 타고 갈게. 30분쯤 걸릴 거야."

"미, 미안해, 누나."

"끊어."

통화가 끊겼을 때 김기용은 마침내 손등으로 눈물을 닦는다.

"엄마."

놀란 김기용이 현관 앞에 누워있는 어머니를 보고 소리쳤다. 어머니는 비스듬히 누웠는데 몸이 새우처럼 굽혀졌다. 얼굴빛은 종이처럼 하얗고 눈만 붉다.

"기, 용, 아."

겨우 이름을 부른 어머니의 눈에서 눈물이 흐른다. 김기용은 어머니를 들쳐 업었다. 어머니 몸은 가볍다.

"엄마, 죽지 마."

현관문을 열면서 김기용이 다짐하듯 말한다. 어머니가 대답 대신 두 팔로 김기용의 목을 감아 안았다. 그러나 힘이 없다. 감았다가 곧 풀어졌다.

"장 파열이라 수술 해야겠어요."

응급실 의사가 지친 표정으로 말했다.

"급해요, 가족이시죠?"

"예? 예, 제가 아들."

"원무과에다 이야기 했으니까 얼른 수속 밟으세요."

"예."

김기용은 뛰었다. 이리 뛰고 저리 뛰고. 어머니는 그 고통 속에서도 옷을 챙겨 입었고 주머니에 의료보험카드까지 넣었다. 그러고는 병원에 도착했을 때 김기용의 손에 돈을 쥐어 주었다. 병원비로 내라는 돈, 10만 원 권 수표 세 장이 세 번이나 접혀져서 화투짝만 했다.

오전 7시 10분. 수술실 앞 벤치에 쪼그리고 앉은 김기용의 주머니가 진동을 한다. 휴대폰의 진동. 꺼내 본 김기용이 서둘러 휴대폰을 귀에 붙인다. 순미 누나다.

"응, 누나."

"엄마 괜찮으셔?"

"지금 수술중이야."

"응?"

놀란 순미 누나의 목소리가 커졌다.

"아니, 어디가 아프셔서?"

"장 파열!"

다시 흐느끼듯 숨을 삼킨 김기용이 조금 망설이다 말한다.

"넘어지셨어."

"수술 언제 끝나?"

"8시쯤."

"내가 같이 있어줄까? 거기 어디니?"

"아냐, 누나."

당황한 김기용이 손까지 젓는다.

"누나, 됐어. 안 와도 돼."

"내가 점장한테 이야기 잘 해놓을 테니까 걱정 마!"

순미 누나가 그러더니 덧붙였다.

"너 며칠 쉬어. 여기 아니더라도 편의점 알바는 많으니까."

어머니는 아버지한테 발길로 채였다고 했다. 김기용도 맞아봤지만 무지막지한 주먹질 발길질이다. 어렸을 때부터 하도 맞아서 김기용은 매 잘 맞는 복싱 선수처럼 커버링 자세가 제대로 갖춰졌지만 어머니는 다르다. 아버지도 때리는데 도사가 되어서 뭐라고 이야기를 하다가 갑자기 스트레이트를 뻗고 훅을 날린다. 무릎으로 치고 발뒤꿈치로 등을 찍는데 K-1보다 더 악랄하다. 맞고 살면 주눅이 드는 법이다. 스무 살이 된 지금 아버지보다 머리통 하나가 컸지만 시선만 마주쳐도 오줌이 마려운 것이다. 김기용은 수술이 끝나 중환자실로 옮겨진 어머니를 보려고 이제는 중환자실 앞의 벤치에 앉아 있다. 오전 10시 10분. 수술이 잘 끝났는지 모르겠다. 병상에 눕혀진 채 수술실에서 나온 어머니는 의식이 없는 채로 중환자실로 옮겨졌으니까. 그리고 어머니 옆을 따라 오느라고 의사한테 물어보지도 못했다. 수술실에서 나온 의사 두 명이 힐끗거리다가 돌아갔는데 괜히 겁이 나서 시선도 마주치지 못했다. 하룻밤은 꼬박 새웠고 어제도 낮에 세 시간밖에 잠을 못 잤지만 머리는 맑았다. 그러나 몸이 무겁다. 플라스틱 벤치에 엉덩이가 딱 붙은 것 같고 누가 어깨를 누르는 느낌이 든다. 벤치에는 TV를 보고 있는 중년 여자가 한 명 앉아있을 뿐이다. 김기용은 문득 여자 친구 서윤아를 떠올린다. 지금쯤 회사에서 일하고 있을 것이다. 그러나 얼굴이 눈앞에 그려지지 않는다. 눈썹을 모은 김기용이 애써 서윤아의 얼굴 조각을 모으다가 어느덧 잠이 들어 버렸다. 깊은 잠.

"수술비는 얼마나 나왔어?"

오전 12시. 중환자실 면회 시간에 들어간 김기용을 보더니 어머니가 처음 뱉은 말이 그랬다. 어머니의 얼굴은 파리했고 팔에 링거 병이 매달려 있었지만 병원에 실려 올 때보다는 나았다. 옆에 간호사가 있었으므로 우물거리던 김기용이 독촉하는 것 같은 어머니의 시선을 받더니 겨우 말했다.

"아직 모르겠어."

그때 나이든 간호사가 붕대를 치우면서 말한다.

"수술은 잘 끝났대요."

그러더니 힐끗 김기용을 보았다.

"원무과에 가면 생활보호 대상자용 서류가 있어요. 찾아보세요."

그리고는 몸을 돌렸으므로 김기용은 제 붉어진 얼굴을 보이지 않아도 되었다.

"네 아버지한테서 전화 왔지?"

어머니가 묻자 김기용은 시선을 든다.

"응? 왜?"

집에서 어머니를 업고 택시를 타고 병원에 도착해서 응급실을 거쳐 수술을 받고난 지금까지 어머니의 장이 파열된 사연은 듣지 못했다. 이쪽에서 묻지도 않았고 그럴 정신도 없었다. 아버지가 그랬다는 것만 말했을 뿐이다. 그런데 어머니가 전화 이야기를 꺼낸 순간 김기용의 가슴이 무섭게 뛴다. 그렇다면, 아, 그렇다면. 그때 어머니가 말을 잇는다.

"네가 전화를 안 받는다고, 그것도 내가 시킨 게 아니냐고 하면서, 발로 내 배를 찬 거야."

배가 아픈지 어머니가 얼굴을 찡그리며 가쁜 숨을 뱉다가 겨우 말을 잇는다.

"수술하기 전에 마취 받으면서 그냥 이대로 죽고 싶다는 생각이 들었는데, 자꾸 너하고 수진이가 눈에 밟혀서."

"그만!"

김기용이 손바닥으로 어머니의 입을 덮는다. 그러고는 다시 흐느끼듯 숨을 들이켰다. 요즘은 자주 이런다.

"엄마가 죽으면 나도 죽어."

제 입에서 제법 또렷하게 나오는 제 목소리를 들은 김기용이 눈을 크게 떴다. 신기하다. 김기용이 말을 잇는다.

"아마 수진이도 죽을 거야. 그럼 다 죽어. 그 사람만 빼고."

그 사람이란 아버지다.

휴대폰을 귀에 붙인 김기용이 숨을 죽인다. 그때 점장 최준성의 목소리가 울렸다.

"응, 너, 어쩌려고 그래?"

오후 4시. 지금은 순미 누나가 일할 시간이었지만 조금 전에 점장하고 일찍 교대했다. 오늘 새벽부터 김기용 대신 일을 했기 때문이다.

"죄송합니다. 어머니가……."

"아, 들었어."

김기용의 말을 자른 점장의 목소리가 높아졌다.

"오늘 나올 수 있겠어?"

"제가 지금 병원에……."

"못 나온단 말이야?"

"예, 며칠……."

"그럼 알바 다른 애 써야겠다."

점장이 매섭게 말을 자르더니 전화를 끊는다. 예상하고 있었으므로 김기용은 잠자코 휴대폰을 귀에서 떼었다.

오후 5시 반. 왼쪽 주머니에 넣어둔 어머니의 휴대폰이 진동을 한다. 아까 집에 가서 옷가지와 어머니 휴대폰까지 들고 나왔기 때문이다. 휴대폰을 꺼내 본 김기용의 표정이 어두워졌다. 불길한 예감이 들었기 때문이다. 모르는 번호. 또 가정집 전화 같다. 그러나 혹시 어머니가 일하는 가게일지도 모른다. 김기용은 심호흡을 하고는 휴대폰을 귀에 붙였다. 그러나 응답은 하지 않았다. 그때 수화기에서 울리는 사내 목소리.

"너, 말 안 할 거야?"

아버지다. 벌써 취한 목소리다. 숨을 죽인 김기용의 귓속을 아버지의 목소리가 파고들었다.

"너, 이 쌍년. 식당에도 안 나가고 집에도 안 들어오겠단 말이지? 어디 두고 보자."

이를 악문 김기용의 눈에는 아무것도 보이지 않는다.

"그놈의 새끼하고 짜고 날 물 먹이겠다, 이거야? 이 김동균이가 그렇게 당할 놈 같아? 이 쌍⋯⋯!"

마침내 김기용은 휴대폰의 덮개를 덮고는 어깨를 늘어뜨리면서 길게 숨을 뱉는다. 아버지는 지금 집 근처에 있다. 열쇠도 없고 옆집 사람들한테 발각되면 당장 신고가 들어가기 때문에 문을 따고 들어가지는 못한다. 동네 사람들도 김동균이라면 학을 떼기 때문에 어디 숨어있을 것이었다. 그때 오른쪽 바지 주머니에 넣은 제 휴대폰이 진동을 했으므로 김기용은 깜짝 놀란다. 휴대폰을 꺼내 본 김기용은 같은 번호가 찍혀져 있는 것을 보았다. 조금 전 어머니의 휴대폰에 찍힌 번호와 같은 것이다. 김기용은 휴대폰을 다시 주머니에 넣었다. 아예 배터리를 빼버릴 배짱은 없다.

김기용은 중환자실 앞 플라스틱 벤치에 앉아 깜박 잠이 들었다. 머리가 비틀려졌고 입 끝에서 침이 흘러나오고 있었지만 얼굴은 평온하다. 지금 김기용은 꿈을 꾸고 있는 것이다.

"오빠 고마워."

김기용이 용돈으로 준 10만 원 권 수표를 흔들면서 수진이 활짝 웃는다. 그때 아버지가 나타났다. 아버지도 웃음 띤 얼굴이다.

"나, 네 엄마하고 제주도 여행 다녀올 테니까 집 잘 봐라."

"예, 아버지."

김기용은 아버지가 하나도 무섭지 않다. 아버지가 주머니에서 만 원짜리 한 장을 꺼내 내밀었다.

"이것으로 네 등록금 내."

"아버지, 돈이 모자라는데."

그러자 어머니가 나타나더니 깔깔 웃는다.

"애 좀 봐, 모자라다니. 등록금이 5천 원으로 내렸어. 5천 원 남아, 이 바보야."

"그래?"

김기용이 따라 웃으며 말했다.

"학교가 미쳤나봐."

수진이도 웃었고 네 식구가 다 웃었다.

"학생."

누가 어깨를 흔드는 바람에 김기용은 잠에서 깨어났다. 나이든 아줌마가 내려다보고 서있다. 주변에 사람들이 많다.

"학생, 면회 안 해?"

아줌마가 묻자 김기용은 서둘러 일어나다가 침 흘린 것을 느끼고는 손등으로 입을 닦는다. 벌써 오후 7시. 면회시간이 되었다.

다음날 오후에 외할머니가 오셨다. 그러니까 어머니가 병원에 입원한 지 사흘째가 되는 날 오후다. 어머니는 이제 6인실로 내려가 있었는데 내일부터는 죽을 먹는다고 했다. 충북 보은군의 산골마을에서 혼자 사시는 외할머니는 묘지기다. 할머니는 외딴집 뒤쪽 산에 있는 10여 기의 묘를 관리해주고 일 년에 두 번씩 수당을 받는다고 했다. 전에는 외삼촌하고 둘이 일했는데 외삼촌이 10년 전에 차 사고로 죽은 후부터는 혼자 일한다. 외숙모는 외삼촌이 죽은 지 얼마 안 되어서 보험금을 타자마자 도망을 갔고 외할아버지는 김기용이 태어나기도 전에 돌아가셨다고 했다.

266

"어이그, 이 불쌍헌 내 새끼!"

6인실 입구에서 김기용을 만났을 때 할머니가 주름투성이의 얼굴을 더 일그러뜨리며 말했다. 목소리가 커서 김기용은 얼굴부터 붉혔다. 할머니가 김기용의 손을 잡는다. 굵고 단단한 손이다.

"네 에미 어딨냐?"

"저기."

김기용이 눈으로 가리켰을 때 이미 6인실의 환자와 가족은 모두 이쪽을 보는 중이었다. 어머니는 왼쪽 가운데 자리였는데 이미 얼굴이 눈물범벅이다.

"엄니."

"아이그, 이년아. 이 썩을 년아."

버럭버럭 소리를 친 할머니가 철퍼덕 침대 앞에 주저앉더니 손바닥으로 병실 바닥을 쳤다.

"아이고오! 아이고오,! 내 딸 불쌍혀서 어쩌끄나! 이 쳐 죽일 놈을 내가 낫으로 모가지를 비어야지! 아이고오! 아이고오!"

어머니는 흐느껴 울었고 김기용은 창피해서 문밖의 벽에 등을 붙이고 선 채 안으로 들어가지 못했다. 그렇다고 도망갈 수는 없는 노릇이다. 할머니한테는 어머니가 수술해서 병원에 있다고만 했을 뿐인데도 아버지한테 맞았다고 믿는 것이다. 맹수 같고 독사 같은 아버지였지만 할머니한테는 함부로 덤비지 못했다. 몇 년 전에는 할머니가 시골에서 낫을 들고 올라와 휘두르는 바람에 아버지는 계단을 뛰어내려 도망가다가 넘어져서 한동안 절름거리고 다녔다. 한동안 떠들썩하고 울고 소리를 지르다 할머니가 밖으로 나왔을 때는 10여 분이 지난 후였다. 김기용의 앞에 선 할머니의 얼

267

굴은 말짱했다. 키는 작고 체구도 왜소했지만 할머니는 아직 정정하다. 어머니를 결국 이혼시킨 것도 할머니였다. 할머니가 경찰서, 사법서사, 변호사까지 찾아다녔고 나중에는 묘 주인 중의 아들 하나에까지 하소연을 해서 결국 이혼을 시킨 것이다. 그 묘 주인의 아들이 유명한 대장 검사라고 했다. 그 덕분으로 아버지는 이혼을 당한데다가 상해죄로 6개월 형까지 살고 나왔으니 외할머니가 원수 같았을 것이다. 그러나 외할머니가 나타나면 주위에 얼씬대지 않았다.

"이리 오너라."

하고 할머니가 김기용을 데려간 곳은 복도 끝 쪽의 휴게실이다. 구석의 의자에 나란히 앉았을 때 외할머니가 묻는다.

"수진이는 언제 오냐?"

그 순간 김기용은 어머니가 수진이 가출한 사건을 말하지 않았다는 것을 알아차렸다. 심호흡을 한 김기용이 외면하고 말한다.

"학교 끝나고 과외 받는다고……."

"그래?"

머리를 끄덕인 할머니가 손을 뻗어 김기용의 손을 움켜쥐었다. 손이 나무 토막 같다.

"기용아, 내가 니 엄마 데꼬 갈란다."

"예에?"

놀란 김기용의 손을 할머니가 더 세게 쥐었다.

"그 미친놈이 나한테는 찾아오지 못할 거다. 오먼 내가 제초기로 모가지를 떼어버릴 테니께."

"……."

"니 엄니는 내비 두면 죽는다, 아나?"

"예, 할머니."

"이따 수진이 오면 같이 데꼬 가야 쓰겄다. 수진이는 보은으로 전학을 시키면 된다."

그 순간 갑자기 눈이 흐려졌으므로 김기용은 서둘러 외면한다. 할머니는 결국 어머니하고 수진이를 데려가지 못할 것이라는 생각이 들었기 때문이다. 수진이를 찾지 못한 어머니가 어떻게 혼자 내려가겠는가?

"난데!"

하고 수화기에서 서윤아의 목소리가 울린다. 오후 9시 반. 할머니에게 어머니를 맡기고 김기용은 복도 끝 휴게실에 우두커니 앉아있는 중이다.

"너, 일 해?"

서윤아의 주변에서 떠들썩한 소음이 울리고 있다. 웃음소리, 부르는 소리, 음악 소리. 카페나 노래방 같다.

"응."

겨우 그렇게 대답한 김기용의 가슴에 찬바람이 지나는 느낌이 든다. 서윤아가 다시 묻는다.

"너, 여기로 나올 수 없어?"

그러더니 곧 큭큭 웃었다.

"미안, 너 약 올리려고 그랬어."

서윤아는 거기가 어디냐고 묻기를 바라는 것 같았지만 김기용은 가만있었다. 그러자 김이 샌 듯 서윤아의 목소리도 차분해졌다.

"그래, 나중에 다시 연락할게."

"응."

김기용의 대답 소리도 듣지 않고 서윤아가 전화를 끊는다. 플라스틱 의자에 등을 붙인 김기용은 서윤아와의 사이도 곧 끝날 것이라는 생각을 한다. 이렇게 흐지부지 끝난 사이는 손가락 열 개 가지고도 모자란다. 그래도 서윤아는 4개월째였으니 긴 편이다. 어떤 경우는 사흘짜리도 있었으니까. 그렇지만 한 가지 공통점은 있다. 모두 여자 쪽에서 접근해왔다는 것이다. 김기용은 이유도 안다. 동정심 때문이다. 이미 김기용은 동정심으로 맺어진 사이는 금방 그 동정의 대상에 싫증이 난다는 사실을 깨닫고 있다. 그래서 누가 오건 가건 크게 감동하지 않게 되었다. 김기용은 다시 눈을 감는다. 휴게실의 이 구석자리가 이젠 편안하다. 병원은 때로는 분주했고 때로는 한가했지만 다른 사람한테 신경 쓰는 사람이 없어서 좋다. 이렇게 구부리고 잠을 자도 우두커니 앉아 있어도 이상하게 생각하는 사람이 없는 것이다. 김기용은 잠이 들면서 이번에는 순미 누나의 꿈을 꾸었으면 좋겠다는 생각을 한다. 이왕이면 순미 누나하고 섹스를 하는 꿈이 좋겠다. 그 웃음 띤 얼굴이 절정에 올랐을 때 어떤 표정이 될까? 기대감에 침을 삼킨 김기용은 곧 깊은 잠속으로 빨려 들어갔다.

기적

2장

외할머니는 나흘 동안 머물다가 다시 시골로 내려갔다. 묘 주인 중 한 명이 내려온다는 연락을 받았기 때문이다. 할머니가 선상님이라고 부르는 그 묘 주인은 지난 가을에 입혔던 떼장이 잘 심어졌는가 살피러 온다고 했다. 그 나흘 동안 수진이는 학교에서 단체로 4박 5일 여행을 갔다고 어머니가 할머니를 속였다. 그래서 할머니의 화는 김기용에게 품어졌다. 키는 전봇대만 한 사내자식이 그 미친놈 하나를 막아내지 못하느냐는 것이었다. 도끼를 차고 있다가 찍으라고도 했다. 어머니는 열흘 만에 퇴원했는데 닷새째 되는 날 아버지와 통화를 했다. 어머니는 할머니가 상해 진단서 3개월짜리를 떼어 놓았다고 했더니 아버지는 전화를 끊고 나서 아직 연락이 없다. 3개월 진단서면 최소 6개월 형을 받게 된다는 것을 김기용도 알고 할머니도 알고 있다. 이번에 또 걸리면 가중처벌이 된다는 것까지 알고 있는 것이다. 김기용은 닷새를 쉬고 엿새째가 되는 날부터 편의점에 다시 나갔는데 점장이 알바를 구하지 못했기 때문이다. 아니, 구하긴 했다. 그것도 두 명이나. 그러나 둘 다 사흘을 배겨내지 못했다. 하나는 하루 만에, 또 하나는 이틀 만에 그만 둔 덕분으로 점장과 왕비는 죽을 고생을 해야만 했다. 점장 부인은 아줌마가 되었다가 미운 짓을 할 때는 왕비로 불린다.

"너, 카페 알바 안 할래?"

아침에 교대를 할 적에 순미 누나가 불쑥 물었으므로 김기용이 머리를 들었다. 시선을 받은 순미 누나가 말을 잇는다.

"홍대 앞 카페야. 술도 마시고 춤추는 플로어도 있는 곳. 외국 애들이 많이 오고."

"⋯⋯."

"저녁 7시부터 다음날 아침 7시까진데 시간당 5천 원 준 댄다."

시큰둥했던 김기용의 표정이 5천 원 대목에서 달라졌다. 눈을 크게 뜬 김기용이 묻는다.

"알바가 몇 명이나 있는데?"

"대여섯 명 되나봐. 내 친구가 거기서 일한 지 꽤 됐어."

그러더니 순미 누나가 정색했다.

"일은 힘들어도 가끔 팁도 생기나봐. 한 달 꼬박 나가면 2백은 번대."

이백이란 말에 김기용은 침까지 삼켰다. 순미 누나가 종이에다 전번을 휘갈겨 쓰더니 내밀었다.

"나도 연락할 테니까 너도 애한테 해봐. 내 친구 전번이야."

종이를 받으면서 김기용은 입을 벌렸다가 닫았다. 누나는 그냥 여기 있을 거냐고 물으려다 만 것이다. 그것 하나만 마음에 걸릴 뿐 당장 이곳을 떠나고 싶다. 순미 누나 친구 박남철은 첫인상이 레슬러 같았다. 그런데 과연 통성명을 하자마자 자신이 미들급 레슬러 출신임을 밝힌다. 누가 묻지도 않았다. 키는 김기용보다 머리통 하나만큼 작았지만 넓은 어깨. 목은 아예 없다.

홍대 근처의 커피숍 안이다. 박남철이 묻는다.

"너, 순미하고 얼마나 같이 있었어?"

"석 달쯤……."

"무슨 일 없었어?"

"예?"

눈을 크게 뜬 김기용을 박남철이 째려보았다. 가는 눈이 더 가늘어졌고 머리가 어깨 속으로 들어간 것 같다.

"마, 잤냐고?"

"아, 아뇨."

놀란 김기용의 얼굴이 대번에 붉어졌다. 박남철이 그 꼴을 한동안 보더니 이윽고 천천히 머리를 끄덕였다.

"응, 먹은 것 같지는 않구먼. 넌 순미 스타일이 아냐."

"……."

"어때? 할래? 한다면 오늘밤부터 나와. 내가 쥔한테 데리고 가면 끝나니까."

"저는, 점장한테."

"뭐, 빚진 거 있냐? 떼먹어."

"아, 아뇨. 저 대신 다른 알바를 구하도록 해야……."

"미친놈!"

하더니 박남철이 다시 눈을 가늘게 뜨고 김기용을 보았다.

"이 새끼, 이거 순해 빠져서 일 제대로 할지 모르겠는데. 너 학교 다닐 때 맞고 다녔지?"

"아, 아뇨."

"정말야?"

"예, 정말입니다."

"너, 오늘 저녁에 나올 거야 말 거야?"

박남철이 목소리를 높였으므로 김기용의 얼굴이 이번에는 하얗게 굳어졌다.

"예, 나갑니다."

마침내 김기용이 대답했다. 하는 수 없다. 순미 누나가 소개시켜 주었으니 인연이 끊어지는 것은 아니다.

"뭐라구? 이 시발 놈 봐라?"

김기용의 말이 끝나기도 전에 점장의 목소리가 귀를 울렸다.

"너, 이 개새끼. 나 일부러 골탕 먹이려고 그러지?"

"아뇨, 저는."

휴대폰을 귀에서 조금 뗀 김기용이 말을 잇는다.

"어머니를 간, 간병해야 되거든요."

거짓말 할 때면 말을 더듬는 버릇이 있다. 김기용이 손등으로 이마에서 배어나온 진땀을 닦는다.

"죄송합니다, 사장님."

"일주일만 더 나와."

한풀 꺾인 목소리로 점장이 말했을 때 김기용은 하마터면 '예!' 하고 대답할 뻔 했다. 그러나 허리를 펴고는 이를 악문다. 시간당 5천 원 자리를 놓칠 수가 없다. 어머니는 일 못나가고 앞으로 한 달은 더 누워 있어야만 하는 것이다.

"죄송합니다. 사장님."

그러자 점장이 아우성을 쳤지만 김기용은 휴대폰을 껐다. 어느덧 이가 악물려져 있다.

아버지는 3개월 진단서를 끊었다는 말에 긴장한 것이 분명했다. 그때부터 전화도 하지 않아서 집안에 모처럼 평화가 찾아왔다. 그러나 어머니나 김기용은 이것이 계속 되리라고는 생각하지 않는다. 언젠가는 깨뜨려질 것이었다. 평온했던 기간이 길수록 깨질 때의 놀람과 고통은 더 컸다. 김기용이홍대 앞 카페 '그리스'에 나간 지 열흘. 요령 피우지 않고 성실하게 일한 김기용은 사장 유은주의 신임을 얻었다. 유은주는 40대 중반의 여자로 여걸이다. 거침없이 욕설을 뱉으면서 종업원을 부리는 모습을 보면 진짜 왕비 같았다. 오전 7시 반. 경리한테서 일당을 받은 김기용이 홀을 나왔을 때 이층 계단을 내려오는 유은주와 마주쳤다. 유은주는 어깨에 커다란 가방을 메고 있었는데 김기용을 보더니 손짓을 했다. 오라는 시늉이다. 김기용이 계단 밑으로다가가 서자 유은주가 묻는다.

"너, 집에 가는 거야?"

"예, 사장님."

고분고분 대답한 김기용의 위아래를 유은주가 훑어보는 시늉을 하더니 말했다.

"너, 내가 수당 줄 테니까 이 가방 들고 따라와!"

하고는 어깨에 멘 가방을 내밀었다. 우선 받아든 김기용이 붉어진 얼굴로묻는다.

"어, 어디로 말입니까?"

"여기가 어디야? 너 그 가방에 뭐가 들은 거는 알지?"

안다, 돈이다. 어젯밤의 매상금. 매일 아침 유은주가 메고 나가는 이 가방을 보면서 알바들이 저놈만 들고 뛰면 일 년은 먹고 살 것이라고 농담하는 소리도 들었다. 유은주의 시선을 받은 김기용이 침을 삼켰다.

"예? 예!"

"그걸 들고 다니기가 거북해! 네가 같이 있어주면 좋겠다. 은행 열 때까지만."

그러더니 유은주가 발을 떼었으므로 김기용은 가방을 든 채 따른다. 가방은 묵직했다. 현관을 나왔을 때 앞을 지나던 박남철이 유은주에게 꾸벅 머리를 숙이더니 힐끗 김기용을 보았다. 그 시선이 가방도 스치고 지나갔다. 주차장으로 다가간 유은주가 벤츠의 운전석에 오르더니 우두커니 서있는 김기용에게 말한다.

"타."

김기용은 휘청거리며 차 앞을 돌아 옆쪽으로 다가간다. 벤츠는 난생 처음 타 본다.

돈 당번이 된 후에 김기용의 일당이 2만 원 더 늘어났다. 7시에서 11시까지 4시간 일당이 더해진 셈이었는데 그 4시간은 돈 가방하고 같이 있기만 하면 되었다. 처음 이틀간은 유은주가 운전하는 벤츠를 타고 방배동의 단독주택까지 간 후에 차 안에서 10시가 될 때까지 기다렸다. 그러면 10시가 조금 넘었을 때 집 안에서 30대 여자가 나와 김기용을 제 차인 국산 중형차에 태우고 같이 은행으로 가는 것이다. 은행에서 여자는 가방에 든 돈을 입금시키고 돌아왔는데 도중에 필요가 없어진 김기용을 내려주었다. 그러다가 사흘째부터 김기용은 나름대로 시간을 적절하게 활용했다. 단독주택 현관 앞에 세워둔 차 안에서 기다릴 때 잠을 잤다. 꿀 같은 잠이다. 2시간을 달게 잘 수가 있었고 수당 만 원까지 받는다. 그리고 은행에 돈을 입금 시키고 나면 바로 은행 앞에서 헤어졌다. 돈 당번 엿새째가 되는 날, 차 안에서 잠이 들었던 김기용은 휴대폰의 진동음에 깨어났다. 바지 주머니에서 휴대폰을 꺼내 본 김기용의 표정이 굳어졌다. 또 모르는 번호. 공중전화가 분명했다. 아버지의 전화가 끊긴 지 이제 한 달 가깝게 된다. 근래에 들어서 가장 길게 평온했던 나날. 그러나 가슴에 철판이 한 장씩 차곡차곡 쌓이는 느낌이 들었던 기간이었다. 손에 쥔 휴대폰이 끈질기게 경련을 일으키고 있다. 이윽고 어깨를 늘어뜨린 김기용이 휴대폰을 귀에 붙였다. 그때 수화기에서 울리는 목소리.

"오빠."

김기용은 소스라쳤다. 벌떡 일어나 앉은 김기용이 눈을 부릅뜬다. 7개월 만에 수진의 목소리를 들은 것이다. 살았구나.

"너, 어디야?"

소리치듯 묻자 수진이 가만히 있다. 놀라게 한 것 같았으므로 김기용이 호흡을 가누고 목소리를 낮춘다.

"수진아, 나야, 나야, 오빠, 너, 지금."

"오빠."

수진의 목소리가 젖어있다. 가슴이 미어진 김기용이 아랫입술을 물었다가 푼다.

"응, 나야, 나. 수진아, 너, 근데."

"오빠, 나 어떻게 해."

"으응?"

놀란 김기용이 헐떡였다.

"왜? 뭐가? 무슨 일인데?"

"오빠, 미안해."

"뭐가? 뭐가? 응?"

그러나 수화기에서는 아무소리도 들리지 않는다. 귀에 붙였던 휴대폰을 떼고 살핀 김기용이 흔들어 보기까지 했다가 다시 붙였다.

"수진아. 수진아."

그때 다시 수진이 말했다.

"오빠, 엄마한테는 나한테서 전화 왔다고 하지 마!"

"으응? 아니, 왜?"

"엄마가 보고 싶어."

그러고는 흐느껴 우는 소리가 났으므로 김기용의 눈에서도 눈물이 뚝뚝 떨어진다. 그때 수진이 흐느끼며 말한다.

"오빠만 와."

"으응?"

"엄마한테는 말하지 말고."

"응? 왜?"

했다가 김기용은 곧 결심한다.

"그럴게. 갈게. 어디야?"

"엄마 데려오면 나 도망갈 테니까."

"알았어."

"그럼 전화 바꿔줄게."

그러더니 곧 수화기에 다른 여자애의 목소리가 들린다.

"여긴요, 유성인데요."

유성이구나, 유성에 있었구나. 엄마가 대전은 간 것 같은데. 눈을 부릅뜬 김기용이 귀를 기울인다.

유성 번화가에서 한참 위쪽으로 벗어난 마을, 낮은 산 밑에 민가 대여섯 채가 드문드문 떨어져 세워졌지만 사람은 보이지 않는다. 어느 집에서 개 짖는 소리가 들리는 것이 위안이 되었으므로 김기용은 농로를 걸어 마을로 다가간다. 이곳은 국도에서도 3백 미터쯤이나 떨어져있는 것이다. 휴대폰을 귀에 붙인 김기용이 다시 묻는다.

"어느 집이야?"

"그대로 걸어오세요."

수진의 친구라는 여자애 목소리. 그 여자애는 지금 김기용을 보고 있지만 이쪽에서는 보이지 않는다. 만일 어머니하고 같이 왔다면 바로 들켰을 것이다. 산 밑 민가가 50미터쯤 앞으로 다가왔을 때 수화기에서 여자애가 말한다.

"두 번째 집요. 문짝이 떼어진 집. 보이죠?"

보인다. 문짝이 떼어져서 집안도. 그러나 사람은 보이지 않았다.

수진은 방안에 누워 있었는데 김기용을 보더니 입술만 벌리고 웃는 시늉을 했다. 김기용은 가슴이 턱 막히는 느낌을 받고는 말도 뱉지 못한다. 수진의 얼굴은 종이처럼 희었다. 눈 주위만 붉은 것이 마치 흡혈귀한테 피를 다 빨린 희생자 같다.

"오빠."

수진이 입술만 달싹여 불렀으므로 그때서야 김기용이 다가갔다.

"어, 어떻게 된 거야?"

자신이 듣기에도 목소리가 바짝 말랐다. 이곳까지 김기용을 안내한 수진의 친구는 뒤에 선 채 말이 없다. 머리를 노랗게 염색한데다 누런 얼굴에 루주까지 발라서 늙은 창녀 같은 모습이었다. 김기용이 수진의 옆에 허물어지듯이 앉았을 때 수진이 말한다.

"오빠, 미안해."

"너, 어디 아파?"

그 순간 김기용은 비린내를 맡았다. 피 비린내다. 눈을 치켜뜬 김기용이 수진이 덮고 있는 더러운 인조 이불을 걷었다. 수진은 긴팔 셔츠에 헐렁한 바지를 입었는데 그 순간 비린내가 더 심해졌다. 김기용의 시선이 아래쪽으로 옮겨졌을 때 수진은 이불을 당겼지만 늦었다.

"아니."

놀란 김기용이 수진의 하반신에 시선을 꽂은 채로 떼지 못한다. 비린내는 그곳에서 났다. 그리고 그 흔적이 뚜렷했다. 다리 사이의 분홍빛 바지에 피가 배어 나왔고 엉덩이 옆에 피에 젖은 걸레 뭉치가 있다.

"어떻게 된 거야?"

김기용이 외치듯 물었을 때 이불을 당겨 덮은 수진이 소리 내어 울었다.

"이게 뭐야!"

더 크게 소리쳤지만 수진은 울기만 한다.

"에이."

응급실 의사 대부분은 젊다. 젊은 응급실 의사가 허리를 펴더니 그 소리부터 내었다. 그러고는 김기용을 쏘아 보았다.

"어떻게 되십니까?"

"제 동생인데요."

"친동생?"

"네."

"어휴."

다시 에이 하고 비슷한 탄식을 뱉은 의사가 또 묻는다.

"몇 살이죠?"

"열일곱."

"교수님이 오실 겁니다."

그러더니 이제 잠이 들어있는 수진에게 시선을 주고 나서 말을 잇는다.

"좀 위험해요. 어떤 돌팔이가 했는지 엉망입니다. 그리고 시간이 일주일이나 지났어요. 세상에 이렇게 답답할 수가."

수진은 무면허 아줌마한테서 5개월짜리 태아를 빼내었다. 그것도 의료장비도 없는 아까의 산속 폐가에서. 수술한 아줌마는 수술비 20만 원만 챙겨 도망을 갔고 그때부터 수진은 피를 흘리며 누워 있었다. 노랑머리 친구가 약국에서 사온 붕대와 탈지면으로 피를 닦고 감기만 했을 뿐이다.

어머니가 도착했을 때 수진은 깨어나지 않았다. 혼수상태. 의사는 이미 수술할 상태가 지났다고 했다. 깨어나기만 기다릴 수밖에 없다고 했지만 뻔했다. 이미 포기한 것이다. 응급실 출입이 많았던 터라 김기용은 의사의 표정을 보면 짐작이 간다. 의사들의 표정은 차분했다. 수진은 이곳까지 업고

오는 동안 입을 열지 않았고 응급실 침대에 눕자마자 그대로 잠이 든 것 같았다. 그것이 혼수상태였다. 처음에는 긴장이 풀려서 그런 줄 알았더니 아니었다. 그런데 기특하게도 수진은 어머니가 올 때까지 기다려 주었다. 어머니는 처음에는 수진이 자는 줄 알고 손바닥으로 볼을 쓸었고 이마를 짚어 보면서 자꾸 이야기를 했다.

"아이구! 이것아! 연락이라도 하지!"

그랬다가

"애는 낳으면 되는 걸 왜 떼었어?"

했다가

"어서 일어나 엄마랑 집에 가자."

하더니 나중에야 혼수상태로 깨어나지 못하는걸 알더니 입을 딱 다물었다. 그리고 수진은 어머니가 온 지 다섯 시간 만에 숨을 쉬지 않았다. 어머니는 수진이 죽을 때 온몸을 빈틈없이 껴안고 침대에 같이 누워 있었는데 의사들도 놔두었다. 그래서 모르는 사람이 보면 모녀가 껴안고 자는 것 같았다. 둘 다 얼굴이 평온했으니까. 옆에 서있는 김기용이 보면 오히려 엄마가 죽은 사람 같았다. 수진의 표정이 더 밝게 보였기 때문이다. 그렇게 세 시간이나 둘이 누워 있었다.

유성이 연고지도 아니었지만 어머니는 수진의 장례를 유성에서 치렀다. 장례식장을 차린 장례가 아니다. 바로 다음날 시신을 화장시켜 유골 상자만 받은 것이다. 모인 사람은 셋. 어머니, 김기용, 그리고 수진의 노랑머리 친구 서유나였다. 어머니는 외할머니한테도 연락하지 않았다. 이번에 돈이 175만 원이나 들었는데 김기용이 알바해서 저금해둔 돈 150만 원이 다 들어갔고 나머지는 어머니가 내었다. 셋이 대전 고속버스 터미널에 들어섰을 때는 오후 5시다. 이틀간이 눈 깜박하는 사이에 지난 것 같았다.

"저 갈게요."

하고 서유나가 말했을 때 어머니의 눈에 초점이 잡혔다.

"어디가?"

"집에요."

머리를 떨군 서유나가 기어 들어가는 소리로 말했지만 다 들린다.

"수진이는 맨날 엄마 이야기만 했어요. 엄마 보고 싶다고. 엄마 불쌍하다고."

어머니는 수진이 유골함을 가슴에 안은 채 눈만 깜박였고 서유나가 말을 잇는다.

"엄마를 위해서는 무슨 일이건 다 하겠다고 했는데."

"잘 가거라."

어머니가 불쑥 말했으므로 서유나는 손등으로 눈을 닦으며 돌아선다. 그러다가 결심한 듯 머리만 이쪽으로 향한 채 말을 잇는다.

"돈 벌어서 엄마 드리려다가 그렇게 되었어요. 나쁜 놈들한테 다 뺏겼지만."

"어서 네 엄마한테 가."

어머니가 목소리를 높였을 때 서유나는 눈을 치켜떴다. 얼굴은 눈물로 범벅이 되어있다.

"전 엄마 없거든요?"

그러자 어머니가 먼저 몸을 돌렸고 김기용이 서유나에게 잘 가라는 손짓을 했다.

어두워진 고속도로를 달리는 고속버스의 반대쪽 유리창에 어머니의 모습이 떠있다. 어머니는 수진이 죽었을 때부터 눈물 한 방울 흘리지 않았다. 죽은 수진이와 함께 누워 있다가 차분한 표정으로 일어나더니 이 사람 저 사람한테 물어서 장례를 빈틈없이 치렀다. 화장장에서는 화장비를 깎기까지 했다. 아침은 김밥 한 줄에 김기용이 사온 오뎅 국물을 다 마셨고 점심은 화장장 식당에서 육개장을 절반 이상 먹었다. 오히려 김기용이 깨작거리다가 말았다. 어머니는 창밖을 바라본 채 꼼짝하지 않고 있다. 무릎 위에는 보자기에 싼 유골 상자가 있었는데 선물 상자처럼 보였다. 어머니도 그쪽 유리창으로 나를 볼지 모른다는 생각이 들었지만 김기용도 그대로 움직이지 않는다. 고속버스는 맹렬한 속도로 달려가고 있다. 왜 이렇게 빨리 달리는가? 가서 뭘 하려고? 문득 그런 생각이 들었으므로 김기용은 어깨를 늘어뜨린다. 그러고 보니 자신도 수진이가 죽은 후부터 울지 않았다. 멀쩡했다. 서유나만 내내 울었다. 그때 어머니가 이쪽으로 머리를 돌렸으므로 김기용은 긴장한다. 지금 어머니가 자신의 뒤통수를 바라보고 있다.

"이제 다시 세 식구가 모였네."

어머니가 가라앉은 목소리로 말했다. 마침내 머리를 돌린 김기용의 시선을 어머니가 꽉 잡는다. 차안의 등빛에 반사된 어머니의 눈이 번들거렸다.

"흩어지지 말자 응?"

어머니의 시선이 떼어지지 않자 김기용은 심호흡을 한다. 그러고는 퉁명스럽게 물었다.

"수진이는 걍 갖고 있을 거야?"

"그럼."

어머니가 두 손으로 상자를 더 깊게 품으면서 말한다. 당연한 것을 묻느냐는 시늉으로 이맛살까지 조금 찌푸려져 있다.

"들어봐. 수진이도 그렇다고 하네."

"누가 아팠다며?"

사흘 만에 출근했을 때 사장 유은주가 묻는다. 바닥 청소를 하고 있던 김기용이 시선을 내린 채로 대답했다.

"예에."

"이젠 괜찮니?"

"예에."

"왜 이렇게 기운이 없어?"

바짝 다가선 유은주한테서 짙은 향수 냄새가 맡아졌다. 김기용은 힘들여 대걸레를 밀면서 숨을 참는다. 수진한테서 맡았던 피비린내가 떠올랐기 때문이다. 냄새도 떠오른다.

"기운 내요, 기운 내!"

하고 유은주가 어깨를 툭 치면서 지나갔을 때 의자를 내리던 박남철이 다가왔다. 박남철은 언제나 버릇처럼 어깨를 부풀렸다가 내리면서 말한다.

"야, 순미가 너 찾더라."

"예에?"

"그 시발 년이 꼭 나한테만 부탁한단 말이야. 너 전화 꺼놨다며?"

"예에."

"새끼야 왜 꺼놓고 남 귀찮게 해? 순미한테 전화해봐."

"예에."

"갑갑하기는."

하면서 박남철이 물러갔지만 저만하면 친근감을 표시하는 셈이다. 며칠 전에는 덩치가 훨씬 큰 형 하나를 창고 옆에서 직사하게 두들기는 것을 보았으니까. 도대체 순미 누나가 전혀 다른 품종인 박남철과 어떻게 알게 되었는지, 그리고 어떤 사이인지 김기용에게는 수수께끼다.

"집에 또 무슨 일 있었어?"

순미 누나는 집안 형편을 좀 아는 터라 보다 구체적으로 묻는다. 오후 8시 10분. 이때는 손님이 들어오기 전이라 여유가 조금 있다. 김기용은 화장실 옆 복도에 서서 지금 순미 누나에게 전화를 한다.

"아냐, 누나."

일단 그렇게는 말했지만 김기용의 가슴이 짜르르 내려앉는다.

"전화까지 꺼놓아서 내가 걱정했잖니? 사흘 동안이나."

순미 누나가 나긋나긋한 목소리로 말한다.

"누나, 지금 편의점에 있어?"

김기용이 묻자 순미 누나는 낮게 웃었다.

"아냐. 나도 사흘 전에 그만 뒀단다."

"……."

"점장하고 왕비가 난리가 났더구먼. 글쎄 나한테 시간당 3천5백 원씩 주겠다더라. 그렇게 일주일만 일해달래."

"……."

"싫다고 했더니 막 욕을 하는 거 있지?"

"……."

"아마 지금도 알바 구하지 못하고 있을 거야."

그러더니 생각난 듯 묻는다.

"너, 내일 오전에 시간 있어?"

"응."

김기용은 무조건 대답했다. 없다면 억지로라도 낼 것이다.

밤에 일하는 버릇이 되다 보니까 낮에는 머리가 어질어질 하다. 특히 오전에 그렇다. 은행에 다니는 30대 여자는 사장 유은주의 막내 동생이었다. 가정부인줄 알았더니 그 눈치를 채었는지 본인이 다 말해준 것이다. 이름은 유선주. 청담동에서 꽤 큰 의상실을 했다가 지금은 쉰다고 했다. 유선주가 자다 깬 김기용을 보더니 피식 웃는다. 김기용은 아예 유선주의 차 안에 들어와 자고 있었던 것이다.

"있다가 없으니까 허전했어!"

차를 몰고 저택을 나오면서 유선주가 말한다. 유선주는 차를 거칠게 몬다. 그래서 한 손으로 손잡이를 잡아야 한다.

"섹스도 마찬가지야. 하다가 안 하면 미쳐."

그러고는 힐끗 김기용을 본다. 그리고 보니 유선주가 오늘은 화장을 했다. 딴 때는 세수도 안 한 얼굴 같더니 오늘은 루주를 칠했고 속눈썹에다 서클 렌즈까지 끼었다.

"어때? 미스터 김?"

"예에?"

"돈 입금시키고 모텔 갈래? 한 시간이면 충분하겠지?"

그 순간 목에서부터 이마 끝까지 시뻘겋게 상기된 김 기용이 숨도 못 쉰다. 그러자 유선주가 깔깔 웃었다. 차는 노란 신호가 끝나 가는데도 질풍처럼 사거리를 건넜다.

"왜? 하기 싫어?"

"예? 저, 저는."

"나 괜찮다고. 네 애인보다 거긴 더 나을 거야."

"……."

"어떤 자세를 좋아하니? 앞? 뒤? 아니면 항문? 난 다 해도 돼."

"……."

"내가 빨아줄까?"

그때 은행에 도착했으므로 김기용은 소리죽여 숨을 뱉는다. 대신 유선주는 아쉬운 표정이다. 그래서 괜히 앞을 지나는 차를 향해 경적을 눌러댔다.

김기용은 유선주가 창구로 다가섰을 때 도망갔다. 유선주는 꼼짝 말고 기다리라고 했지만 미련 없이 몸을 돌렸다. 11시에 순미 누나와 약속이 있는 것이다. 지난번 어머니가 병원에 있을 때 해온 전화를 끝으로 서윤아와는 끝난 상황이었다. 한 달이 넘도록 서로 연락도 안 했으니까. 순미 누나는 약속 시간 10분 전인데도 먼저 와 기다리고 있었다. 상계동 사거리의 커피숍 안이다. 집이 영등포인 순미 누나는 일부러 김기용의 집 근처로 약속 장소를 잡은 것이다.

"너 자야 되는 거 아냐?"

앞에 앉은 김기용에게 그렇게 묻더니 순미 누나가 하얗게 웃는다.

"이건 그냥 한 소리야. 조금 미안해서."

"괜찮아."

김기용의 표정도 밝아졌다. 이 세상에서 유일한 희망이며 보람이 바로 앞에 앉아있는 순미 누나다. 사흘 전에 죽은 동생 수진에 대한 상처가 지금 이 순간 지워지고 있는 것에도 죄책감이 일어나지 않을 만큼 귀중하다. 커피를 시킨 순미 누나가 차분해진 표정으로 김기용을 보았다. 눈의 흰 창이 맑다. 그래서 눈동자가 더욱 진해졌다. 서클 렌즈도 끼지 않은 갈색 눈동자.

"있지? 박남철 말이야."

그 순간 김기용은 심장이 철렁 밑으로 내려앉는 느낌을 받는다. 박남철과 순미 누나는 무슨 관계일까? 박남철과 순미 누나가 섹스를 하는 상상도 여러 번 했다. 상상 속에서 순미 누나는 절정에 올라 비명을 질렀었다. 그때 순미 누나가 말한다.

"석 달쯤 만났지만 끝난 사이야. 가끔 연락이나 하고. 그러니까 신경 쓰지 마."

시선을 내린 김기용에게 순미 누나가 말을 잇는다.

"걔는 그렇게 보여도 구질구질하지 않아. 너한테 잘해줘?"

"응."

"너하고 내 사이를 묻기에 그냥 동생이라고 했더니 믿지 않는 것 같더라. 그러다가 널 만나고 나서는."

순미 누나가 다시 이를 드러내고 웃는다.

"내 말 믿겠대. 니가 순둥이라 나한테 손 못 댔겠다고."

"……"

"빙신! 내가 주면 되는 거지. 손을 대어야 그 일이 되나? 그지?"

놀란 김기용이 머리를 들었다가 반짝이는 순미 누나의 시선을 받고는 황급히 외면했다. 금방 얼굴이 달아올랐으므로 김기용은 어금니를 물었다. 자신이 한없이 한심해졌기 때문이다. 그때 순미 누나가 말을 잇는다.

"너, 알지? 내가 너 좋아하는 거!"

머리를 든 김기용이 기를 쓰고 순미 누나의 시선을 받았다. 심장이 폭발할 것 같다. 얼굴이 뜨거워졌다가 순식간에 굳어져서 피부가 판자처럼 느껴진다. 김기용이 입을 열었다.

"나, 나한테 누, 누나는……."

"내가 왜에?"

눈을 가늘게 뜬 순미 누나가 웃음 띤 표정으로 다음 말을 기다리고 있다. 김기용은 어깨를 늘어뜨리며 말한다.

"너, 너무 부담이야. 너무 높아."

"높아?"

"너, 너무 훌륭해."

"훌륭해?"

마침내 순미 누나가 짧게 소리 내어 웃는다. 그러더니 머리를 젓고 말한다.

"아냐, 난 보통 여자란다. 널 좋아하는 보통 여자."

"누나."

마침내 결심한 듯 이를 물고 난 김기용이 똑바로 순미 누나를 본다. 입술 끝이 희미하게 떨리고 있다. 순미 누나의 시선을 받은 김기용이 말을 이었다.

"동, 동정심으로 시, 시작된 사이는 금방 끝나. 내가 많이 겪었어."

말끝이 떨렸으므로 김기용은 주먹으로 제 머리를 치고 싶은 충동을 받는다. 이마로 탁자를 받아 버리고도 싶다. 그 분위기가 김기용의 눈을 부릅뜨게 만들었다. 김기용이 순미 누나를 노려보았다.

"난 순미 누나를 놓치기 싫어. 내가 먼저 순미 누나한테 당당하게 프러포

즈할거야. 그래야 깨지지 않을 것 같아."

"……."

"그러려면 내가 잘 되어야해. 순미 누나한테 꿀리지 않을 만큼."

말하면서도 김기용은 그렇게 될 가능성이 거의 없다는 사실을 느낀다. 그러자 절망감이 덮쳐왔다. 이윽고 시선을 내린 김기용이 한 마디씩 힘들게 말한다.

"내가 얼마나 순미 누나 생각을 해온지 알아? 순미 누나는 내 희망이었어. 내가 살아가는데 필요한 공기 같았어."

이것은 물론 어떤 책에서 읽은 구절이었지만 경우에 딱 맞았다. 그때 순미 누나가 입을 열었다.

"그래, 그럼 기다릴게."

그러더니 팔을 뻗쳐 김기용의 손을 잡는다.

"네가 자신 있게 나한테 말할 때까지."

순미 누나가 김기용의 손을 꼭 쥐었다.

"말만 해도 돼. 뭘 보여줄 필요는 없어. 그럼 다 들어줄게. 지금이라도 모텔 가자면 가줄게."

물론 김기용은 모텔 가자는 '모'자도 입 밖에 못 내고 순미 누나와 헤어졌다. 그러나 가슴은 뭔가로 가득 채워진 것처럼 뻐근했다. 집에 돌아왔을 때는 오후 2시. 그것도 순미 누나가 가서 몇 시간이라도 잠을 자고 일하러 나가라면서 보냈기 때문이지 그렇지 않으면 일하는 시간까지 같이 있었을 것이었다. 어머니는 오늘도 벽에 기대앉아 있었는데 멍한 표정이다.

"밥 먹었어?"

김기용이 묻자 어머니는 머리만 끄덕였다. 그러나 식탁은 깨끗했다. 밥통 뚜껑을 열자 어제 저녁 나가기 전에 본 밥이 그대로 있다.

"내가 차려줄게."

옷도 벗지 않고 냉장고를 열어 밥상을 차리는 김기용을 어머니가 우두커니 보았다. 수진의 유골 박스는 어머니가 방안 옷장에 넣어 두었다. 어제 오후에는 어머니 방에서 이야기하는 소리가 들리기에 놀라 문을 열었더니 어머니가 유골 박스를 향해 말하고 있는 중이었다. 옷장 문을 열어 놓아서 유골 박스가 그대로 드러났다. 김기용은 순간 머리끝이 일어나는 느낌을 받았지만 그냥 문을 닫았다. 저러다 어머니가 미치는 것이 아닐까 잠깐 생각했지만 이상하게도 걱정이 되지는 않았다. 어머니의 표정이 편안하게 보였기 때문일 것이다. 저렇게 미치면 감당할 수 있겠다는 생각도 들었다. 대충 밥상을 차린 김기용이 그때서야 점퍼를 벗어 던지면서 말했다.

"엄마, 밥 먹어."

그러자 어머니가 벽을 짚고 겨우 일어섰다. 어지러운지 그대로 서있기에 김기용이 다가가 어머니의 허리를 안고 식탁으로 데려왔다. 식탁에 앉은 어머니가 수저를 들면서 김기용에게 말했다.

"고맙다."

"뭘."

"방에 들어가 수진이한테 같이 밥 먹자고 그래라."

"그러지."

눈을 치켜뜨고 듣던 김기용이 순순히 두 발짝을 떼어 열려진 방안에 대고 물었다.

"수진아. 엄마하고 같이 밥 안 먹을래?"

그러고는 곧 머리를 돌려 어머니를 본다.

"배부르대. 엄마나 먹으래."

어머니가 머리를 끄덕이더니 밥을 먹기 시작했다. 잘 먹는다. 듬뿍듬뿍 수저로 밥을 떠 넣고 김치도 큰 조각을 입에 넣는다.

"좀 천천히."

이맛살을 찌푸린 김기용이 어머니를 흘겨보았다.

"국도 떠먹고."

어머니가 김치 국이 담긴 그릇을 들더니 세 모금이나 삼켰다. 물 마시는 것 같다.

"어, 짜겠다."

했다가 김기용이 몸을 돌렸다. 갑자기 눈물이 쏟아졌기 때문이다. 수진이가 죽은 후로 처음 쏟아진 눈물이다. 눈물이 그치지 않았으므로 자리를 벗어난다는 것이 바로 옆쪽인 어머니 방으로 들어가게 되었다. 열려진 옷장문 안의 수진이 유골 박스가 김기용을 바라보았다.

"야, 너 때문에 골치 아파 죽겠다."

손바닥으로 얼굴을 닦으면서 김기용이 말했다.

"네가 엄마한테 좀 말해. 정신 차리라고."

그때 등 뒤에서 어머니가 묻는다.

"너, 뭐하니?"

그러더니 뭔가를 입에 넣었는지 우물거리면서 말을 이었다.

"빈방에서 미친 사람처럼 무슨 말을 해?"

아버지의 전화가 왔을 때는 수진이가 죽은 지 한 달쯤 지난 후였다. 그러니까 어머니 장을 파열시킨 지 두 달쯤 되었다. 시간이 지날수록 압박감이 가중되었다가 어느 시점에서 슬슬 내려가는 경향이 있다. 그것을 김기용도 겪어보았기 때문에 수시로 자신을 점검했지만 뜻대로 되지 않는다. 뜻대로 되지 않는다는 것까지 경험 해온 터라 더 속이 상하지만 어쩔 수 없다. 지금 이 바로 그런 시기였다. 아버지에 대한 경계심이 시간의 영향을 받아 낮춰진 상황. 오후 6시 10분. '그리스'가 길 건너편에 보이는 거리에서 김기용은 전화기를 귀에 붙였다. 그러자 예상했던 대로 아버지의 목소리가 울린다.

"나다."

그러더니 서둘러 말한다.

"너, 전화 끊지 마! 죽어."

걸음을 멈춘 김기용이 길가 가게의 벽에 등을 붙이고 섰다. 아버지의 말이 이어졌다.

"네 엄마 괜찮냐?"

"예."

"수진이는 아직 연락 없어?"

"예."

"넌 지금 뭐해?"

"예?"

했다가 김기용이 심호흡을 했다.

"놀, 놀아요."

"이 새끼, 거짓말 하는 것 좀 봐."

"……."

"네 엄마가 고소장 경찰서에다 냈냐?"

"예."

했지만 엄마는 진단서만 끊어놓고 안 냈다. 외할머니가 신신당부를 하고 갔는데도 그냥 갖고만 있다. 하긴 움직이기도 힘든데다 며칠 후에 수진이가 죽어서 그럴 정신도 없었을 것이다. 그리고 요즘 엄마는 전혀 아버지를 무서워하지 않는 것 같다. 아니, 의식하지 않고 있다는 표현이 맞을 것이다. 전에는 현관문을 딱딱 잠그고 나서 몇 번이나 확인까지 했는데 지금은 안 그런다. 옆집 아줌마가 김치 갖다 주었을 때도 문을 잠그지 않았다.

"으으음."

신음 같은 탄성을 뱉은 아버지가 다시 입을 열었다.

"너, 돈 있지? 30만 원만 내라. 내가 다시는 이런 부탁 안 할 테니까."

"……."

"내가 집 근처로 찾아갈 테니까 어떻게든 맹글어 와. 오늘밤에 만나자."

"안 돼요."

"뭐? 안 돼?"

하더니 아버지가 잇사이로 말한다.

"이 상놈의 새끼. 집에 있는 TV라도 팔아갖고 돈 맹글어. 이 새끼야."

"……."

"못해?"

"안 돼요."

이를 악물었다가 푼 김기용이 앞을 지나면서 찬찬히 쳐다보는 사내를 피하려고 몸을 돌린다.

"그, 그러면 경, 경찰에 신고 할 테니까 알, 알아서 하세요."

"허, 니까짓 게 신고를 해?"

헛웃음을 웃던 아버지가 버럭 소리쳤다.

"이 새끼. 너, 내 손에 죽어봐라. 내가 네 엄마부터 죽이고 그 다음이 네놈이다. 내가 오늘밤 찾아갈 테다. 내가 교도소 가는 걸 무서워 할 것 같으냐? 거긴 내 집이여. 이 노무시키야."

김기용은 핸드폰 덮개를 덮고 바지 주머니에 넣는다. 얼굴에서 배어난 땀이 식으면서 피부가 서늘해졌다. 소매로 얼굴의 땀을 닦은 김기용이 교차로에 서서 신호가 떨어지기를 기다린다. 차들이 앞으로 휙휙 지나고 있다. 그 순간 앞으로 뛰어 나가고 싶은 충동이 일어났으므로 김기용은 안간힘을 썼다. 그래서 순미 누나를 서둘러 눈앞으로 끄집어낸다.

네 번째 전설
기적

3장

"엄마."

전화를 받은 어머니가 소리도 안내고 가만있었으므로 김기용이 먼저 불렀다.

"엄마."

그래도 대답이 없다. 입맛을 다신 김기용이 말을 잇는다.

"그놈이 조금 전에 전화 했어. 그래서 내가 경찰서에다 진단서 넣고 고발했다고 했거든? 그러니까 연락이 오면 그대로 말해. 바로 신고하겠다고."

"……."

"그리고 112 신고를 하란 말이야. 바로, 옆집 중길이 엄마한테도 연락하고."

"……."

"문 잠갔어?"

"……."

"엄마!"

김기용이 버럭 소리쳤을 때 어머니가 말했다.

"그놈이 뭐냐? 그놈이."

그 순간 김기용이 눈을 부릅떴지만 바로 말을 받지는 않는다. 오후 8시. 가게 청소를 끝내고 조금 쉬는 시간이다. 앞으로 20분쯤 지나면 손님들이 쏟아질 것이었다. 창고 벽에 등을 붙이고 선 김기용이 다시 입을 열었다.

"엄마. 정신 차려야 돼. 무슨 말인지 알아? 엄마가 자꾸 그러면 이번에는 내가 죽어줄게."

"……."

"내가 어쩌란 말이야? 응? 내가 엄마까지 챙겨 줘야 돼? 난 가슴이 안 아픈지 알아? 나도 가슴이 찢어진다고. 수진이가 죽기 전에 누워서 날 보던 얼굴이 떠오르면 그냥 딱 죽고 싶다!"

"……."

"그런데 그 놈은 돈 내놓으라고 협박이나 하고 엄마는 정신을 놓고 오락가락하면 난 어쩌란 말이야?"

"……."

"수진이 유골 박스에 대고 하루 종일 이야기나 할 테면 해. 내가 죽으면 내 박스도 수진이 옆에다 놓고 떠들라고."

"미안해."

마침내 어머니가 말했다. 목소리가 말짱했기 때문에 김기용은 정신이 번쩍 들었다. 말짱한 것이 오히려 더 이상했다. 어머니가 말을 잇는다.

"미안해. 내가 잘못했어. 문단속 잘 할게. 걱정하지 마."

이번에는 김기용이 입을 다물었고 어머니가 말을 잇는다.

"그거 아니? 미치니까 참 편해. 수진이하고 이야기도 할 수 있고. 수진이

298

가 내 말에 꼬박꼬박 대답도 한단다. 걱정도 없어. 배도 안고프고, 무섭지도 않아."

"미."

미쳤어. 하려다가 만 김기용이 잠시 떼었다가 말한다. 다시 눈을 부릅뜨고 있다.

"그게 미친 거야? 미치니까 참 편하다고 하는 미친 사람이 어딨어? 미친 척 하는 거지. 아니? 미치려고 노력하는 거야. 그건 비겁하고 무책임한 짓이라고. 알아?"

"알아."

어머니가 다시 고분고분 말한다.

"내가 잘못했다. 기용아. 너한테만 짐을 지워서."

"알았으면 문 잠갔는지 잘 봐."

"잠갔어."

"밥 먹었어?"

"아니?"

"그럼 밥 챙겨 먹어."

그러자 어머니가 생기 띤 목소리로 대답한다.

"알았다. 수진이하고 챙겨 먹을게."

그러나 아버지는 나타나지 않았다. 다음날 퇴근할 때 주위를 살폈지만 보이지 않았다. 가게에 나갈 때 김기용은 특별히 조심을 한다. 편의점에 나갈 때도 그 전에 주유소에 다닐 때도 그랬다. 끊임없이 뒤를 살피고 지하철을 타면 지나갔다가 되돌아오거나 문이 닫히기 직전에 빠져 나오는 방법을 썼는데 영화에서 본 대로도 했지만 자신이 개발한 방법도 있다. 예를 들면 레일이 깔린 바닥으로 뛰어내려 건너편 탑승대로 달려가 올라갔다가 5분쯤 지나서 다시 이쪽으로 건너오는 방법이다. 사람들이 보고 미친놈, 또는 병신이 쇼한다고 하겠지만 아버지 미행을 따돌리려면 더한 것도 할 수 있었다. 죽는 것이 조금도 무섭지가 않은 터라 다치는 것쯤은 일도 아니었다. 그렇게 또 열흘이 지나갔다. 어머니는 그대로였지만 달라진 점은 있다. 김기용의 눈치를 살피는 점이다. 김기용이 보는 앞에서는 온전하게 밥도 먹고 이야기를 하다가도 눈에 띄지 않으면 달라지는 것이다. 수진하고 이야기하는 버릇은 오히려 더 늘어난 것 같았다. 어머니는 장 파열이 된 후에 수진이 찾으려고 유성을 다녀온 후부터는 바깥출입을 거의 하지 않는다. 김기용하고 병원에 가서 검사를 한 결과 상태가 좋아지는 중이라고 의사가 말해 주기는 했다. 그러나 다른 때 같으면 기를 쓰고 일자리를 찾아볼 어머니였는데 이것도 달라진 점의 하나였다. 그런데 아버지의 전화가 온 지 열하루 째가 되는 날 오전. 집이 보이는 공사장 앞에서 김기용이 아버지를 만났다. 김동균은 공사장 폐자재 더미 뒤에서 출현했는데 노숙자 행색이었다. 얼굴에는 땟물이 덮였고 수염이 덮여서 48세의 나이인데도 50대 후반쯤으로 보였다. 눈을 치켜뜬 김동균이 김기용을 가로막고 섰다.

"너, 이 새끼!"

첫마디가 욕이다. 시선을 내린 김기용의 앞에 바짝 다가선 김동균이 잇사이로 묻는다.

"애비 말이 말 같지가 않냐? 이 개새끼야. 뭐? 경찰에 신고를 해?"

다음 순간 김기용은 뺨에서 불이 번쩍 일어나는 충격을 받는다. 김동균이 귀뺨을 친 것이다. 머리가 반대쪽으로 돌아갈 만큼 격렬한 충격이었지만 김기용은 그 자리에 가만있었다. 지나던 행인들이 힐끗거렸지만 말리지 않는다. 누가 나서면 내 아들이라고 소리소리 지를 것이고 그때는 경찰도 간섭 못한다.

"이 새끼, 일루 와!"

하고 김동균이 김기용의 멱살을 잡고 폐자재가 쌓인 뒤쪽으로 끌고 갔다. 미리 장소를 봐둔 것 같다. 뒤쪽에는 담장과의 사이에 차 한 대가 들어갈 만한 공간이 있었는데 김동균이 담장 벽에 김기용을 붙여 세웠다. 김동균한테서 지독한 악취가 풍겨 나왔다. 술 냄새에다 쓰레기를 섞은 것 같다.

"너, 이 새끼. 돈 내!"

하고 김동균이 멱살을 쥔 채 한쪽 손을 내민다. 다른 손으로 주머니를 뒤지면 중심이 흔들릴 것이고 그러면 도망치기 쉬울 테니까 그러는 것이다.

"없어요."

김기용이 숨을 참으며 말했을 때 김동균은 다시 귀뺨을 쳤다. 귀가 얼얼했고 볼이 화끈거린다.

"너, 뒈져서 나오면 쥑일 거여."

김동균이 잇사이로 말했을 때였다.

"여보셔?, 거기 뭐여?"

하고 옆쪽에서 묻는 소리가 들렸다. 헬멧을 쓴 인부 둘이 다가오고 있다.

"여기서 멀 하는겨?"

하고 다른 사내가 물었을 때 김기용이 소리쳤다.

"아저씨. 경찰에 신고해주세요! 이 사람 강도예요!"

"뭐! 이 상놈의 새끼. 난 네 애비다!"

김동균이 악을 썼지만 김기용은 멱살을 잡힌 손을 비틀어 풀고 다시 소리친다.

"아녜요! 경찰 불러주세요! 이 사람 강도예요! 지금 수배중인 사람이라고요!"

"어, 그래?"

하고 인부 하나가 주머니에서 핸드폰을 꺼내 쥐었다.

"아냐! 난 이놈 애비야!"

눈을 치켜뜬 김동균이 악을 썼다가 갑자기 몸을 날렸다. 두 사내를 밀친 김동균이 사지를 휘저으면서 달려간다. 빠르다. 금방 담장을 돌아 사라졌다.

임대아파트 뒤쪽은 잡초가 무성한 공터였고 아래쪽에 단독주택이 서너 채 있다. 지붕에 슬레이트를 덮은 판잣집 수준이었는데 곧 철거가 될 것이라고 했다. 오전 12시 반. 한낮이었지만 공터는 개 한 마리 보이지 않았으며 김기용이 등을 붙이고 앉은 뒤쪽 아파트도 조용하다. 아버지가 도망친 후에 김기용은 아파트로 들어가지 않고 뒤쪽으로 온 것이다. 무릎을 세운 위에 두 팔을 얹고 그 위에 턱을 받친 김기용이 우두커니 앉아있다. 아버지가 이곳까지는 오지 못할 것이다. 5년 전 이혼하기 전에도 집안은 풍파가 그치지 않았다. 김기용이 어렸을 때 기억에도 어머니 아버지가 웃거나 다정한 사이였던 적은 단 한 번도 없다. 부수고 소리치고 울고 맞은 기억. 술에 취한 아버지가 닥치는 대로 부수고 때리면 김기용과 동생 수진은 도망갔다. 조용했을 때는 아버지가 잘 때 뿐이었던 것 같다. 이혼하기 전에, 김기용이 중학 2학년이었을 때 어머니한테 물은 적이 있다.

"엄마, 왜 아버지하고 결혼했어?"

그러자 어머니가 놀란 듯 눈을 크게 떴던 것을 지금도 김기용은 기억하고 있다. 어머니는 착했고 연약했지만 끈질겼다. 맞고 또 맞아도 그 다음날 어김없이 두 자식 밥 챙겨 먹이는 것이 그 증거였다. 그것이 어린 김기용에게는 강하게 보였던 것이다. 그리고 그 다음에 김기용은 어머니가 아버지하고 결혼한 이유를 할머니한테서 들었다.

"다 네놈 때문여."

할머니가 김기용한테 눈을 흘기면서 말했다. 놀라 가슴이 벌렁벌렁 뛰는 김기용을 향해 할머니가 말을 이었다.

"저 놈이 니 엄니하고 같은 회사를 댕겼는디 니 엄니를 겁탈한 기여. 그리서 너를 밴 것이라고."

아아. 엄마하고 아버지가 같은 회사를 다녔구나. 특히 아버지가 회사를 다녔다는 말에 김기용은 감동했다. 그때 김동균은 일당 노동자로 벽지 바르는 일을 했는데 한 달에 열흘쯤은 일을 나갔다. 할머니가 말을 이었다.

"너를 배었는디 어쩌겠냐? 니가 뱃속에서 다섯 달쯤 자랐을 때 결혼을 혔다. 그때만 혀도 저놈이 저렇게 흉악한 놈인지는 아무도 몰랐지."

그때도 어머니가 두들겨 맞아 병원에서 치료 받다가 퇴원한 때였는데 대낮인데도 술에 취한 아버지는 안방에서 자고 있었다. 할머니가 방바닥을 무너뜨릴 것처럼 한숨을 쉬었다.

"오냐, 내가 죽기 전에 끝낼 테다."

그러더니 얼마 안 가서 할머니가 상해 진단서를 떼어들고 둘을 이혼시킨 것이다. 그리고 이혼한 후의 어느 날 김기용은 이제 어머니한테 물었다. 그때는 집안에 둘뿐이었을 때다.

"엄마는 행복한 적 있었어?"

그때 김기용은 고2 때인 것 같았다. 아버지가 다시 나타나기 전, 이혼한 후의 3년간이 세 식구에게 가장 평온한 시기였으니까. 그때 어머니는 놀란 듯 눈을 크게 떴다. 김기용이 뭘 묻는지 아는 것이다. 김기용의 시선을 받은 어머니가 머리를 끄덕였다.

"그럼."

"그게 언젠데?"

와락 긴장한 김기용이 묻자 어머니가 외면하고 말했다.

"니가 어렸을 때."

"갓난애였을 때야?"

"그때도 그렇고."

"내가 몇 살 때까지?"

"사 오년간."

"도대체 그 인간이 왜 그렇게 미친놈이 된 건데?"

어머니 앞에서는 할 말을 대충 해온 김기용이 물었을 때 어머니가 시선을 돌렸다. 김기용이 다그쳤다.

"말해, 엄마. 이젠 다 끝났잖아? 나도 이유나 알자."

그때 어머니가 외면한 채 말했다.

"일이 안 풀려서 그랬을 거야."

말도 안 된다고 김기용이 쏘아붙였지만 어머니는 다른 이유는 대지 않았다. 일이 안 풀리니까 짜증이 나고 그래서 술을 마시다가 중독이 되더니 결국 그렇게 미친놈이 되었다는 것이다.

김기용은 잠에서 깨어났다. 무슨 소리인가를 들었기 때문이다. 꿈속에서 들은 것 같았지만 눈을 떴을 때도 들렸다. 숨을 죽인 김기용은 그것이 옆방에서 나는 소리라는 것을 알았다. 벽시계가 오후 두 시 반을 가리키고 있다. 침대에서 일어난 김기용이 방문을 소리죽여 열고 밖으로 나온다. 옆방 문 앞에 서자 이제는 어머니의 목소리가 분명하게 들렸다.

"아니, 야, 그 옷은 내가 입으려고 한 거야. 넌 다른 거 입어."

그때 다른 목소리가 들렸으므로 김기용은 질색을 했다.

"싫어. 이건 내가 입을 거야. 이리 내."

"놔. 내거야."

이번에는 어머니 목소리.

"엄마, 정말 이럴 거야?"

그 순간 머리끝이 곤두선 김기용이 눈을 부릅떴다. 엄마라니. 수진이가 방에 있단 말인가? 그때 수진의 목소리가 이어진다.

"엄마는 내가 이 옷을 얼마나 입고 싶었는지 알아? 난 나가 있을 때도 이 옷 생각만 했단 말이야."

숨을 죽이고 있던 김기용은 이윽고 그것이 어머니 목소리라는 것을 알았다. 어머니가 지금 일인이역을 하고 있다. 어금니를 문 김기용이 문손잡이를 움켜쥐었다가 손을 떼었다. 그때 다시 어머니가 어머니 목소리로 말한다.

"그래, 알았다. 입어라. 내 새끼야. 난 너하고 네 오빠만 있으면 된단다."

오후 5시. 오늘은 말끔하게 머리를 뒤로 묶은 어머니가 밥상을 차려 놓았다. 두 시간 전에 방에서 일인이역을 하던 어머니의 분위기는 조금도 보이지 않는다. 김기용은 다시 방으로 돌아가서 자고 나온 것이다.

"오늘은 김치찌개 끓였어."

어머니가 금방 한 밥을 식탁에 놓으면서 말한다.

"나도 다음 주부터는 일 나갈란다."

놀란 김기용이 시선을 들었다가 곧 내린다. 너무 놀랍고 기뻐서 말을 하면 깨질 것 같았기 때문이다. 어머니가 김치찌개 냄비를 들고 와 내려놓는다.

"네가 그 동안 고생했어. 고맙다."

"괜찮아?"

겨우 그렇게 물은 김기용이 앞쪽에 앉은 어머니를 보았다. 불안해서 눈동자가 흔들렸다. 어머니가 웃었다.

"그럼. 괜찮으니까 일 나간다고 하지."

환해진 어머니의 얼굴을 본 김기용의 가슴이 미어졌다. 얼마나 오랜만에 본 엄마의 웃음인가? 마지막으로 본 것이 언제인지 기억도 안 난다. 어깨를 늘어뜨린 김기용이 어머니를 똑바로 보았다.

"엄마, 그럼."

어머니의 시선을 받은 김기용이 심호흡을 하고나서 말을 잇는다.

"엄마, 그럼 수진이 이제 놓아주자."

그 순간 어머니가 눈을 치켜떴다. 놀란 것 같기도 했고 무슨 말인지 모르겠다는 표정 같기도 했다. 김기용이 기를 쓰고 어머니의 시선을 잡는다.

"납골당이 있어. 내가 알아보았더니 넣을 수 있대. 돈도 얼마 안 들어. 내가 준비 해놓았거든.

그러니까⋯⋯."

"안 돼."

어머니가 정색하고 말한 순간 김기용은 등에 찬바람이 훑고 지나는 느낌을 받는다. 어머니가 말을 이었다.

"도대체 무슨 소리를 하는지 모르겠구나. 수진이를 어디에 넣는다고?"

김기용은 어머니의 눈동자가 떨어진 것을 보았다. 초점이 더 길어진 것이다. 어머니의 시선은 지금 자신의 눈을 뚫고 지나가 뒤쪽의 벽으로 향해져 있다.

"오늘도 걔가 내 옷을 입고 나갔다 왔는데 얼마나 예뻤는지 아니?"

"……."

"너도 한번 볼래? 지금 자고 있는데 깨울까?"

"아니, 됐어, 엄마."

"아까 오빠한테도 보여주고 싶다고 했는데, 이따 일어나면 너도 함 봐."

"알았어."

"어서 밥 먹어."

자리에서 일어선 어머니가 벽시계를 보면서 말했다.

"너 회사 나가면 우린 나중에 먹을게."

지난번 아버지를 만난 폐자재 쌓인 곳을 지나면서도 오늘은 덤덤했다. 마치 머리의 감정이 있는 부분을 뭐로 세게 얻어맞은 것 같다. 머리가 무겁고 멍한 느낌이 든다. 머리를 숙인 김기용이 터벅터벅 길을 걷는다. 주위가 공사판이라 길에 자갈과 나무토막까지 떨어져 있어서 어수선했다. 오후 5시 40분. 기분이 꾸리꾸리 할 때는 항상 순미 누나를 떠올렸지만 오늘은 끄집어낼 기력도 없다. 언제 용기를 내어 순미 누나를 불러낼 것인가? 시간이 지날수록 그 가능성이 점점 떨어져 가는 것 같다. 주위 여건이 그렇고 자신도 노력하지 않았다. 뭔가를 해야겠다고 마음만 먹었을 뿐 구체적인 계획이 없다. 계획을 세울 기력도 일어나지 않았다. 지하도 계단을 내려가면서 김기용은 문득 그냥 죽어 버린다면 편해질 것이라는 생각을 한다. 왜 이렇게 살아야 한단 말인가? 아무것도 보이지 않는데 어떻게, 무엇을 일으킨단 말인가? 아, 부질없다. 머리를 젓던 김기용이 이제는 어머니처럼 미쳐 버렸으면 좋겠다고 생각한다. 그렇지, 필요한 때 미치는 것이다. 아주 괴로울 때만, 도망가고 싶을 때, 또는 아플 때, 역시 어머니는 나이든 만큼 현명하다는 생각도 들었다. 지금도 어머니는 수진이하고 이야기를 하고 있을까? 이제는 둘이서 마음 놓고.

카페에서 일하다보면 별별 인간을 다 만난다. 택시 운전사가 겪는 갖가지 군상보다 더 적나라한 모습을 보게 되는 것이다. 오늘도 그렇다. 룸 손님은 고급 카페인 '그리스'에서도 VIP만 들어가는 곳인데 항상 7개 방이 가득 찬다. 바깥 경기가 전 세계적인 불황이라는데 최소 매상액 2백인 방이 매일 꽉 차는 것이다. 6호실 손님은 남자 셋에 홀에서 불러들인 여자 셋. 마침 웨이터 박남철이 당번이었고 김기용이 보조로 배정된 상태였다.

"야, 여자 하나가 꼬장 부린다. 누가 밖에서 찾는다면서 데리고 나와."

방에서 나온 박남철이 김기용에게 지시했다. 거짓말을 해서 데리고 나오라는 말이다. 누구 말이라고 거역하겠는가? 방으로 들어선 김기용은 여자 셋 중 하나가 술에 취한 채 떠들고 있는 것을 보았다. 나머지 남자 셋과 여자 둘은 모두 난감한 표정. 김기용이 여자에게 다가가 선다. 쇼트 커트한 머리, 동그란 얼굴에 이목구비가 뚜렷하다.

"잘난 체 하지 말라고. 이까짓 술은 내가 살 테니까 말이야. 도대체 뭐야?"

소리치던 여자가 다가선 김기용을 보더니 눈을 크게 떴다. 스물 두엇 되었을까? 귀걸이가 흔들리면서 반짝인다.

"뭐야?"

"밖에서 손님을 찾으십니다."

"누가?"

"모릅니다. 다만 동그란 얼굴에 쇼트 커트한 머리, 검정색 스커트를 입은 여자 분을 찾으십니다."

"글쎄 누구냐고?"

"남자 분이십니다."

여기까지가 김기용의 한계다. 벌써 숨이 가빠졌고 눈앞이 어질어질 한다. 여섯 쌍의 시선을 받고 그중 한 쌍은 암표범처럼 발톱을 세우고 있다. 그때 여자가 자리에서 일어섰으므로 김기용은 나가려는 줄 알았다. 그때였다. 김기용은 뺨에서 불꽃이 번쩍 튀는 느낌을 받는다. 머리가 옆쪽으로 돌아갔고 뺨이 얼얼해졌다. 여자한테서 뺨을 맞은 것이다.

"어어."

하는 외침은 남자들한테서 일어났다.

"저거 왜 저래?"

남자 하나가 소리쳤다. 그때 여자가 다시 손을 휘둘렀지만 김기용이 머리를 틀었기 때문에 빗나갔다.

"어머, 피가 나."

하고 여자 하나가 소리친 순간 김기용은 어금니를 물었다. 부끄러웠기 때문이다. 손바닥으로 코를 막은 김기용이 몸을 돌렸을 때 여자 하나가 휴지를 들고 일어섰다.

"아, 저 씨발 년."

남자 하나가 소리쳤고 휴지를 받아든 김기용은 쇼트 커트 머리가 방을 나가는 뒷모습을 보았다. 코피 덕분이다. 목적을 이뤘다는 안도감에 비하면 코피쯤은 아무것도 아니다. 방에 남은 일행에게 머리를 숙여 보인 김기용이 몸을 돌렸을 때 사내 하나가 불렀다. 그러더니 지갑에서 10만 원 권 수표 세 장을 꺼내 내미는 것이었다. 질색을 한 김기용이 한 걸음 물러서기까지 했지만 이번에는 나머지 두 사내도 10만 원 권 두 장씩을 꺼내 내밀었다. 그러더니 정색하고 받으라는 것이었다. 사내 하나는 웨이터에게 말하지 말고 너만 가지라는 충고까지 해 주었다. 셋 다 김기용 또래였는데 노련했다. 김기용은 코피 한번에 70만 원 팁을 챙겨 넣고 방을 나왔다. 그러나 그들의 충고를 따르지는 않았다.

화장실에서 씻고 나온 김기용이 박남철을 불러 코피 값을 받은 사연을 이야기하고 70만 원을 내밀었다. 그러자 박남철이 어두운 복도에서 흰 이를 드러내며 웃는다.

"너, 이 자식! 사람 감동 먹이네!"

그러더니 수표 7장에서 1장만 빼더니 6장을 김기용의 주머니에 쑤셔 넣었다.

"네 성의를 봐서 이놈만 먹는다."

박남철이 손바닥으로 김기용의 어깨를 쳤는데 살짝 치는 것 같았어도 아팠다.

"순미하고 잘 되냐?"

놀란 김기용이 눈만 크게 떴을 때 박남철은 몸을 돌린다.

유선주는 그날 김기용이 도망간 후부터 다시 예전으로 돌아갔다. 세수도 안 한 얼굴, 부수수한 머리, 구겨진 치마에다 맨발에 슬리퍼 차림이다. 김기용한테 꼭 필요한 말 외에는 하지 않았고 어떤 날은 한마디도 안 했다. 그것이 오히려 김기용한테는 더 나았으므로 오늘도 입을 꾹 다문 채 반대쪽 창밖을 보면서 은행까지 갔다. 창구로 다가가는 유선주의 뒷모습을 보던 김기용이 문득 어머니를 떠올렸다. 일 나가겠다는 어머니는 한 말을 잊었는지 또는 일거리가 없기 때문인지 일주일이 지나도록 집에만 있다. 물론 오전에는 집안 청소를 하고 아파트 아래쪽의 길가에 모여 앉은 행상한테서 채소도 사온다. 정신이 맑은 것 같다. 오후에 김기용이 출근할 때 꼭 밥도 챙겨주지만 그때는 눈동자가 흐리고 초점도 없다. 김기용이 일하다가 걱정이 되어서 어머니한테 전화를 해보면 안 받는 때가 절반은 되었다. 나중에 물어보면 잤다고 해서 그런 줄 알았지만 수진이하고 이야기하는 현장을 본 후부터는 불안해졌다. 은행 앞에서 유선주와 헤어진 김기용이 찾아간 곳은 꽤 큰 신경정신과 의원이었다. 5층 빌딩 전체를 차지한 병원에서 오래 기다린 후에 담당 의사를 만났을 때 대머리의 중년 의사가 물끄러미 김기용을 보았다.

"상담하러 오셨다고?"

차트에서 시선을 뗀 의사가 묻는다.

"예에. 제 어머니."

긴장한 김기용이 의사를 본다. 의사가 계속 하라는 듯 시선만 보내고 있었으므로 김기용이 말을 이었다.

"어머니가 좀 이상한데요."

눈만 껌벅이는 의사에게 김기용은 수진이 죽었을 때부터 더듬더듬, 그러나 빠뜨린 것 없이 의사에게 말해 주었다. 어머니가 수진의 유골 박스에다 대고 무슨 말을 한 것까지도 다 말했다. 일 때문에 저녁부터 다음날 오전까지 집을 비우는데 불안해서 일이 제대로 안 된다고도 했다. 그러나 아버지 이야기는 뺐다. 하나도 하지 않았다. 이야기를 마쳤을 때 의사가 말했다.

"심각한데, 모셔올 수 있지요?"

"예에."

김기용은 입원하라면 입원시킬 작정이었다. 입원비가 얼마 나올지는 모르지만 석 달 동안 모은 돈이 5백만 원이 조금 넘는다. 생활비를 제외하고도 그렇다.

"될 수 있는 한 빨리 모셔오세요."

의사가 정색하고 말했으므로 김기용은 머리를 끄덕였다.

"예에, 선생님."

"병원에?"

어머니가 놀란 듯 눈을 크게 뜨고 묻는다. 집에만 있어서 어머니의 얼굴은 하얘졌다. 아직 오전이라 눈동자도 또렷하게 초점이 잡혀있다.

"응. 엄마 이야기를 했더니 의사가 모시고 오래."

긴장한 김기용이 한 마디씩 천천히 말했을 때 어머니가 묻는다.

"정신병원이겠지?"

"응? 응!"

마침내 김기용이 시선을 내렸을 때 어머니가 혼잣소리처럼 말했다.

"내가 좀 이상했던 모양이구나."

"아냐, 엄마."

"나도 알아."

어머니가 외면한 채 말을 잇는다.

"내가 좀 그래."

아직 오전 11시 반이다. 이제 김기용이 옆방으로 자러 들어가면 어머니는 다시 수진이하고 둘이 있게 될 것이었다.

그날 오후, 어머니가 더 정신이 흐려지기 전에 김기용은 일찍 일어나 서둘렀다. 저녁밥도 4시가 조금 넘었을 때 먹고는 종이에 사인펜으로 적은 메모를 어머니에게 내밀었다.

"난 내일 오전에 좀 일찍 올 테니까 엄마도 준비하고 있어."

메모에는 굵게 '병원 11시 출발'이라고 적혀져 있다.

"이거 여기다 놓고 갈 테니까 내일 아침에 보면 준비해."

"알았다."

식탁에 앉은 어머니가 메모를 바라보며 웃는다.

"수진이도 데리고 가야겠다."

"좋을 대로 해."

아침이면 무슨 말을 했는지 잊어먹을 것이므로 김기용이 머리를 끄덕였다.

"문단속 잘해, 엄마."

"걱정 마."

"수진이하고 오래 이야기 하지 말고."

"걔도 공부한다고 나하고 잘 안 놀아."

"그래?"

식탁에서 일어난 김기용이 찬찬히 어머니를 보았다. 어머니가 시선을 받앞지만 초점이 길었고 표정은 가라앉았다.

"기용아, 미안해."

"뭐가?"

"너 고생시켜서."

"엄마, 정신이 들었어?"

"그럼. 나 안 미쳤어."

"나, 갈게."

몸을 돌린 김기용의 뒤를 어머니가 따르더니 현관에서 팔을 잡았다. 김기용은 어머니의 두 눈이 번들거리고 있는 것을 보았다.

"기용아."

"왜?"

"우리 걱정 마."

"걱정 안 해."

그러자 어머니가 김기용의 한 쪽 팔을 당겨 가슴에다 품었다가 놓는다. 그러고는 활짝, 소리 없이 웃었다.

"우리가 널 지켜 줄 테니까."

지난번 70만 원 팁 사건 이후로 박남철은 김기용을 싸고돌았다. 보조는 돌아가며 웨이터 시중을 들게 되어 있었지만 박남철은 아예 김기용을 지명 보조로 삼았다. 박남철보다 선배 웨이터가 많았어도 막무가내였다. 꼬장을 부리면 아주 개차반인데다 신촌의 주먹들하고 안면이 있기 때문이다. 그래서 사장 유은주도 은근히 박남철을 봐주는 편이었다. 오전 3시. 이때는 홀이나 방에서 농도가 짙은 장면이 일어난다. 어지간히 취한 상황이고 지쳤기도

314

하다. 그러나 가장 클라이맥스다. 이때를 전후해서 작업을 끝내야만 하는 것이다. 선수들은 대개 12시에서 1시 사이에 빠져 나가고 쭉정이만 남았다. 그러나 쭉정이간의 경쟁은 치열했다. 싸움도 이 시간대에 많이 일어난다. 죽기 살기로 차지하려는 것이다. 여자들끼리의 싸움도 남자 뺨친다. 김기용은 지금 3호실 문 앞을 지키고 서있다. 물론 박남철이 시켰기 때문이다. 지금 방 안에서는 두 쌍의 남녀가 그 짓을 하고 있는 것이다. 조금 전에 김기용은 텍스 두 개를 가져다주었다. 문에 등을 붙이고 선 김기용의 앞으로 여자 둘이 다가왔다. 1호실에서 나온 여자들이다. 약을 먹었는지 머리가 흔들거렸고 눈이 충혈 되었지만 몸에는 활기가 넘쳐흐른다.

"아유! 재수 없어!"

여자 하나가 그렇게 말했지만 얼굴에는 웃음이 번져있었다.

"난 오늘 세 탕째야."

그렇게 말한 여자의 시선이 이쪽으로 옮겨져 왔으므로 김기용은 황급히 외면한다. 여자들이 키득거리며 앞을 지났다. 그때 주머니에 넣어둔 휴대폰이 진동을 했다. 꺼내 본 김기용이 주위를 둘러보고는 귀에 붙였다. 순미 누나였다. 오전 4시 넘어서 한숨 돌릴 때 순미 누나는 가끔 전화를 해준다. 아마 그 시간대가 전화하기 적당하다고 박남철이 알려 주었을 것이다. 그런데 오늘은 좀 빠르다.

"응, 누나."

김기용이 말했을 때 순미 누나가 묻는다.

"너, 바빠?"

"아니, 지금 쉬는 중야."

섹스 하는데 문 지키고 있다고 말하면 웃을까? 그때 순미 누나가 낮게 말한다.

"나, 조금 전에 네 꿈 꿨어."

숨을 죽인 김기용의 귀에 순미 누나의 목소리가 이어졌다.

"무슨 꿈인지 알아?"

"……."

"너하고 섹스 하는 꿈."

김기용이 입안에 고인 침을 삼킨다. 나는 누나 생각을 하면서 자위를 한다고 말해주고 싶다. 그때 순미 누나가 묻는다.

"너, 언제 나 데리고 갈 거야?"

"누나, 근데."

"다 갖추지 않아도 돼."

순미 누나의 목소리가 온몸에 감기는 느낌이 들었으므로 김기용은 잠깐 눈을 감았다가 떴다. 이제는 수화기를 통해 뜨거운 열기가 품어 나오는 거 같다.

"너한테 안기고 싶어."

김기용은 심호흡을 했다. 오늘 엄마 병원에 데려갔다가 나온 후에 만날 수 있을 것이다. 잠을 안자면 어때?

오늘은 유은주하고 저택까지만 동행을 하고나서 김기용은 집으로 돌아왔다. 그래도 아파트가 보이는 길목에 섰을 때는 오전 10시가 되어가고 있었다. 날씨는 화창했고 하늘은 푸르다. 5월 초여서 공사장의 파헤쳐진 땅에서 진한 흙냄새가 맡아졌다. 아파트 현관으로 들어서는데 아래층 윤철이 어머니를 만난다. 윤철 엄마도 아버지의 소동 때문에 알게 된 사이로 성격이 괄

괄해서 어머니가 많이 의지했다. 아버지가 쳐들어 왔을 때 도움을 줄 수 있는 이웃이다.

"수진이 아직 연락 없어?"

손에 시장바구니를 든 윤철 어머니가 떠들썩한 목소리로 묻는다. 수진이가 죽었다는 사실은 아무도 모르는 것이다.

"예에."

시선을 내린 채 김기용이 대답하자 윤철 어머니가 커다랗게 한숨을 뱉는다.

"어이구, 그 가시내가 별일 없어야 할 텐데."

그러더니 막 옆을 지나는 김기용에게 묻는다.

"엄마는 요즘 일 나가셔? 통 뵈지가 않네."

"예에? 예."

건성으로 대답한 김기용이 계단을 달려 올라간다. 3층까지 단숨에 뛰어 오른 김기용은 숨을 고르면서 집 앞으로 다가가 열쇠를 꽂아 문을 열었다.

"엄마, 나 왔어."

현관으로 들어선 김기용이 어머니를 부른다. 어머니가 보이지 않았으므로 김기용은 수진이 방을 열었다.

"엄마, 뭐해?"

어머니는 창가에 서 있었다. 등에 포대기로 뭔가를 업었는데 각이 졌다. 김기용은 곧 그것이 수진이의 유골 박스인 것을 알았다. 어머니는 수진이를 업었다.

"엄마, 가자."

한 걸음 다가섰던 김기용이 멈칫 멈춰 섰다. 어머니의 발이 방바닥에서 조금 떠 있는 것이다. 그러고 보니 어머니 키가 커 보였다. 눈을 치켜뜬 김기용이 어머니의 머리 쪽을 보았다. 등을 보이고 선 어머니의 머리 위쪽에 푸른색 나일론 빨래들이 뻗어있다. 그 끝이 창틀 위로 매어져 있다.

"엄마."

어머니에게 다가선 김기용이 어깨를 잡았다. 그러자 어머니가 흔들린다. 업고 있던 수진이도 흔들렸다.

"엄마."

다시 부른 김기용이 어머니의 얼굴을 보았다. 어머니는 눈을 감고 있었는데 평온한 얼굴이다.

"엄마, 죽었어?"

물었지만 어머니는 조금 흔들리기만 했다. 김기용은 어머니를 옆에서 부둥켜안았다. 그러자 어머니의 머리가 어깨위에 얹혀졌다. 수진이까지 함께 안았지만 둘은 가벼웠다.

"엄마, 왜 그랬어?"

안은 채 흔들며 물었지만 어머니는 대답하지 않았다.

어머니를 방에 눕힌 김기용이 옆에 수진의 유골 박스를 놓는다. 그러고는 박스가 어머니 몸에서 약간 떨어진 것을 보고는 딱 붙였다. 그러더니 어머니의 손을 벌려 아예 팔 안에다 박스를 놓았다. 안심한 표정이 된 김기용이 자리에서 일어서다가 박스를 쌌던 보자기 안에서 접혀진 종이를 발견한다. 다시 자리에 앉은 김기용이 종이를 편다. 어머니의 편지다.

"기용아, 미안해. 정신 날 때 수진이 데리고 갈게. 미안해. 정말, 미안해. 내 아들아, 나까지 널 고생시킬 수 없어. 잘 살아라 응? 엄마가."

다 읽고 난 김기용이 편지를 접어 가슴 주머니에 넣었다. 그러고는 어머니 옆에 딱 붙어서 누워버렸다.

"엄마."

마치 어머니가 살아 있는 것처럼 김기용이 부른다.

"우리 셋이 행복한 때가 있었어?"

그러고는 제 말에 제가 대답했다.

"없었지? 그럼 지금은 어때?"

김기용이 천장을 향한 채 말을 잇는다.

"난 지금이 제일 편안해, 엄마."

〈2권 끝〉